# 照着想象去生活

[西] 搂大卫 作品
David Garcia Lou

CNS
湖南文艺出版社
HUNAN LITERATURE AND ART PUBLISHING HOUSE
博集天卷
CS-BOOKY

我们的同学马上要开始他们要付出五十年时间的工作，我们明年才开始。虽然他们说我们疯了，但我们想用一年的时间，去发现地平线。我们都渴望走在这个城市中，逐步走向我们的未来。我们不知道这一年会发生什么，只有一点十分清楚，这条路我们要一起走。

目录
contents

弗拉基米尔是我在那个夏天认识的一个朋友，我不想说他是作家，因为在我的心里，这位温柔的白头发爷爷比作家还高一分。他是一个热爱文学，并且生活在文学里的人。他说生活里至少要有一次，为了一个梦想、一个故事和一个女人疯狂。那个夏天没想到我会都做到。

# 写在前面

2014年1月，我闭关写作。对着一张白纸，面对我这几年的选择，面对我对文学的爱，面对我真心的跳动，面对孤独。写这本书的时候我经常想起一个长沙城管曾经问我的问题——我怎么会从一名医生变成一个流浪歌手？

2012年6月，我已经流浪半年了，这期间跟无数城管有过来往。那一天我背着吉他、拉着音响在长沙街头找地方唱歌，城管不让我唱，可是那天太热了，我实在没办法到处走走，去探索那个城市，也没地方休息。于是我拿出一本书，坐在他旁边，放松地翻页。我去哪儿都带一本小说，以防在等待的时候无事可干。

他时不时地从侧面看我。

“不管你等多久，这里都不能唱歌。”

“我知道了，您放心，今天太热了，我没有事干。”

“那你去咖啡馆里看书吧。”

“我来这座城市不久，我喜欢看街上的人，我想感受一下这座城市是怎样的。”

城管自言自语地说：“哎哟，这些游手好闲的老外，应该找工作……”他朝我好奇地问：“你是哪里人？”

“西班牙人。”

“你有中文名吗？”

“有。”我回答。我找名片，很久没用，都不知道放哪里了。我在我的吉他袋子里面找到一张，那张名片是第一天来中国时印的，好像是最后一张。“给您。”

“名片都有！”他笑。

我把我的书合上。“我叫搂大卫。”

“啊？”他把名片拿近看，怀疑地说：“你是一名医生？”

“对，前年毕业的。”

“你怎么会从一名医生变成一个……”他没说完，可能在找一个描述我但不伤害我的词。

“流浪歌手？”我建议道。他友好地看我，表示这就是他的意思。

我正要解释，他突然打断了我。

“啊！不对，你的名字写错了！”他笑了。我也笑了，已经习惯了。

“这个‘搂’，应该是……”

我打断他：“不，我刚来中国的时候一点中文都不会，我在网上找到中国有一个姓叫‘楼’，拼音跟我西班牙的姓一模一样，‘大楼’的‘楼’。”

“对，对啊。”他说。

“做名片的时候，我不知道是他们写错了还是什么情况，反正我的姓变成了‘搂’。”

“哈哈。”他又笑了。

“后来我开始在一家医院工作，用了很多名片。每一次我把名片给中国人，他们都会有跟您一样的反应——笑。不管病人疼得多厉害，我的名片都会让他们笑。虽然那个时候我不知道为什么，但是我觉得它是一个非常友好的名字。”我用我的 T 恤衫擦了擦额头的汗，“后来，我学中文，我明白了，我的名字不是名词，而是动词。”

“将错就错，是吗？”城管把名片放口袋里，“你们老外真有意思。”他把一根烟递给我。

“谢谢，我不抽烟。”

“我以为所有的外国人都抽烟。”他说。

“我从小运动多，虽然现在很久没运动，但我保留了一些运动员的好习惯。”

我不知道他的眼神表达的是我有意思还是我非常奇怪。

他说：“我马上下班，请你喝一杯中国白酒。”他看着我的反应，说：“别告诉我你也不喝酒。”

虽然碰到这么友好的城管让我很感动，但我还在想应该去哪里唱歌。“谢谢，我不喜欢喝酒，更不能喝白酒。几个月前在云南和四川边界的农村，第一次喝大了，是喝白酒，现在一闻到白酒的味道我就想吐。”

“你也去农村唱过歌？”他问。

“我哪儿都想去。”

“为什么？”

我没回答，那个时候我还在寻找“应该去哪里唱歌”这个问题的答案。

我坐在路边，看我的东西：一把吉他装在袋子里、一只箱子。箱子里有音响、话筒、衣服、书和地图，口袋里有我的钱包和护照。虽然我感觉中国比较安全，但我所有的东西都在这里，如果弄丢了我就完蛋了，我一直守着。

“您说您快要下班了？”

“嗯。”

“那……”

城管说：“别那么狡猾，我下班了，这里也不能唱歌。”他笑了，“你为什么不当医生去？你不喜欢当医生？”

我把我钱包里的一张照片拿出来，给他看。

“这是你吗？你们老外小时候都很可爱，你们老得太快了。”

“这是我四岁的时候。”

“你一直想当医生吗？”

“很多年里我都在努力成为一名医生，也不知道是喜欢还是习惯了。”

“当医生多好。”他说，“又有钱，又稳定。”

我看着我的吉他说：“其实我非常喜欢当医生，天天学新的东西，帮助病人，是一个很好的感觉。但是需要付出太多了，没有时间做其他也很重要的事情。”

“重要的事情？工作、挣钱、结婚才重要！”他用爸爸批评儿子的口吻说。

“那些也重要，但是……”我自己也不清楚，“我就是觉得心里有很多想做的事情，美好的事情，我发现憋着这个渴望不健康。”

他笑了：“穿拖鞋，不务正业地走来走去，在烈日下唱歌才不健康。”我把本子拿出来，每一次听到一个不知道的成语我都记下来。“不什么走来走去？你可以写下来吗？”他拿着我的笔写。

他看了看手表，又问：“那你的梦想是什么？”

“我想去更多的地方，听不同的人的想法。听故事，讲故事。我没想到通过音乐我可以做这些。我从小喜欢音乐，一直有不同的乐队，但是我没想到我能做一个音乐人。我喜欢文学，当医生的时候几乎没有时间看书，没想到我能有一种有足够的时间来看书的生活。我想做很多我以前没想到能做的事。”

“我还是觉得你应该回去当医生。你有兄弟姐妹吗？”

“没有。”

“啊？”他诧异地看我，“我以为所有的老外都有很多 brother and sister。”他笑自己的英文。“那你爸爸妈妈说什么？”

“我很幸运，他们非常支持我在中国，我爸爸妈妈很想我，但是他们觉得我不是在浪费时间。他们相信这是一个好机会，让我去学很多书上没有的东西。”我又用 T 恤擦骄阳让我的额头冒出的汗，“他们相信以后如果我回去当医生，我会当一个更好的医生。”

“你是西班牙人，肯定喜欢足球。”

“还好。”

“还好？我以为外国人都热爱足球。”

“这个没错，我就是长大后才玩了别的。”

“你结婚了吗？”

“啊！”我低头说，“没结。我女朋友是我的同学……”城管像喜欢八卦的老太太那样看着我，期待听一个故事。

“她走了。我们是一起来的中国，她已经回国了，她在西班牙等我。”

“那你应该回去。”

“我不想回去。”我满腹惆怅地说，“我必须走我自己的路。”

他看着我摇头。“这个老外让人没办法。”后来又加了一句，“我还不明白，一名医生怎么会放弃一切去流浪！”

“城管叔叔，这个不能用一两句话解释，我自己也不太清楚，是命运还是什么决定我们成为什么样的人。”我看着他的眼睛说，“可能用一本书去解释这个问题也不够。”

我没想到有一天我真会写一本书来面对这个问题。

# 用一年的时间
# 发现地平线

我们的同学马上要开始他们要付出五十年时间的工作，我们明年才开始。虽然他们说我们疯了，但我们想用一年的时间，去发现地平线。我们都渴望走在这个城市中，逐步走向我们的未来。我们不知道这一年会发生什么，只有一点十分清楚，这条路我们要一起走。

“小蕾，我回来了！”当然，那个时候我用她的西班牙名字叫她。“你看，我有名片了！”我激动又开心地说。

小蕾在房间里停下整理，马上来到客厅。我打开两个小塑料盒子，把名片像扑克牌似的在桌子上摆成扇形。

“名片？”她温柔地问。

“对。我听说在中国有名片非常重要。”

我把一张名片放在她的手掌上，指着那三个不认识的字，用完全不标准的中文慢慢地说：“搂大卫。”

她的褐色大眼睛亮了，像两颗抛光的珍珠。“我们到中国才一天，你已经有中文名字了！”她把一张拿近一点看，“中文字这么神秘，他们怎么会懂？”

总是听说汉字充满意义，但是对西方人来说像一堆乱七八糟的条纹。刚到中国最深刻的印象就是被这些小东西包围。飞了十五个小时后，在机场东张西望地看指示牌、海报、广告、报纸的头条，像一条鱼从鱼缸里往外看，我们的字母被扭曲了。

“什么意思？”她问。

“前天在马德里，我百度了几个叫 David 的人：David Beckham（大卫·贝克汉姆）、David Copperfield（大卫·科波菲尔）、David Villa（大卫·比利亚）……我发现……”

“等一下，”小蕾说，“百度是什么？”她想完全了解我在说什么。

“哦，就是跟我们的谷歌一样。”我加速说话不让她打断，我想解释我用非常机灵的方式找名字，“我发现这些‘David’都用了这两个画：‘大’和‘卫’。”那个时候我都不知道每一个所谓的“画”是一个字。

西班牙人有两个姓，第一个是爸爸的姓，第二个是妈妈的姓。我爸爸姓 Garcia，我妈妈姓 Lou，所以我的西班牙语名字是 David Garcia Lou。

“《百年孤独》的作者 Garcia Marquez（加西亚·马尔克斯）跟我同姓，后来我找了一个字跟‘Lou’的读音一样，你知道我发现了什么？”

她非常感兴趣地看着我：“什么？”

“有一个中国字念‘lou’，而且有中国人用作姓——楼。”我继续说：“他们用拼音写也是‘lou’。”

“拼音是什么？”

“拼音是中文用我们的字母写。”

“所以……”她打断了我，“所以你的中文名字是大卫·加西亚·楼？”小蕾是一个非常聪明的女孩儿。

“对！”我说，“但是，这个名字不方便。”

“为什么？”

“因为太‘老外’了。”“老外”这个词我是用中文说的。来中国前的几个星期太激动了，学了基础的中文，首先学的是“老外”“你好”和“再见”，已经很拿手了，我炫耀一下。

小蕾说：“‘老外’是什么意思？你在说中文？”

“‘老外’是中国人称呼外国人的一种方式，”我继续解释，“我在网上看到，中国人的姓名一般有三个音。你想想你知道哪些中国人的名字。”

她想了想，“在西班牙，我们很少会注意东方人的名字，觉得听起来都一样，但还是有一些比较熟的。”她失望地说。

“真的一个都说不出来？”我指着我钱包里的一张钞票。她说：“啊，对，毛泽东！”

“还有吗？几个星期前我们看的那个电影……”

“啊，对对，张艺谋！”这些名字当我们在新闻里听到用的都是西班牙口音，跟普通话声调完全不一样，但还是有三个音。

突然，她的一句话推翻了我的推理：“那姚明呢？”

“哦！”我非常诧异，根据网上的中文基础课，所有中国人的名字都是三个音。“噢，天哪！我也不知道，可能是昵称，等我们装好网络我会查一查，暂时当所有的中文名都是三个音，呵呵。”我笑了。

小蕾很了解我的逻辑，我们已经有五年天天在一起学习，她自己推断：“那如果你不用‘加西亚’，你就有一个中文名字：大卫楼。”

“最后还有一个事，中国人把姓放前面，所以应该是‘楼大卫’。”

她又看了看名片，“这个国家真有意思！”她抱住我，“我很开心我们来到这么远的地方，今年会很精彩。大卫·加西亚·楼，大卫楼，楼大卫，我都无所谓，我爱你一样多！”

我也非常开心，能一起过我们空闲的一年。六年来我一直在想医学的问题，现在突然可以考虑跟医学完全没有关系的事。“我怕一年会过得太快。”我抱着她说。

那个时候我没发现，我的名片上写的是提手旁的“搂”。很特别的姓，我应该感谢名片公司赐予我这个姓。

本来第一次出去是小蕾派我去买一些日常生活用品，但是我碰到名片店，名片店在书店隔壁。我在书店里会把任何任务都抛到脑后，并且那是我第一次进中国书店，真像梦一样。平时在西班牙书店，大家只能看书的封面，不允许翻页。而在那个书店，大家可以坐着看书、写笔记、念书，还有小孩儿自愿去看书。西班牙的书店太冷清。欧洲只有一些书店可以有这样舒服的感觉——二手书店。在欧洲我最喜欢二手书店，因为可以放松地看、翻页、享受。

小蕾说：“那除了名片，你买了你必须买的东西吗？”

我把买锅、刀叉、被子都忘了，我开始从包里拿出来一些书。

“这么多小孩儿看的书，你是不是打算让我怀孕？”她开玩笑。我脸白了，这个话题让我很紧张。我们二十四岁，刚毕业，对我来说生活才刚开始，这个事不管我们在中国还是回西班牙都必须等几年。虽然我知道她提这个话题是逗我玩，因为她不着急，我也知道她心里准备好了。

我说：“不，不，这些书没有别的意思。”她摸着我的头发笑，“这些书是为了学中文买的，我不要用普通的学语言的书学中文，太无聊了。像曾经的英语课文：‘How are you？ I am fine，thanks，and you？（你好吗？我很好，谢谢，你呢？）’多无聊。可能会很慢，但是我想看故事，一个词一个词地查词典，所以我买了这么多小孩儿的书。”

她拿起一本说：“曾经你用这个方式学法语，很成功，那是因为法语跟西班牙语系统一样，我不觉得这样能学中文。”打开书她又说：“哇，中文字真好看！”

“幸运的是书店的服务员会说英文，我跟服务员说我想买《红楼梦》小孩儿版本。”

“《红楼梦》？”小蕾问。

“好像是一部比较有名的小说，”我继续讲，“服务员问我小孩儿有多大，我不好意思跟她说是买给我自己看的。”

“然后呢？”

“我跟她说小孩儿一岁，哈哈。她吓了一跳。我解释孩子虽然小，但是很文艺。她什么都没问，然后找了这本，大都是图片，每一页只有一句话，应该可以慢慢查词典。”

我拿出来一本词典，小蕾说：“中文字没有字母，怎么查词典？”

“啊，我也不知道。”我糊涂了。

“那你必须买的东西在哪儿？”她开始发觉我没买。她不会生气，她很温柔，而且现在我们刚毕业，最辛苦的岁月已经过去了，没有任何事会让我们不开心，但我还是故意推迟回答这个问题。

“你看，”我说，“我还买了什么？一张地图！”

“被子呢？”她笑。

我拿着地图。“我觉得要想了解一个国家，必须了解它的地理。”看地图总能让我的想象力飞起来。“眼睛转动一下就可以旅行上千公里，我很喜欢看地图。”地图放在桌子上，我跟小蕾仔细地看，突然中国变得更大、更神秘。“哇，那么多没听说过的地方，你不激动吗？想象我们可以去所有的地方……”

“我们在上海还没出门，你已经在想去更远的地方了。呵呵，真拿你没办法。”

“还有，我想学会说所有省的名字，然后当我们在上海认识中国朋友时，我可以问他们是哪儿的人，我们会有话题。”我停顿了一下，看了看地图上辽阔的中国，“当然，必须先学一点中文。”

“我觉得我们要再出去买被子，要不然今天我们只能睡在床垫上了。”

我装没听到：“我找到了！”我从口袋里拿出一直带着的笔记本，找那句用拼音写的话。那个时候我还没搞清楚声调是什么意思，所以我跟小蕾说这句话听起来就像“尼十拿离人”。

在西班牙，她联系了一个国际中介公司帮我们找房子。我们一到上海就坐地铁到了入住的地方，房子比我们上大学时住的还要好。这一年我们要对自己好一点，住舒服的地方，虽然贵，但还好这六年省了一点钱，应该够过一年。

我卖萌地说：“小蕾，我承认，我忘了买所有的东西。”

“嘻嘻，”她搂着我，“我知道。我以为在这里你不认识字，会放弃这个‘在书店里迷路’的习惯。”

八九本书放到桌上，她从包里拿出最后一本，温柔地打我。“那再一起出去买东西吧，就当是我们第一天在中国的远征。”她发现手上紫色封面的书，“这本书不像小朋友的书，是什么？”

“对，这本书……”我翻了翻，“不知道，应该是一本小说，我是随便买的。”小蕾边听边微笑。“我觉得挺有意思，现在一个字都不认识，如果是用我们的语言写的，至少我们能读，但是中文不能读，也不懂。我就想放在那儿，把它们当作一种激励，看半年以后我能认识多少字。以后当我们回西班牙的时候，也让它们提醒我们，曾经有一天，我们勇敢地去到一个完全不熟悉的国家，开始我们新的生活。”

“我喜欢！好浪漫。那本紫色的书要一直放在我们的书架上。”她抱住我，“好，走吧，买东西去。你又赢了，我原谅你。”

我们在上海租住的房子在三十层，西班牙很少有那么高的楼。

外面天气非常热，大城市像在烤箱里，八月的上海，路上的沥青都流出汗了。从客厅的窗户向外看，风景像建筑物和雾气的海洋。地平线看得不是很清楚，就像我们的未来，但我们知道它在那儿。我们有一年时间来探索这个满是人、满是故事、满是梦想的城市。

我们的同学马上要开始他们要付出五十年时间的工作，我们明年才开始。虽然他们说我们疯了，但我们想用一年的时间，去发现地平线。我们都渴望走在这个城市中，逐步走向我们的未来。我们不知道这一年会发生什么，只有一点十分清楚，这条路我们要一起走。

☆ ☆ ☆

从公寓里出去，像有热气包裹的巨大的手掴我们的脸。

第一次在上海逛，也是我们第一次说“我们的房子”“我们的小区”。虽然大学一直在一起学习、一起旅游、一起玩，但此时我们突然有了家的感觉。

“什么时候给我起一个中文名字？”

“Leire 因为是西班牙北部传统的名字，我没找到一个合适的翻译。给我时间，我会找一个非常好的名字给你。”我用了几个月才选择“小蕾”这两个字。

我们小心地过马路，即使绿灯亮了也要认真地右边左边看，躲避摩托车和自行车。紧紧地拉着手，没什么可怕的。

“上海的街头真热闹，这么热，外面还是有这么多人。”我说。

“那是因为中国人多。”

“我感觉大家喜欢在外面待着。”

高架桥下有一些老人在下象棋。两个对手注意力非常集中地思考战略，有几个人围着他们认真地观看，像西班牙老人认真地看足球。一个人把他的 T 恤卷上，我跟小蕾说：“你看，好爽！”老人的肚子非常大。

空气非常湿，太阳在雾气后面的某个地方，说不清在哪儿，难说是在上面、下面，还是我们旁边。我们又过马路，流着汗，小蕾想找呵护，边走边抱我，我们俩的皮肤贴在一起。

我们到了象棋战地。

我调皮地钻进人群里，我不懂，但是看起来红队大胜黑队。我对旁边的人说："你好。"

他开心地回答了很长的一句话，但我一个字都听不懂。

"听不懂，听不懂。"我给他们我的微笑，我希望能跟他们说"对不起，我不会中文"，但是连这句简单的话我都不会。他们都笑了。红队的老人让大家闭嘴。他是一个很认真的竞赛者，从他的眼睛里能看到对胜利的渴望。我能理解他。任何比赛都像大战一样，必须流完最后一滴血才能放弃。我额头满是汗滴，我说："再见。"大家又说很长的话，我猜想是"欢迎再来"之类。我们继续走。这种"战斗"发生在我们小区的各个角落，这是唯一我喜欢的"战斗"。

最舒服的地方是大楼门口。自动门打开的一刻，就像一只巨大的冰川怪物张开嘴巴，吐出一口凉气。

"你估计我们会花多少钱用空调？"小蕾问。

"不多。"我的注意力在别的事上。

她发现我没认真地听她说话："你在想什么？"

"没什么。"我看她。

她笑："你从来没有不想事的时候，快跟我说吧。"

小蕾很了解我，如果我说我什么都不想，那我是在撒谎。到中国的时候我在想我们怎么会有朋友，我们不会中文，我需要多长时间才能达到可以交流的水平。我觉得学一门语言，最好的方法是多交流，但是一开始一点都不会怎么交流？这个问题弄得我像一条想咬自己尾巴的鱼。

到一个新的地方会有语言障碍，还好不是第一次碰到，我相信都会好的。

离房子不远的一家超市是我们探索的第一个地方，几条走道旁边满是写着中文字的货架。

小蕾和我是非常不同的探索家。

她立即被水果和食品的颜色吸引，不受控制地朝它们走去，摸、闻、挤压、撞击、感受、权衡、检查、比较。如果不是禁止，她会切、咬、舔，或是将不同颜色的食物摆出一道彩虹。

我喜欢待在一个角落，观察人们：店员订购一些物品，老人拄着拐杖缓慢行走，裤子后面露屁股的小孩儿，穿粉红色睡衣和拖鞋的家庭主妇考虑买什么牌子的大米，保安在门口检查一个穿破衣服的人的包……

我拿出我的小本子，查一下我可以用哪个学过的词。

我看服务员仔细地调整八宝粥的罐子，我以为是一种可乐，我蹲着，膝盖疼了，我不知道她怎么可以蹲那么久。我指着罐子说："好喝吗？"她回答了一句很长的话并朝我微笑。后面的小朋友说："老外，老外。"我做鬼脸逗他笑。我走到保安旁边，看着我的小本子，说："领导好。"他们都非常快地说话，我完全听不懂。哦，不，他们的微笑，那个我懂。

我记下来一些字，"收银台""出口""打折"。回家再查。

我看小蕾已经在外面了。我们从来没有关于钱的问题，我们六年大学习惯了买需要的东西，我们不缺什么，也不喜欢浪费。在中国买什么食物一直是她做主，只要颜色好看，她会研究怎么做沙拉或者其他的菜，她不需要知道那是什么东西。而我喜欢知道每种东西叫什么。

走在回家的路上，像在街头的热气里游泳。卖二手自行车的小伙子看着我们，他身上有黑色的油。

"想都不要想。"小蕾说。

"为什么？"

“太危险了！”

“在西班牙很少有机会骑自行车……我们可以买两辆自行车。”

“不。”她说。

“啊，你看。”我指着一个男孩儿骑自行车，后面带着一个女孩儿。在西班牙从来没看到过。“浪漫不浪漫？我可以带你去探索上海。”

突然，刺耳的喇叭声和刹车的声音吓了我一跳，我朝路上看。

“中国人会安全地骑，你不会。”小蕾说。

“好吧，不买。”我给小蕾一个失望又卖萌的表情。她笑。

那个小伙子已经来到我们面前。他抓自己的鼻子，黑的手让他有了一条“胡须”。我快速翻我的小本子，但是找不到“多少钱”这句话。我说不出来，“多削面，不不，多炒粉……”我打自己的头。记住中国话真是太难了。

“你已经做得很好了。”小蕾一直鼓励我。

那个小伙子说：“Money，money？”我没想到这是国际语言。

小蕾看着他说：“No money.”然后看着我说：“不可以买，太危险了。”

小伙子在他手上用油写了一个“100”。

他把一辆车推过来，感觉这辆自行车像八十岁老人的骨骼，会突然骨折。

那个时候中国的东西还比西班牙便宜得多，但这几年来完全改变了。

大学的六年一直在学习，没有时间工作，钱都是从父母那儿来的，我们也没有时间花钱，所以钱不是问题。

我曾经给一本摇滚杂志写专栏，也获得过一个微电影比赛的冠军，毕业后在奔牛节当医生。除了这些，没得到其他的钱。我们习惯了不花钱，除了吃饭和偶尔买一些书，没有其他花钱的地方。

我看着小伙子，说："贵，贵。"

他说："便宜，便宜，八十元。"

小蕾问我："他说什么？"

"他说已经八点了，我们应该回家了。"

"哎哟，你的中文太棒了！"小蕾抱我。

我们家旁边有一家水果店，当我们经过的时候，在那里打工的女孩儿把一串葡萄送给小蕾。我们睁大眼睛，好像从来没见过葡萄一样。这也许是我见过的最大的葡萄，像紫色的乒乓球。小蕾剥皮，一口吞下去。"哇，好甜！"小蕾比我快，我正拿着本子找感谢的方法，她已经在水果摊中有了新的发现。她叫我："来看，这是什么？"我过去，旁边的女孩儿跟着我。"好臭。"小蕾说。我也从来没见过这个东西。第一天在中国，我的本子原本是空的，但是我做好准备会写很多笔记，给本子分配了不同的区域：一部分写常用的中文，一部分写地址和地方的名字，一部分写不要忘记的事，等等。不一定是准确的拼音，我用我的方式记下我听到的发音。我在"回家上网查一下"的区域写了"榴梿要不要"。

看着本子，我突然想起我们没买牛奶。我说了"牛奶"这个词，打工的女孩儿听懂了，我非常开心。她带我去有盒子的地方，盒子上都是中国字，我也不知道是不是。我看着她："牛奶？"她回答："流来。"旁边有一个白头发、高个子的男人看着我的表情，想帮忙，说："对，牛那。"我心想，应该是吧，但是怎么会每个人说的听起来都不太一样？那个小店老板的儿子，大概十岁，调皮地出来说："Milk。"立马又害羞又开心地跑开了。

对了，就是牛奶！几个月后我发现在上海学中文很难，因为外地人多，听到的中文不是很标准。本地人喜欢讲上海话，还有很多人英文很好，一看老外纠结讲中文，他们就会热情地用英文帮忙，这样中文更难学。

我把“流来”和榴梿买好了，那个女孩儿问了一个我没懂的问题，然后指着自己的鼻子说：“安徽。”我明白了，我很激动，指着自己的胸说：“大卫。”后来我发现很多中国人用手语表达自己是指鼻子，我们指胸部。

之后的几个月，每一次经过小店我都会大声地打招呼：“安徽你好。”她会挥手笑：“大卫你好。”后来我看了地图才发现我的错误。

几年以后我再碰到“安徽”时，我问她为什么当时没纠正我，她说：“小错误让我们的生活更有乐趣。”

第一次在中国遛弯，一天的经历让我感觉到学中文会是一个从来没碰到过的巨大挑战。

●◎

2010 年在上海。我一直觉得学一门语言最好的方式是跟本地人沟通。

Chapter 02

# 谋生，也要谋生活

弗拉基米尔是我在那个夏天认识的一个朋友，我不想说他是作家，因为在我的心里，这位温柔的白头发爷爷比作家还高一分。他是一个热爱文学，并且生活在文学里的人。他说生活里至少要有一次，为了一个梦想、一个故事和一个女人疯狂。那个夏天没想到我会都做到。

我出生在马德里，我护照上是这么写的，其实我没印象。我只记得很少小时候的事情：父母对我很好，夏天会开心地吃西瓜，我们经常去旅行。印象中我长到八岁时记忆变得丰富了，开始了让我激动的生活。那一年我开始打冰球。第一，我从来没碰到过让我那么开心的东西或者活动；第二，那项运动突然让我觉得生活要有一些目标才更有意义。从那个时候开始，我有了要一天比一天做得更好的动力。我之所以成为今天的我，很大程度上是因为那项运动。

幸好我不是天生就会打冰球，当时我太小，没意识到那是好事。后来我知道，这一点让我更早地了解到，坚持能让一个人得到他想得到的本领。

其他的小孩儿第一次穿滑冰鞋就能敏捷地从冰场的一边滑到另外一边，我却不是。一开始我只能站在冰上，过了一段时间只能慢慢扶着墙往前面滑，又过了很长时间才能快速随意地滑。

爱上这项运动后我发现，西班牙不是打冰球的好地方，整个西班牙只有六支冰球队。我们国家气候比较热，我从小就感觉自己喜欢的东西在远方。我认真地打球、认真地锻炼，一直渴望能加入一支高水平的冰球队。终于，加拿大的一支冰球队邀请我参加。当时我十五岁，我爸爸说："我很支持你追求当专业运动员的梦想，但是你必须做两手准备，答应我你会继续学习，就像打扑克，你不能放你所有的钱在一张牌上。在生活里你不能把你所有的希望放在一个梦想里，特别是运动。运动依靠我们的身体，有很多问题可能发生，你要做好心理准备接受这些问题。"我一个人去了加拿大的一个小农村，而且冰球打得不错，加拿大人都不相信一个西班牙人会成为专业冰球手。

在小农村里，外面零下三十摄氏度，我第一次感到孤独。大部分的时间在冰球场训练，在业余时间，吉他和小说成了我最好的朋友。我利用那个机会好好学英语，看经典英语文学成了我新的爱好，狄更斯、莎士比亚、海明威……

我一直嫌弃"放弃"这个词。十七岁我回到西班牙，从来不承认我放弃了运动的梦想，我安慰自己说，我只是选择了一条很现实的路。

回到西班牙，除了英语，我的其他几门课都不如西班牙学生好。我只有几个月的时间学习在加拿大没学过的东西，准备西班牙高考。

这时候我爸爸说："现在才是真正的机会，让你展现你有一颗运动员的心，不要难过，要挺胸面对新的挑战。以前你是早上六点起床去冰球场训练到喘不过气，现在要一样地面对高考。"

几个月的学习就像打冰球，高考终于来了。

考试之后要等几个星期，我天天躺着看书。在加拿大我用小说克服孤单，后来我发现看书也是一种享受，而且我一点都不了解西班牙文学，我之前一直都是看的英文的。

每个人都会收到一封信，知道自己的成绩，每个大学需要多少分是在报纸上公布了的，要看报纸才知道能进什么大学。

那一天我妈妈紧张地查报，我躺着看《堂吉诃德》，我妈妈说："你的成绩是 8.21 对吗？"我继续看书，说："是。"她的表情有一点像要流泪："医学需要 8.22。"我很冷静地说："八个月前没有人觉得我能考 6 分以上，我得了 8.21，是一种成功。就像比赛的时候，一支队很有实力，但还是另一支队幸运地赢了，怎么办？教练也不能说什么。"我妈妈很生气："这不是冰球，这是生活，是你的未来！"

医学需要最好的成绩才能进入，文学只需要 4.5 分，法律 5 分，生物 6 分，工程 7 分……我说："我不要做别的，我想当医生，如果今年考不上，我可以用一年看书，明年再考。反正我不会专门学文学，不然以后我会饿死的，但是可以花一年时间看西班牙小说。"

"好吧，你这么清楚就好。我们等几个星期看有没有人拒绝进入医学，你的成绩那么接近，可能有机会。怎么去了加拿大后你这么爱看书？"

初中的时候，西班牙文学课太无聊了，老师的讲课方式让我厌恶看书，对老师讲的那些作家写了什么一点都不好奇。高考后的那个夏天我很快乐，在农村的时间让我更珍惜马德里大城市的生活，去听很多关于文学的讲座，参观博物馆，看摇滚演唱会。很久不在马德里，朋友也不是特别多，如果找不到人陪我去看演唱会，我爸爸会陪我去。有时候去看摇滚演唱会的都是年轻人，除了我爸爸。

那个时候父母非常照顾我，他们怕我是在假装开心，而实际上心里很难过，因为冰球和医生的梦想都没有了，所以我对其他的事感兴趣他们才放心。

那个夏天我交了很多新朋友，也组建了一支乐队。很巧的是我认识了一个对冰球非常狂热的朋友，跟我曾经一样疯狂。他在学吉他，我们所有的歌都是关于冰球的，虽然我们知道在西班牙没有市场，但是我们玩得非常开心。我们只有两个吉他手，他和我。我们发现摇滚就是这样，没有规定，想唱什么就唱什么，想用什么乐器就用什么乐器，只有一个目的：幸福。

马德里的生活很丰富。当夏天快结束的时候，我妈妈回家开心得像太阳一样。“大卫，刚收到一封信！”她喊，“有人没接受他们的学校，你进入了大学！”

离开学只有一个星期了。“太好了！”我从来没有过这样的成就感。

“明天我们去潘普洛纳！”

突然我的喜悦停止了：“啊？潘普洛纳？什么意思？”

“哦，对，忘了说，你进入了最有名的医学院！”

我突然有一种失落感，潘普洛纳医学院确实有名，但我只能想到潘普洛纳的奔牛节，在我们首都人的心里，潘普洛纳听起来跟一个小农村一样，没想到我为了梦想又要搬到农村去。

“你不开心吗？”妈妈看着我。

“没有，只是最近在马德里那么开心，突然又要去那么落后的地方……”

“潘普洛纳是省会，哪里落后，而且你知道，医学特别难学，一个安静的城市是最好的学习的地方。”

“对，对，我应该激动！我必须开心，我要把握这个机会！”妈妈拥抱了我。

我跟乐队的朋友去排练。

“我明天去潘普洛纳，我进入了医学院。”

“哇，恭喜！潘普洛纳？奔牛节那儿？”他说。

“是的。我这两个月写了这么多歌很开心，以后不会有时间做音乐了，因为要学习，没时间玩。六年是太久了，毕业后我就是个老人了，肯定不会再做乐队了。”

“别这么说，你毕业时才二十四岁。”

“我怕以后没有机会，想先做一件一直想做的事。我们开一场演唱会吧！”

“我们？你开玩笑。”

“我去潘普洛纳找房子，回来后还有几天的时间。我会跟冰球老板说，我们自己做舞台，把二十张长凳搭起来，用冰球场当看台……”

“你疯了！不过我喜欢。”

我很重视那场演唱会。我们做了一幅搞笑的海报，把它复印给所有我们认识的人。除了歌曲，我们还准备了很多故事和好玩的惊喜。演唱会当天来了很多人，我们在舞台上 high 极了。去潘普洛纳的时候，我真的以为我那颗摇滚的心永远地满足了，没想到有一天它会再醒。

☆ ☆ ☆

到了大学，我的新生活可以用一个词描述：图书馆。

所有进入潘普洛纳大学的学生都知道这所大学是西班牙最严格的学校之一，很难及格，很传统，不可以随便穿衣服，行为有点不正常就会被校长叫去谈话。第一天学生们听校长 T 医生的讲座：“上课的时候要认真学习，不上课的时候自己去图书馆学习。”

新生会问大二的学生：“校长是不是常说‘不管你学多少，永远都不够’？”我们都很害怕。当看到大二的学生老得那么快，胡须那么长，我们都相信了。当然也有一部分学生觉得大学必须是人生中最好玩的一段时间，天天去公园喝酒。

认真学习的人，上午上四个小时的课，中午吃饭，下午在图书馆复习。其实学那么多新的东西我们都很激动，期待着三年后去医院实习。我一开始下午学几个小时，很快发现其他同学学得更多，于是我也习惯在图书馆待到关门——晚上十点。

经常去图书馆的人很快就脸熟了，会分享书和笔记。但是图书馆是一个安静的地方，空气里飘着一种孤独的感觉，很多人说学习必须孤独。

七八点的时候总会有人漫步在图书馆里，叫别的同学喝咖啡。楼下有我们学院的咖啡馆，可以吃西班牙小吃、喝咖啡。有些学生选择在那里学习，但咖啡馆太吵，不容易集中注意力。

每天有二十分钟的休息时间，跟其他的大一同学喝咖啡是一天里最好玩的时候，尽管我们经常利用那段时间一起思考物理和化学的问题。在喝咖啡的时间里，我认识了一个很内向的同学，他很少说话，西班牙名字叫 Pello，十年后我给他起了一个中文名字：鹏游。

喝完咖啡，有的同学回家看电视、踢足球、喝酒，我们不一定是最爱学习的人，但或许是最害怕不成功的人。

过了几个月，及格的难度越来越大。很多同学承认，图书馆关门后在家里继续学习。我也开始这么做。回家煮一点白米饭或者意大利面，放上番茄酱，一边吃一边背遗传学规律。

这种生活经常让我问自己：“值得吗？一年、两年、三年……六年！”最后我会回答自己：“当然值得，为了梦想。”我爸妈给我打电话，问我：“你在干吗？”我回答：“学习。”他们说：“加油。”

T 医生偶尔会来给大家开讲座，讲大学生的行为必须完美，穿衣服不可以邋遢，学习要越多越好。他经常说：“当你们想合上书的时候要再坚持二十分钟，六年下来，每天的二十分钟加起来，可能就会有多一个病人活着。”把每一次学习的过程当作拯救病人的机会，这是一种鼓励。

西班牙大学每个学期都有两个星期的时间是考试，不上课，在二月份和六月份。每一门课一次考试，不及格的话，九月份会有第二次机会。

二月份快到的时候，大家都快疯了，图书馆里满是人，要在图书馆开门之前排队才能找到位置。虽然里面禁止说话，但是那么多人呼吸、耳语、记笔记、擦额头……感觉还是非常吵，一种恐怖的感觉盘旋在学生的头上。两个星期，每两三天考一次，每天睡三四个小时，比冰球决赛还要累。二月的潘普洛纳会下雪，很冷。那个学期最后一门考试结束，图书馆里脸熟的人都比较开心；而那些觉得可以边玩边学习的人都没及格，他们不开心。

虽然成绩不是特别好，但每一门课都及格对我来说已经非常成功了，还有很多是在加拿大读高中的时候落后的。我爸爸给我打电话恭喜我：“你只要这么做十二次就能变成医生了！”

“对，可是六年，十二个学期，我会不会死？”“别胡说。”我爸爸说，“要不要回马德里休息几天？”“不用了，我很想念马德里，但是只有三天假期，我宁愿留在这里。”那个学期我只回了马德里一次，连圣诞节都是在学习中过的。还有我十八岁的生日，十月份的时候，也是在学习中过的。

我决定了，要是这么过六年，我愿意，但是必须给自己留出一点空间。既然及格是可以的，那以后成绩就要更好，只不过每天都要空出时间做跟医学没关系的事。

在加拿大看英语经典著作，回西班牙看西班牙语的书籍，这两种语言已经占了半个世界的文学。除了阅读著作，我还经常会去研究一下作家们的生活，我喜欢去了解为什么他们会写出这样的著作。我发现最吸引我的作家，他们都非常欣赏法国文学。不管他们是哪国人、生长在什么年代，我喜欢的作家都对法国有特殊的感情。其实17世纪后，不仅是文学，我感觉西方文化的中心在法国。

我决定每天回到家都要研究法国文学，我想知道是什么影响了那么多的西方作家，为什么那么多艺术家为巴黎心醉，巴黎真有那么大的魔力吗?

《包法利夫人》是法国现实主义的代表作之一。世界上那么多书，我不会随随便便选择。选择下一本看什么也是一种享受，可能有时候原因听起来很不科学，有时候跟感觉或者感情有关系。我把这本书当作我法国文学的入门，因为是秘鲁作家巴尔加斯·略萨最爱的书。虽然我一直觉得任何书最好是看原版，但我不会法文，我去图书馆找了西班牙语版本。医学院的图书馆里大部分的书是医学方面的，但是也有一排书架是世界经典文学，肯定有这本书。

考试在前一天结束了，空气里还弥漫着恐惧的气息，一股味道和一种冷静，像疯狂的派对刚刚结束。图书馆里只有一个人，坐在文学书架对面。我慢慢走，不想打扰她。一个姑娘在写笔记。她抬起头，她的脸很熟，但我不知道她是谁。“你好。”她说。“你好。”我说。我走近一点，突然发现她非常漂亮，我有一点害羞。黑色头发，带着快乐光芒的褐色眼睛，有魔力的微笑，一看就知道她是一个热情的姑娘。脸蛋棱角分明，我估计她是北方人，潘普洛纳或者巴斯克自治区。我想着这些，没说话。她问我：“你是医学院的大一学生，是吗？我感觉上课的时候看到你了。”“对，是的，我好像也看到你了。”我们班两百个人，其实我不清楚在哪里看到的她。

我走向她，问：“你怎么在这里？”

“我知道今天会很安静，我来写一点东西。”她把她的笔记偷偷地翻过去，好像有一点不好意思。

“你喜欢写什么？”

她微笑，显得有点害羞。“日记而已。”她看着我说，“你呢？”

“哦，对了，我来找《包法利夫人》，你知道在哪里可以找到吗？”

“我不认识她，今天第一天假期，她肯定不来，大学的员工都没来。”

我笑了：“我说的《包法利夫人》是一部法国小说。”

她的脸红得跟苹果一样，但是她的反应很快。“我知道，我是开玩笑的。”她站起来说，“我帮你找。”

我们对面就是文学书架。外面雪在融化，潘普洛纳的雪不长久。

我们在书架里找，书按作家姓的首字母排序。“谁写的？我忘了。”她说。

“Flaubert（福楼拜）。”我一边说，一边转身面对书架。“Q，R，S……Sartre（萨特），应该下面一点。”我说。

“L，M，N……Neruda（聂鲁达），还要下面一点。”

我们单膝跪地。“G，Garcia Marquez，肯定在这附近。”

看到最下面一排。“F，Flaubert，我找到《包法利夫人》了。”她说着把书给我。

我们都还跪着。“谢谢。我忘了说，我叫大卫。”

西班牙人初次认识会吻对方两边的脸颊。“不用谢，认识你很高兴。我叫小蕾。”

☆ ☆ ☆

新学期开始了，压力跟以前一样。在教室里偶尔会碰到小蕾，我们会打招呼。她喜欢坐在后面，我总是坐第一排，离那个瘦瘦的叫鹏游的同学不远。教室很大，有二百五十个座位，但每天上课的只有一百人左右。有的人不喜欢听课，在家里学习；有的人不喜欢听课，在家里玩，这些人很难升到大二。那个严肃、挺胸、声音低沉的 T 医生又来给我们开讲座了："如果你们及格了，不要太开心，接下来会更难。告诉那些不来上课的同学，这种行为虽然是允许的，但会让他们失败。我也希望你们可以做好人，希望你们每个星期天都去大学的教堂做礼拜。"

我听说 T 医生是一名很有名的医生，当了几年的大学校长。大六也有一门课是他教的，传闻很难及格。他很严格，但是大家也说他充满智慧，爱学习，爱教书，喜欢爱学习的学生。他曾经在西班牙医生考试中排名第一。大家也八卦他偏爱是基督教徒的学生，甚至影响到其他教授给这些学生加分，他也会嫌弃穿破衣服或者留长头发的学生。

两个星期后，我已经忙不过来了，如果晚饭后不学习，就完不成每天要背的材料。我一直在找时间继续看法国小说，我决定找 T 医生给我一点指导。

在学院门口碰到小蕾。"你好。"我打招呼。

她一直微笑："最近好吗？"

"还好，胚胎学快让我疯了，我什么都不懂。"

"我也是，太难了。哦，你去哪里？你想喝一杯咖啡吗？"她问。

"我找 T 医生。"我回答。

"T 医生本人？还是一本书？"她笑。

我也大笑。"本人，我去他的办公室。"

"找他干吗？"

"不知道。"我抓自己的头，"聊天吧。"

她又诧异又好奇："你不应该打扮一下吗？听说……"我穿的是普通的牛仔裤和 T 恤。

我没回答，看着她。她继续说：“如果你想聊天，可以给我打电话。”

她看着我的眼睛，我热情地说：“好，再见。”

我出生的时候，西班牙还比较传统，学校必须开设基督教课，婚礼必须在教堂里办，孩子生下来马上要洗礼，要不然大家会说闲话。我有基督教的背景，爷爷奶奶天天去教堂，那个年代的人都是这样。我爸妈是在教堂里结的婚，我小学也上基督教课。就是在小时候上基督教课，我发现自己不信这个宗教，儿时的我觉得这个宗教很矛盾，他们一直说基督教是爱，但是我一直感觉基督教靠惩罚，你懒懒地做作业就会到地狱去，你浪费食物也会到地狱去，你如果偷东西肯定一万年都会在地狱里被火烤。这跟爱有什么关系？应该是因为有爱，因为想做好事表达爱才不做这些，而不是因为怕惩罚。

初中的时候我大概十岁，老师问大家谁没经过洗礼。只有两个人举手，其中一个是我。老师骂我父母，然后说我死的时候会到地狱去。我又生气又害怕，如果上帝是爱，怎么会让这个人骂我父母？

我问过我父母，为什么我出生的时候没受洗礼。我妈妈说：“因为你要成为什么样的人是你自己的选择，我们会帮你、指导你、爱你，但是我们从一开始就要让你当一个自由的人。我们不能逼你信一个宗教，我们祖宗信基督教，我们能按这个想法教你什么是对、什么是错，但是我们要你自己选择，而不是替你选择。”

我越长大，就越觉得我父母伟大。虽然我嘴上没说过，但他们为我做的一切都让我很感动。

尽管我不是基督教徒，但我依然尊重别人的宗教信仰。

现在在西班牙，宗教是一个隐私的问题，但是潘普洛纳比较传统，和别人谈话时需小心谨慎，我怕 T 医生会提这个话题。

我进入学院，找办公室，敲门。

“您好。”我说。

他正在坐着看桌子上的材料。

“哦，今天我没等谁，请坐。”他严肃地说。

“我叫大卫·加西亚·搂，医学院大一的学生。”我盯着书架上一个塑料脑袋的模型，“我来是因为您说的这个学习的节奏，我怕我做不到，我会死。”

他仿佛笑了，那是我第一次看他笑，“有那么严重吗？”

“是的，这么说有一点夸张，我就是想得到一点指导。”

他看着我，好像很感兴趣。他自言自语道：“好的指导只有上帝能给你。”他把电脑打开，“等一下，”他搓了搓双手，“加西亚，对吗？”好像他在看成绩单。“你的成绩是 7，还不错，可以更好。”他严肃地盯着我，“你不怕我吗？”

一滴汗滑过我的额头。“先生，不，我不怕您，我就怕我在打扰您。”

“我以为大一的学生都怕我呢。”他大笑。

他上下打量我，好像在检查我的样子。突然他盯着我手上的小说，然后继续检查。他说：“一个医生不可能什么都知道，总会有一天你在医院工作，碰到一个治不了的病人，你该怎么做？你叫比你会得多的同事帮忙。你很快会变成我的同事，六年时间过得很快。你今天来这里找我是对的，不过，我只能给你一个建议：没有秘诀，没有快捷键。每年第一学期从九月份到第二年的二月份，第二学期从二月份到六月份，努力学习，就像世界上没有别的事情可做，这样的话，从六月份到九月份，你可以完全做其他的事情。想象一下，如果有一门课不及格，暑假也要在这里过，两年连在一起一直学习更辛苦。”

我低头：“应该只能这样吧。”

“我建议你经常跟其他成绩好的朋友分享你的情绪，你会发现面对医学，他们跟你一样，觉得很难。听你的口音，你应该不是本地人，我估计朋友不多，不要太孤单了，这个也会影响你的学习能力。”

“谢谢。”我说。

我起身往门口走，他说：“其实我还有第二个建议，多祈祷和感谢上帝。”

“谢谢先生，再见。”

我回家了。冬天很早就天黑了，我在古镇里绕圈散步。我做好了心理准备，这六年从九月份到六月份疯狂地学习。我住在一所一室一厅一厨一卫的房子里，去学校走路十五分钟，离古镇十分钟。

古镇真的很美，面积现在占潘普洛纳的四分之一。

两千年前，罗马人建了一个小镇。一千年前，在那个小镇，不同民族的人住在三个不同的区，彼此用一面墙分隔，这些墙现在还能看到。后来，这三个民族的人住到一起，变成了潘普洛纳。古镇里满是15世纪时褐色石头的建筑，夏天的时候，参加奔牛节的人群就在这些楼下经过。

因为这些，潘普洛纳吸引了很多游客，算是一个旅游景点。我慢慢走过古镇，有外国人在古镇里拍照，不多，潘普洛纳的冬天还是很安静的。我必须回家学习了，地上开始出现黑色小点，突然很多，下雨了！看着古老的广场和古楼，我有一种非常冷的感觉，所有的店都已经关门了，我像身处一千年前的潘普洛纳，身后巨大的教堂，黑暗无光，我全身起鸡皮疙瘩。以前，西班牙小镇最大的建筑是教堂，表达力量，在一千年前是一种让老百姓畏惧的方式，让他们信奉。雨越来越大，我继续看着它，真的很美。

好羡慕古镇里的外国人。我回家，看《包法利夫人》。我坚定了这种想法，我会努力学习，但是每天都要给自己一段时间逃出现实，看看远方的书。

忽然我想到一个主意。那段时间我听说了一个很有意思的故事，但是没花时间去研究是不是真的。我打开电脑上网，那时电脑刚开始流行，并不是每个人都有，每次上网都要付钱。

我听说过一个网站叫“沙发客”，它的广告语吸引了我：“通过旅行建立一个更好的世界。”这个网站帮助旅行者跟本地人建立联系，本地人提供一个免费住宿的地方，可以是一张沙发，外地人来旅行的时候可以当沙发客，住在本地人的家里。我想我可以注册，提供我家的沙发给旅行者住，从图书馆回来的时候，我可以听他们的故事。我当然更愿意自己去旅行，但这是不可能的，所以我只能听别人的旅行故事，这也是一种旅行。

注册一个星期后，已经有人想来我家住了。第一个沙发客是来自北欧的女孩儿，她联系我说想住两个晚上。那天我没去图书馆学习，我给她我的地址，在家里等她。

下午门铃响了。“你好，大卫。”

“欢迎，欢迎！”我们用英语交流。走廊上有四扇门，分别通向厕所、厨房、客厅和我的房间。“这是客厅，这是你的沙发。”

“早上下雨了，我的行李都湿了，我可不可以在这里晾衣服？然后我就去看看潘普洛纳。”

“没问题！”我说，她开始把所有的衣服摆在客厅的家具上，“我不能当导游，我必须留在家里学习，你晚上回来我做简单的饭吃。”

“太好了，谢谢。”她走了。我继续在我的房间里学习，胚胎学真是第二个学期最难的一门课，都是从来没学过的东西。从两个细胞发展成一个人的过程，每一步都要学。过程很有意思，但是有点复杂。

过了几个小时，小蕾给我打电话。

“啊，小蕾，最近好吗？”

“挺好的，我就是……”她说话有些犹豫，“我在你家附近，你要不要跟我喝一杯咖啡？”

“你在附近？太好了，你来我家吧，我在学习，等一会儿我做饭给你吃。我报名参加了一个很有意思的事情。”虽然我曾经跟她说过我住在哪儿，但这是她第一次来。门铃响了。

“你好，进来。”我跑到厨房去，我喊，“走廊左边是我房间，随便放东西，我在煮面。”开水溢出砂锅，泡沫差点把火扑灭了。同时门铃又响了，我跑去开门，北欧女孩儿回来了。我看到小蕾从客厅出来，她的表情非常尴尬。“我才知道你是跟你的女朋友住在一起。”小蕾说。她刚刚在客厅里看到一堆女人的衣服。

北欧女孩儿热情地说：“你好！”小蕾更尴尬。

我大笑。“不是，不是，你知道沙发客是什么吗？”

我又听到泡沫在灭火，跑到厨房去。

“沙发客？”

她们俩也走进厨房。

我解释了沙发客是什么。“下个星期已经安排了一个瑞士男孩儿住一个晚上。”北欧女孩儿去客厅收衣服。

我跟小蕾在厨房继续聊。“沙发客这个东西，真的很酷。”她说。

“每次有沙发客来，你也可以来，”我说，“我们可以一起学习，你看起来很聪明，肯定上个学期每一门课都及格了。”

“嗯，是及格了……”每个学生的成绩都是秘密，是每个人的隐私。

虽然从她的眼睛里我能感觉到她很聪明，可没想到她第一学期的成绩是 9.5！如果那个时候她告诉我我会晕倒，我那么累只得到 7，小蕾开开心心的，好像一点压力都没有，还能得到一个我以为不存在的成绩。

她继续说：“对不起，刚才我的表情……我看到了那些女人的内裤，我以为是你女朋友的，顿时觉得我来这里不合适。”

“没关系。”我一边说，一边倒锅里的水。

“没关系，有女朋友也是一件很正常的事。”她紧张地抓她的鼻子，“你……你有女朋友吗？”

“没有，在潘普洛纳除了一些同学我谁都不认识，怎么会有女朋友。你喜欢意大利面吗？”

她看着我，表情像是在想这个人怎么这么笨。我一点都没察觉到是为什么。

我们仨吃饭。

“你们喝什么？”

“水。”小蕾说。

“啤酒。”北欧女孩儿说。

我从来没喝过酒，只有牛奶和自来水。我发现在我家问“喝什么”只是一种礼貌的说法而已。

我们听北欧女孩儿的故事。她十九岁，比我大一岁。她想从挪威旅行到葡萄牙。她没上大学，想去葡萄牙找工作，在海岸打工。我们问她为什么去葡萄牙。我们离葡萄牙那么近，却一直没想过去那里。她说：“感觉，没有别的原因，我觉得属于我的地方在那里而已。”我们听她讲挪威的夏天天会一直亮，冬天天会一直黑。挪威的山很特别，靠海，像一只巨大的手压在海岸上，让手指中间的土地变成非常美的峡湾。小蕾是一个喜欢听故事的人，喜欢旅游，她很热情，喜欢认识新的朋友，好像很享受跟这个女孩儿聊天。

“那你没有打算上大学，你父母是不是很生气？”我问。

“北欧应该没有西班牙那么传统，很多人停下一年不学习去旅行。”小蕾说。

挪威姑娘笑了：“我爸妈不是特别开心，也不是很生气，他们希望以后我还回来学习。我笑是因为在挪威，我们觉得西班牙才不传统，你们在这里很独立。”

我们都笑了：“我们感觉你们才独立。”

虽然那时我不能旅行，但挪威的故事把我的小客厅变成一艘船，在峡湾中摇曳。我煮面使客厅满是雾气，就像我们在挪威森林中露营。这是上大学后第一个这么美好的晚上，旅行让我很幸福。

小蕾看着我，用西班牙语说：“我们可以去挪威看一看。”

“我不确定我胚胎学能及格，如果不及格，就没有假期。”我郁闷地回复。

“那如果我们每一门课都及格就去挪威怎么样？”她的眼睛亮了。很多年以后我知道，每一次有一个让她幸福的主意，她的眼睛都会这么亮。

“及格的话，今年我也不能去。”我一边吃面，一边找借口不分享我的计划。

“为什么？”她问。

“啊，啊，我……我给你们拿冰激凌好吗？”我站起来去厨房。那个夏天我已经决定了要去一个地方，而且必须一个人去，而且最好把这个当成一辈子的秘密。

冰激凌跟挪威冰川一样凉。她们吃得很开心。

她用温暖的语气说：“那……别的假期我们俩可以去挪威，跟别的同学去……也可以。”

“当然。”我觉得她很热情。

她用手撑着自己的额头，心想这个人真的很笨。

☆ ☆ ☆

从那天起，我家每个月都会收留两三个沙发客，我还能每天都看几页小说。虽然不是我希望的那么多，但也很幸福了。T 医生说得没错，越来越难，越来越忙，但是学得多，吸收得也越多。每次有沙发客来，小蕾也会来。我的小客厅变成了各个国家的潘普洛纳大使馆。挪威姑娘之后的沙发客是瑞士人。第一次接触瑞士人，我诧异小蕾的法文如此流利。我问她："你能不能教我法文的基础，剩下的我会自己研究，只要教我基本规则就可以了。"

"当然可以。"她开心地说，"你为什么想学？"

"我想看法文小说。"

偶尔我们会去学院的咖啡馆，小蕾为我解答法文中我不懂的地方。

每天我放学回家的路上，我爸爸会在我有空的那十五分钟给我打电话说加油，还会讨论新闻和他最近看的书。我爸爸一直在看书。

夏天快到的时候压力特别大，不收留沙发客，也不看跟医学无关的书。图书馆里满是紧张的气氛，一进去就感到喘不过气来，尽管开着空调，但还是热，那么多人挤在图书馆里，感觉空气都是黏黏的。

第二次考试到了。我和同学们的气色都不好，抬头纹深了；顶着黑眼圈，像被揍的拳击手一样；头发又少又乱。

我所有的科目都及格了。一得知这个消息，我就开始整理行李——一个小包：四件 T 恤、三条内裤、两条裤子和一双袜子。我是一个不需要很多东西的人，最难选择的是带上什么书陪我，只需带一本，到目的地会有更多。我决定带维克多·雨果的书。

我从来没挣过钱，也不想找我妈妈要，我准备这三个月靠自己的努力生活。虽然那个时候我十八岁，已经做了很多事，但感觉都是爸爸妈妈帮我做的。我突然想知道自己到底能做什么。我打开储蓄罐，拿出我从小到大攒的钱：路上捡的钱、生日和圣诞节时奶奶给的钱，等等。杂七杂八的小钱凑在一起，大概有两千块人民币。欧洲物价很贵，我买了一张火车票，还有一点钱，应该够我生活几天。

我给我妈妈打电话："妈妈，成绩刚才公布了。"

她很紧张："然后呢？"

"我都及格了。"

"哇！太好了！恭喜恭喜！"我爸爸在马德里房子的客厅里看报纸，我听见妈妈告诉他："大卫及格了！"妈妈继续跟我说："那……你什么时候回马德里？"

"我不回去了。"

"那也可以。我没想到你想留在潘普洛纳，随你吧，反正现在你有你渴望的三个月假期。是不是想看奔牛节？你可以看，但是千万别跑哦，哈哈！"她知道我对这种危险的活动不感兴趣。有两种人会参加奔牛，一种是本地人，跑是因为爸爸、爷爷、太爷爷都跑过；第二种是想体验恐惧的人，很多外地人和外国人来奔牛节跑，因为危险的活动让他们感到自己还活着。我一直觉得这种行为很愚蠢。但是我突然想，我为了内心的激动要去独自面对一个陌生的城市，是不是跟这些人为了内心的激动去面对危险的牛一样？我是不是也很愚蠢？没办法，这是一种内心的渴望，我了解了，每个人的需求都不一样。

"妈妈别担心，你知道我不会这么冒险。"

"我知道，我的宝贝。"

"哎哟！别叫我宝贝，我长大了，哈哈。"对于妈妈来说，我依然是一个小孩儿，很多年后我明白，这是一辈子都不会改变的。"妈妈，我要去旅游。"

"那也好，你这一年太累了，你需要我们给你多少钱？"

"不需要钱了。好，拜拜，你别担心就好。"

妈妈紧张起来："等等！你去哪里？"

“不能告诉你，你别担心就好。”

“不不不，我怎么会不担心？”

“妈妈，我会给你们打电话的，好吗？”

“不可以！”

“一会儿再说……”我挂了电话。

那个时候我什么都没有。我不需要钱，我什么都不想要，但是我有旅行的需要，我要靠自己。我不是为了让别人觉得我能做什么，所以最好把这件事当作秘密。很多年来，我没跟任何人说过那个夏天我做了什么，有一个秘密也给了我安全感，不管我失去什么，这个秘密一直是我的。

我做这个是给自己的一个礼物。

其实我能选择去任何地方面对自己，但是我决定去一个非常吸引我、有魔力的地方。科塔萨尔、恩里克·维拉－马塔斯、保罗·奥斯特、海明威，我看他们的书太有同感了，他们为那个城市迷醉，我也想去。他们去是当作家，我去是当读者。

钱少，没有卡，那个时候手机像砖，所以也没带。我每个星期都会给妈妈打电话，虽然我告诉她我过得很好，但她一直不知道我在哪里、在干什么，这让她很生气。我的计划因为一些意外改变了，在那个令人迷醉的城市待了两个月，最后我还去了另外一个地方。

我打电话给妈妈。

“新学期马上开始了，赶快回来！”

“我知道了妈妈，我不会迟到的。”

“宝贝，你多保重自己，我很担心。”

“对不起，我这两个月感慨很多，我想告诉你我从来没有这么体验过生活，我很感谢你们让我做这个我需要的旅行，我会跟你们分享我的幸福……”

“我没让你做！好吧，回来吧。”

“我还有一个地方必须去，然后我再回来，我保证接下来的十个月我会像机器人一样学习，也保证以后不会再做这种事。”

我妈妈叹了口气，说：“好吧。”似乎放松了许多。

“昨天我到乌克兰了。”我说。

妈妈突然又紧张起来：“神经病！乌克兰？马上回来！俄罗斯那边？唉，我的妈呀，我生了一个神经病！那么远！”

“妈妈，我在看黑海，海水非常蓝，我一个人到这里来，你知道是什么感觉吗？”

“你想去黑海我们给你买飞机票，我们一起去不是更好吗？”

我感觉她不了解我通过自己的努力来到这边的重要性。“下次再一起来吧。”我叹气。

“你说你还要去一个地方？”

“对，我要参观‘托尔斯泰家’，托尔斯泰曾经住的地方。”

妈妈一定觉得她儿子疯了，但她只能无奈地说：“好吧，快回来。”

“我爱你们，坐四五天的火车应该能到西班牙边境。拜拜。”

“我也爱你。”

我到潘普洛纳正好是大二开学那天。之前的三个月过得太丰富了。

我有一种从来没有过的感觉，心里最基本的需求满足了，我不仅谋生过，而且真正感觉到自己活过。

弗拉基米尔是我在那个夏天认识的一个朋友，我不想说他是作家，因为在我的心里，这位温柔的白头发爷爷比作家还高一分。他是一个热爱文学，并且生活在文学里的人。他说生活里至少要有一次，为了一个梦想、一个故事和一个女人疯狂。那个夏天没想到我会都做到。

回到潘普洛纳，生活和学习都跟以前一样无聊，但我不太在意，因为我活过。

第二年更难学，但是我的动力特别大，而且还会比第一年学更多个小时。

我收留的沙发客越来越少，因为学期开始以后，小蕾一直有事不能来，没有她就没有那么好玩，我宁愿看书。

我经常问自己，是要等梦想到来，还是主动去找它们？

我又去了 T 医生的办公室。

“您好。”

“你好，大卫，进来。”哇，他记得我的名字，我非常诧异。后来我才知道他记住了大学里每一个学生的名字，医学院里不会有他不知道的事。“你的暑假过得怎么样？”

“很好。”

“你去了哪里？”

“啊……国外。”

“挺好的。休息好了吗？准备好学习了？”

“我充电了，我要比去年更好。”

他笑了。“很好，很好。”他看了看我手上的书说，“我发现上一次你来的时候带了埃米尔·左拉的《萌芽》。”他的记忆力好到恐怖的程度。

“是的，先生。去年我看了很多法国书。”

“现在看什么？”他弯下脖子看封面。

“陀思妥耶夫斯基。我去年一直觉得文学的根源在法国，因为一个朋友，应该说是老师，叫弗拉基米尔，我突然对俄罗斯文学很感兴趣。”

“你知道吗？”他没有挺胸，放松地往后面躺了一下，“文学这个东西跟医学很有关系。”我对他的话非常感兴趣，我看着他的眼睛，仔细听着。“因为文学跟人有关，而医学面对什么？”我不敢开口，他继续说，“人。”他把桌子上的材料摞起来，“我想问你，你为什么看这种书？为什么看俄罗斯的书？”

“文学是一种旅行，旅行是一种智慧，旅行让我们认识有意思的人，文学让我们认识作家。”我说。

“我同意，旅行的时候我们会收获最重要的财富，那就是我们在路上认识的人。”

我有一点紧张，我怕自己太啰唆了。“因为弗拉基米尔，一个乌克兰人，我开始看俄罗斯小说，他说经典的书能让一个人了解很多，特别是俄罗斯文学。”

“我同意你朋友的观点。”T 医生说，“而且对一个医生来说，研究陀思妥耶夫斯基的书是研究人类的痛苦，会有帮助。我们成为医生是因为要帮助人治疗一部分痛苦。”

我突然想起我来这里的初衷：“去医院工作是一个大的动力，可惜要等两年。我一直想如果能去医院，我学的东西更容易记住，而且会有更大的动力。我担心如果我就这样对着黑板两年，我会失去好奇心。”

“你很想去吗？”我点头。“多学点理论知识对去医院实习很有帮助，我可以帮你安排实习，我感觉你不是一个会浪费时间的人。你最喜欢什么课？”

我朝桌子上那个塑料脑袋模型点点头。

之后一个星期三的早晨七点，我第一次去医院，去找手术室。秋天天色灰暗，我走在黑暗的地下走廊，人很少，灯管像还没达到最佳的亮度，医院的墙是白色的，给人一种冷的感觉。每一次有医护人员推着病床走过，灯就会闪，灯下的生命气息很微弱。我走过一个有病人家属陪伴的房间，像老候车室，他们在打瞌睡，像在等待一列说不清什么时候会来的车。病人等治病，家人等病人，学生等变成医生，医生等一个更好的明天。医院的味道我闻过很多次，但是第一次感觉这股味道不刺鼻，从那时开始，医院成了我的第二个家。那种味道很特别，是一种平衡：酒精和胆汁、双氧水和汗、碘和脓、漂白剂和排泄物，就是消毒剂和病的味道，平衡生命和死亡。那是我第一次深深地闻它，五年后我感觉这味道一直在我身上。等待的味道。

我找到了金属大门，上面挂着一个牌子，写着“闲人止入”。我推开门，里面还有两个门：男、女。我进去。

有人在换衣服。不同的盒子里装着不同大小的衣服。另外一个盒子里是口罩、帽子和鞋套，我都穿好。像爱丽丝梦游仙境一样，继续推开门，我进入另外一个世界，特别亮，人们穿着哈密瓜绿色的衣服，戴着哈密瓜绿色的口罩和帽子。每个人看起来都一样，只能看到一双劳累的眼睛。

我问一个长睫毛、细眉毛的绿人，T 医生的手术室在哪里。跟着她的指示，我又穿过几间手术室。我发现每一间手术室里都有白板注明哪一个外科系预订了它：心胸外科系、泌尿外科系、矫形外科系、整形系……我终于找到了神经外科系。

我以为我要等两年才能看病人，突如其来的机会让我很激动。八点钟，同学们在教室里对着黑板，而我在看一个活人的脑子。我怎么这么幸运？我站在 T 医生后面，不敢动。我把手术室里发生的所有事情都刻在脑海里，什么都不懂，我想着回家查一下我听不懂的词：下丘脑、髓母细胞，等等。好奇是迈向智慧的第一步。

我以为大四以前不允许去医院，其实不是，T 医生说那么多年他很少碰到学生问能不能去医院实习。他说，有什么想做的事要勇敢地说出来，这样才能碰到会帮你实现梦想的人。这一点我不是完全赞同。追逐梦想像打扑克，你要谨慎地选择让谁看你的牌，他们看你的牌会知道你需要什么牌，想帮助你的人会帮你更容易地得到你需要的牌，想伤害你的人也更容易伤害你，没有能力帮你也不想伤害你的人没有必要知道你的梦想是什么，梦想是个人的隐私。找到人能分享梦想是最有魅力的一种分享。

这是我打冰球的时候明白的。如果初中的时候我说我过几年要去加拿大当运动员，很多人会笑，因为这个，我从小就很内向。西班牙文化比较认可做普通人，我一直觉得矛盾，我们的教育是这样：老师说我们必须努力，但是如果学生说他想当第一名，老师就会鄙视他。我一直问我自己，那他们要我们努力干吗？但是我到了加拿大，这里跟美国差不多，老师说要努力，如果你不当第一名，你就是一个失败者。我也觉得美国这种想法有些过分，特别是在生活的每一个方面都要当第一名。

我最喜欢的美国作家是保罗·奥斯特，他写的人物都是在纽约比普通人还要普通的人。

从那一天起，我每个星期三都会去手术室。我跟谁都没说。我去是因为想克服孤单，而不是想要比别人好。每一次我都能感受到我在图书馆里学的理论很有用，这让我很幸福。

有一天在图书馆喝咖啡休息的时候，有人提出一个问题："图书馆关门后，你们都喜欢做什么？"我们五六个人同时叹气。每个人都说出了比医学更感兴趣的事情，不是不喜欢医学，而是大家都有梦想。

一个巴斯克男同学说："我爱做饭，特别是做饼干。我毕业以后想开一家小店。"我们又叹气了，才大二的我们听到这个遥远的词——毕业，觉得又好笑，又无奈。

鹏游，那个坐在教室里第一排的男孩儿说："我喜欢电影，我每天晚上都看一部电影。"这是我第一次听他说话，他性格很内向，我觉得他特别有意思，他说的是"学电影"，而且他的眼神表达出他是故意这么说的。

"我喜欢种花，毕业后我想开一家小花店。"一个女孩儿说。

"我喜欢弹钢琴，毕业后……算了，毕业后我们会比现在忙，我们会忙五十年，开一家咖啡店，能喝咖啡、弹钢琴是做梦，做这种梦是浪费时间。"

我们都笑了，但可怕的是我们都知道他说的是事实。我用开玩笑的语气说："那这样吧，我喜欢看书，毕业后我们一起开一家店，你卖饼干，你卖花，你弹琴。"我看着鹏游，"我们喝咖啡，你看电影，我看书。"大家都笑了。

"我们上去继续学习好吗？"巴斯克同学说。我们都一口把咖啡喝了。

新学期开始后，我还没跟小蕾说过话。几次邀请她来我家，她都没来。在教室里碰到她一两次，她好像都没看到我。反正我们都很忙，时间过得很快。我从家里给她打电话："小蕾，你好，你这几天……"

她打断了我。"是不是你家又来沙发客了？"她温柔地说，"我很忙，不能去，拜拜。"

"等一下！"我紧紧抓着电话，"你怎么了？你是不是生气了？我一直觉得我们是朋友，如果我做了什么不对的事，你可以告诉我。"

她在电话那边犹豫了一下："好吧。"

"好吧，什么？"

"晚上我去你家，你煮意面，我跟你说说好吗？"

"没问题。"她挂了。我对着我的生理学书说："她到底怎么了？"

我在做饭，门铃响了，我开门，她进来给我两个吻。她慢慢地走到客厅，好像在想事情。她坐下。

“我不知道怎么说。你夏天去哪里了？三个月都没给我打电话，怎么回事？”

“对不起。”我低头，突然发现自己都没跟她告别，“我都没给我父母打过多少次电话，我承认我这么做不对，但我们还是朋友。”

那是我第一次听她用生气的语气说：“我不要只当你的朋友！”

我们看着对方，沉默了。

她说：“我爱上你了，怎么办？”

我不知道怎么回答。

“你到底去哪里了？”她又问。

我看着她的眼睛：“巴黎，然后去了乌克兰。好了，别问了，你已经是唯一知道的人了。我把你当作我在潘普洛纳最好的朋友之一，你还要什么？”

“我想当你的女朋友。我过了一个想念你的夏天，你都不给我打电话，回来后只有沙发客来了才给我打电话。我真的没有办法，我选择把你忘掉，这是为什么我最近不理你的原因。”

我闭着眼睛叹气：“我觉得，你应该回去，我得想一想。”

“对不起，我不想让你生气。”她说。

“我不生气，我就是想单独考虑考虑。”

“好。”她给我两个吻，走了。面已经煮了半个小时，不能吃了，我要再煮一次，边煮边想。

那个夏天发生的事让我很纠结。我在巴黎认识了一个姑娘，跟她过了最幸福的两个月。后来她消失了，我流浪到乌克兰。虽然我知道如果够幸运以后会再碰到她，但我不觉得这个现实。

小蕾挺好的。

如果要跟小蕾在一起，我就必须把巴黎姑娘的事完全忘掉。我愿意吗？

那天晚上我写了一个故事，一直写到天亮。我把所有发生过的事情记下来，就像我在发泄。我写了一个开心的版本和一个悲伤的版本，也把夏天弗拉基米尔的故事放了进去。我把这些当作故事，然后决定不再想念巴黎姑娘，也不再想念流浪的日子。我把本子合上，永远地锁了起来。

八点我没去上课。

我发现不仅看书能让我旅行，写脑海里的故事，现实或梦境，也能让我幸福。

我决定跟小蕾在一起。她跟她父母和妹妹住在潘普洛纳郊外的别墅里，我给她打电话让她出来。

“我不建议你爱上我。我不会给你正常的生活，我脑子里一直有奇怪的想法，我做的事情会让我废寝忘食。我不知道未来会怎样，但我知道未来五十年我不会一直在潘普洛纳医院工作，我会给你带来麻烦，会带你去想象不到的地方……我固执，我是一个因为喜欢一本书就会去欧洲看托尔斯泰家的人。普通男孩儿会买花，约你下个星期五看电影，但我不会。”

“我感觉到了，我想要这个麻烦，我想要这种充满激情的生活。”

“那……做我的女朋友吧，我要给你一个不一样的开始……”我一直在找方式让我们的故事变得特别。“好，星期三，古镇广场，七点我们约会。”她的微笑像彩虹，我加一句：“早上七点。”

她笑了：“就是因为这种东西，我爱你！”

“因为我奇怪？”

“你不奇怪，你特别。”

我都没亲她就走了。“星期三见！”

如果以后一辈子在一起，这两个医生的第一次约会是在脑科手术室，实在太浪漫了！我没有刻意，但好像我的行为一直倾向于让我做一个有故事的人。

七点钟接她，她问："你带我去哪里？"我不说。

到了医院的银色大门口，我说："你进去，拿绿色的衣服，后面有另外一个门，我在那里等你……我不知道你喜不喜欢外科，我就是觉得这肯定是第一次一个男人请你看手术。"

"绝对嘛！"她笑。

"不会有人问的，里面有很多大四、大五、大六的学生。"

十分钟后，T 医生开始钻麻醉后的病人的头。那一天的手术比较复杂，还有两个外科医生，我们在 T 医生后面，第二个医生后面还有两个学生，第三个医生后面还有一个学生。二十分钟后，脑子完全打开。看一个脑子有两种反应：第一种是为它迷醉，觉得是上天了不起的作品；第二种是觉得恶心和恐怖，那么多血在一个黏黏的东西上。

手术室的灯管亮得跟太阳一样，跟把摇滚舞台上刺眼的灯和海岸上指导大船的灯放在一起一样亮。那个灯下的口罩和帽子看着很不舒服，让人觉得闷，像是得了幽闭恐惧症。

过了二十分钟，小蕾拉我的手。我偷偷让她放开，这样不合适。她又拉住我的手，我偷偷地转身问："小蕾，你在干吗？"我看到她的眼睛，很虚弱的样子，口罩和帽子之间的皮肤像病人一样白。"我不舒服。"她说。

突然，她晕倒在我身上，我赶快抱住她，免得她倒在地上。一个护士很淡定地说："医生，又有学生晕倒，叫外面的护士帮她。"三个医生大笑。后来我知道，学生第一次去手术室晕倒是一件很正常的事情。

我拉她到外面去，外面的护士送来一杯水和几颗糖。她睁开眼睛看我："发生了什么？"

“你刚刚晕倒了。”我说。

我们的第一次约会结束了。她在我怀里。从那天开始，我们决定一直在一起。她决定不当外科医生。

☆ ☆ ☆

一年又一年，时间过去了，慢慢地，我改掉了在图书馆学习的习惯。平时我们在我家学习，周末我们去她家学习，她爸爸会做西班牙海鲜饭。我们的自控力很好，规定看书三个小时才可以讨论，三个小时以后我们会分享自己学到了什么。我们是不一样的探索家，她对考试的责任感很强，老师说要学什么，她会完全背下来。我喜欢了解每一件事情，而不会去背一个自己不了解的东西。她会帮我背我不想背的东西，我会给她解释她能背下来但是不理解的东西。

比如，考试时会问是吸气时心脏跳得快还是呼气时心脏跳得快，她就会背吸气时心脏跳得快。我没办法，任何事情都要问为什么，为什么为什么，为什么为什么为什么……我们一起学习效率很高，而且成绩也好了很多。

累的时候我们去古镇散步。我们会在最老的面包店买巧克力面包，在教堂外面吃。回家的时候，我喜欢逛一逛书店。有时候我想念加拿大运动员的生活，我天天坐着学习，再也没有运动员的身材，我一直觉得可惜，但是没办法，现在要运动脑子，没有时间运动肌肉。

追逐当医生的梦想还是很开心的。有时候我会想念马德里，想念那个夏天的流浪生活，会想要更多的时间旅行，但是我一直觉得这些不要想太多，追梦必须付出。想念是一种病，当这种想念让我不舒服的时候，我会写故事，把我的感受放在那些我创造的人物上，我发现需要写这种东西也是一种病。看这些人物我可以更好地了解自己，更好地处理我的情绪。我不会给别人看这些故事，也不会让别人知道我在写故事，总感觉说这个像给别人看了我的“扑克牌”。

虽然认识的人很多，但感觉朋友们只和医学相关。

鹏游一直坐在第一排，很努力，笔记记得特别多，记下了老师说的所有的话，但是他的成绩并不是很好，每个夏天都要因为没及格重学一两门课。他不经常说话，但是开口的时候总让我感觉他是一个有想法的人。当有人问：“这篇文章会在考试中出现吗？”他会说：“你是要当医生还是当一个能考试的人？想有智慧就把它学好呗。”我问他：“你那么认真地学习，为什么还会不及格？我有什么地方可以帮助你吗？”他跟我说：“认真是认真，但是你知道要付出多少时间吗，我学习的时间不够。”他跟我说他只有一个爱好——电影。“我每天都要看而且分析一部电影。这个我不会放弃，我很爱学医，但是要治别人，先要珍惜自己的生活和爱好，要不然帮助不了别人。”

“你为什么那么喜欢电影？”

“因为我觉得电影是最好的艺术。”谈到这个话题的时候他一点都不内向，“音乐、画画、文学，这三个合在一起是什么？是电影。剧本是文学，拍摄是画画，对话和配乐是音乐……”

“你考虑过拍电影吗？”我问。

“每天我做梦的时候都在想。”他大笑，“其实我没有想象力，没有创意，我喜欢看、分析、享受。你为什么这么问？”

我没回答。后来我发现他是西班牙电影的专家，他能说出每一部电影导演的名字，还能判断电影的每一个镜头。

有一天他给我一本书，叫《电影技术》，内容有很多是关于剧本和摄影的理论，以及灯光和镜头艺术的说明。鹏游说：“这本书我买了很久，我觉得在你手里会更有用。”

我继续每个星期参加 T 医生的手术，他给我越来越多的任务，没有别的学生在的时候，他会让我站在他左边，帮他切开或者缝合患者的伤口或皮肤软组织。

大二的那个夏天，我用前一年挣的钱带小蕾去北欧。我买了两张机票和一顶帐篷。在西班牙不可以随便露营，而在北欧，只要一百米之内没有私人财产，任何公共的地方都能搭帐篷。当时觉得很浪漫，所以我选择带她去北欧。“你还记得我们不是一对的时候我说我想跟你来。”她抱着我说。我没说，但其实很重要的原因是，北欧是欧洲唯一能随便露营而不一定要住酒店的地方，也就是唯一我消费得起的地方。

小蕾嘲笑我的行李：四件 T 恤、三条内裤、两条裤子和一双袜子。

飞到斯德哥尔摩。小蕾给我看飞机上的杂志，迪拜新七星级酒店。

“我以为最好的是五星级。”

“我也以为。”她说。

“我希望有一天能带你去。”

“我们不需要。”她说。

我们到挪威去。沿着峡湾的海岸找了最便宜的火车和公共汽车往北走，每天露营更往北一点，越往北日落和日出时间越接近。每天晚上我们用小型煤气罐煮米或者面。我对挪威的文学不是很了解，一到那里就买了当地最有名的作家易卜生的书。他还写过话剧。在有月亮的夜晚，在挪威森林中，我给小蕾表演易卜生的话剧。一个月以后，我们到达欧洲最北的地方。我们露营在一个湖中的小岛上，在日落和日出之间，小蕾仰望夜空，说：“谢谢，我爱这个有着无数星星的酒店。”

☆ ☆ ☆

我在马德里读初中的时候，有一个同学，她爸爸是西班牙最大的摇滚杂志的主编。我们很多年没联系，我不知道她怎么知道我住在潘普洛纳。她给我打电话，让我帮她找一个新闻学院的学生，写一篇文章报道下个星期潘普洛纳举办的大型摇滚演唱会。这是 Marea 的演唱会，一支我很喜欢的西班牙经典摇滚乐队。我都不知道这场演唱会的举行，我想起鹏游的话，感到很惭愧——要珍惜自己的爱好。“我可以写！”我说。

“你不是医生吗？”她大笑着说。

“这样，我试一试，如果你爸爸不喜欢，不需要给我一毛钱。”我说。

她同意了，发给我一张舞台证，还多给了我一张票，这样我就能带小蕾去。那时我的照相机还是用胶卷的。

舞台证让我离我的偶像很近。我用鹏游给我的书学到了拍照技术，拍照和拍电影有很多相似之处。

小蕾说：“你看他们演出时的专注程度就像上解剖课时盯着尸体。”对，我不想错过任何动作。晚上我写了一篇文章详细分析他们的演出。我多么希望同学的爸爸会喜欢那篇文章，希望他再派我去更多的演唱会。我做了一件很傻的事——给我爸爸看我写的文章。

我爸爸是西班牙电视台的记者，他的工作就是不停地写文章、看文章。他有大家都羡慕的工作时间，跟普通人是反过来的，周末上班，星期一到星期五休息。休息的时候他会安安静静地在家里看书。初中的时候，我要写一篇文章交给老师，爸爸站在后面看着我写，会突然批评我的文章：“这里语法不对。”“这段没意思。”“这个词不是这么写的。”“全错了！”然后他走开，继续干他的事，可我没有勇气继续写了。第二天我没有交给老师，老师罚我站一个小时。

所以我一直讨厌语文课，没想到后来写东西会变成一种享受。

但是这次我想写一篇完美的文章，虽然我担心即使写一百遍都不会得到他的认可，但我还是发了邮件给他。

几个小时后收到他的回复：“没有什么要纠正的，我很喜欢，发给编辑。”

这是第一次我爸爸完全认可我的文笔，我高呼万岁。同学的爸爸也喜欢，以后每个月一次，潘普洛纳有演唱会就叫我去。钱不多，但是能把我的注意力从医学转移到音乐，这是无价的。

大三的时候我找鹏游聊天，我们走在回家的路上，边走边聊。

一个有名的西班牙旅行社每年会组织一个微电影比赛，今年的话题是旅行。

“鹏游，我想参加那个比赛。”

他非常感兴趣地看着我：“你有摄像机？”

“我最近挣了一点钱，打算买。”

“拍什么故事？”

我带他去我家。我把一个文件夹给他，让他翻一翻。

“这是我写的一些故事，从来没给别人看过，你看看哪一个能变成电影。”

他像手上有宝贝似的捧着。“谢谢你的信任。”他说，“不过我想慢慢看。我带回家，明天我们聊一聊。还有，我的女朋友在等我。”

“啊？你有女朋友？”我看他总是独来独往，很忧郁的样子，没想到……

“有，你认识啊。”

“我认识？”

“那个说要开花店的女孩儿。我们好了五年了，她是我的高中同学，我们是老乡。现在我的梦想是跟她一起开花店。”我非常吃惊，那个女孩儿也经常坐在我附近，我一点都没察觉到他们的关系。潘普洛纳很传统，我们大学更传统，我在大学里从来没拉过小蕾的手，也不吻她，偶尔还是会不小心被看出我们的关系。可鹏游对那个女孩儿一点暧昧的表示都没有，他们是巴斯克人，我们说巴斯克人很冷，但是没想到能到这个地步。

第二天他来我家。

“我想先问你为什么想做这个。”

“因为你说了，电影是最好的一种艺术。艺术帮我挣脱每天的生活。”

他从文件夹里抽出一页放在桌子上：“我最喜欢这个故事，这个在巴黎的故事，不过做一部微电影有点长……那个弗拉基米尔太有意思了，那个姑娘很可爱，感觉她很诚实……是不是一个发生过的故事？”

“这个重要吗？”我低着头翻看那页。

“我觉得比赛可以拍这个。”他拿着一沓纸：一个人天天做梦，看到很多地方，每天起床的时候给朋友们打电话，好像他刚刚旅行回来一样。他决定去看精神病医生，医生认真地对他说：“别担心，可以治。”医生开药，病人看处方，就是一张机票。

“这个也是真实的故事吗？”他边说边笑。

“不是。”我笑。

“这种比赛很多人参加，没有得奖的可能性。”

“我不是为了考试而学习，是为了得到智慧……一样的道理。”

我准备把故事变成剧本，下个周末开始拍。

我演病人，我问小蕾要不要演医生。我知道她非常害羞，她是为了我才演的。我学编辑软件，但是我跟鹏游不一样，不能因为做这个减少学习时间。我非常需要每年的三个月假期，所以为了保证学习时间，我只有减少睡眠才能挤出时间做别的事情。

结果我们得了二等奖，意思是一毛钱都没有。但是我明白了一个道理：在艺术的世界里，技术打败不了诚实。

我跟鹏游说："下一次会赢的。"

就这样，第二年我们赢了，得了一千欧元。

大四，当我们正式变成实习医生的时候，我已经有了很多在医院实习的经历。

早上实习，下午上课，晚上学习。

我们大学有去国外实习的项目，我和小蕾报了所有的项目。因为我们成绩好，所以每年都可以去国外实习，多米尼加共和国、美国、英国、比利时，我们都去过。经济危机还没爆发的时候，我们还能得到一点政府的钱。

回头看大学的生活，觉得很丰富，不过还不够。可能是性格的问题，对我来说，真的不够。

终于最后一年开始了，坚持就是胜利。疲劳让我们的样子老了很多。

咖啡时间休息的时候，鹏游说："听说你刚刚从比利时回来。"

"你好！"我抱他，"是的，是的。"

"怎么样？"

"太好了！那里最后一年的学生接受和医生一样的任务，我在急诊科待了三个月，看了各种各样的病，学到了很多。"我激动地说。

"你的意思是，你除了医学又什么都没做？"鹏游笑。

"不是。布鲁塞尔跟巴黎一样，有无数的二手书店，我一有空就去。在那里感觉特别好，我看了很多法文书，也买了很多书。小蕾来看我的时候我让她带走了两个箱子，她的行李都超重了。"

鹏游又笑了。"这就是你。"他又抱我，"很开心你回来了。"

他看着我说："大卫，我想问你，有人说明年你不会去医院工作。"

"哇，我服了这个大学，八卦厉害得很。其实我还没有跟谁说，因为还没决定，我打算跟小蕾休息一年，散步、写东西、看电影……可能学新的语言。”

“你想去哪里？”

我抓我的头：“中国。”

“哇塞！中国？那个遥远的中国？张艺谋、贾樟柯、李安、陈凯歌的中国？”

鹏游听到一个地方，首先出现在他脑海里的是那边的导演。这是他的病。

在西班牙，去中国就等于去最远的地方。

“为什么去中国？”他问我。

“不知道。很多原因。我看西方文学，了解到每个国家都有特点，但是基本上跟我们是同一语系。中国那么古老、那么神秘，他们的语言那么不一样。”

“别说你想学中文，”他大笑，“中文是最难学的一门语言。”

“不会比医学更难学吧。”我也笑，我这张乌鸦嘴。

这时他的女朋友来了，碰巧弹钢琴和做饼干的两个男孩儿也来了。我们都是好朋友。

我说：“我有一个建议，你们每个星期都来我家看电影，每个人带东西吃。”

大家都说没有时间。

“这是我们的最后一年了！”鹏游和我说服了他们。

每个星期大家都来我家吃饭、看电影、听鹏游或者我介绍电影。

“为什么我们等了六年才组织这种活动？”

“因为我们怕明年会更累。”弹钢琴的同学说，“大卫，我想问你，我听说明年你要去非洲农村当医生，是真的吗？”

“没有，大家喜欢胡说，不过……”那天是最好的朋友的小范围聚会，应该可以公开，“我明年不会工作，我和小蕾要去中国，一起生活一年。”

大家异口同声：“中国？”

他们都看小蕾：“你的父母说什么？”

小蕾说：“其实我特别意外，我知道他们不会反对，但是他们的反应好像早就知道了，反正就一年。”

鹏游的女朋友说：“如果我跟我妈妈说明年我不当医生，我妈妈会疯的。”

“我的父母也会。”做饼干的男孩儿说，他继续问我，“为什么？”

“你们没感觉到我们的生活很枯燥吗？”

“每个人不一样，我听说有一个人从大二开始每天都去医院实习，就因为喜欢。”喜欢弹钢琴的同学说。

“别相信八卦。”我说。

“这几年我都没出国，我也无所谓，我只要能天天弹琴就开心，其他时间都可以投入到医学里，你好像不行，你感兴趣的事很多。”

“我想问你，所有你去过的地方，你最喜欢哪儿？”

“我觉得旅行去哪儿都一样，重要的是为什么去那儿，跟谁去。你们记得我跟小蕾去过多米尼加，在一个很穷的地方当医生，不是地方美，而是……”

“如果你可以再去一个地方，你会选择哪儿？”

“乌克兰。”我回想那一年，已经过去五年了，那些回忆在我心里，像梦一样。“曾经我在巴黎，听有个人讲了一个很有意思的故事，我就去了乌克兰。那次旅行对我来说很重要，如果我没有去，很可能我坚持不了这六年。”

鹏游说：“乌克兰有一个地方我非常想去，那儿拍了欧洲第一部动作片。”大家都笑，鹏游的世界里好像只有电影。

我说："毕业那天我们一起去乌克兰，好不好？"一开始是开玩笑，后来一个外国同学听说了我们的计划，也要参加。她家在乌克兰旁边的一个小国家，她已经六年没跟家人见过面了。最后她和喜欢做饼干的同学、小蕾和我、鹏游和他的女朋友，我们六个人去了东欧，飞到伊斯坦布尔。我们去了五个国家，土耳其、保加利亚、罗马尼亚、摩尔多瓦和乌克兰。每个人当一个国家的导游，我负责安排住宿和车票。

回来的时候他们开始准备找工作，我跟小蕾去了中国。

# 快乐是不能推迟的，快乐是现在的事

我知道她是对的。做必须做的事、完成任务，给我一种不明显的快乐。很久以来，我面对任何挑战都会把所有的注意力放进去，把其他的事忘掉，把其他人忘掉。这是我的优点，同时也是缺点，我心里一直有一个障碍，让我在我的缺点和优点之间徘徊。我这辈子最大的敌人在我心里。

我们坐在上海租的房子里。我们面对的这个城市的人口数量是我们整个国家的一半，这个数字让我发晕。透过大窗户看外面的大城市，回想那么多小事情让我们最后到这里来，可能没有一个具体的原因，那就把我们一起经历过的每一件事在心中引发的感触当作原因吧。

我去一个国家，对那里的历史、烹饪和语言最感兴趣。我觉得了解这三个方面能对一个国家有大概的认识。

中国呢？历史最长，烹饪最丰富，语言最难学。

我的目标是在一年以内能够用中文进行日常交流、看简单的书。我知道一年时间不够把中文学好，但是以后回西班牙当医生，我可以继续慢慢地学习，到能看懂文学作品的水平。

上海的八月很热，晚上跟小蕾出去散步，白天在家里放松，学汉语。一开始学中文就发现系统完全不一样。越学越陶醉，那些小朋友书中的词，我一个一个地查词典，因为那时用的是黑白屏手机，不像现在的智能手机可以很方便地查词典。用纸质词典好，用久了会有影像记忆，会记得一个具体的词在哪儿，会有一种感情。

我买的小朋友版本的《红楼梦》有拼音，我还不是很清楚部首是什么，没有拼音的字，比如我在路上看到的海报上的字，需要查二十分钟。

小笔记本一直陪着我，字又漂亮，又有意义。西班牙语有二十七个字母，比英文多一个，ñ是我们的“特产”，读“涅”。这二十七个字母组成了我们现代常用的八万个单词。中文用七千个不同的字组成了常用的二十万个词。

这么看来，学中文太可怕了。虽然我喜欢挑战，希望有一天能认识七千个汉字，但我还是建立了一个比较容易实现的目标——先学五百个字，其他的以后再说。

我发现，查一句话的每一个字，都不一定会明白那句话的意思。

我买了很多语法书，从早到晚坐着看。“六年的习惯很难改。”我对小蕾说。对我来说，坐六个小时很自然，坐八个小时只需要加一点油。

这有点像我们在潘普洛纳的生活，但是没有压力，完全享受学汉语的过程。很久没有这种感觉了，努力学习不是为了考试，不是为了工作，而是完全为了享受。小蕾也很开心，她从没见过我这么幸福。

她也喜欢我们新的没有压力的生活。她把市场里的每一种水果都买了一个，切好放在杯子里，颜色从深到浅。她经常去超市买从来没吃过的食物，然后在家试验不同的做法。她在这方面很有创意，但大学的时候很少会尝试新的菜，因为万一不能吃就要重新做饭，会很浪费时间。

有时候小蕾做的饭非常难吃，我们会大笑，所有的时间都属于我们。以前是浪费时间，现在是享受时间，我们会从快乐的角度看待每一件事。

晚上我们去苏州河畔散步，我拉着她的手，激动地讲我觉得有意思的事。

“你看，中文多有诗意！”看着苏州河倒影里的高楼大厦，我在本子上写下一个例子：好。“‘好’这个字是‘good’的意思，一个女人跟她的孩子表达‘good’这个概念，太美了！我很喜欢学中文！”

她靠向我的肩膀：“那……我们什么时候生孩子？”

我笑：“小蕾，你认真一点，听我说话。”

“加西亚·搂老师，对不起，诗学课可以继续。”我感到上海的夜晚很舒服。

“风景”是后来我一直用的词，跟外国朋友解释为什么我觉得中文非常诗意。“风是 wind，景是环境的意思，有风的环境就是 scenery。The circumstances of the wind 就是风景，被风环绕的东西就是风景。”

“哇，真的很美！”她拿着我的本子，“哦，不是，你不是说‘女’读‘nǚ’，‘子’读‘zǐ’吗？那为什么‘好’不读‘nǚ zǐ’？”这么多年，我们对任何事情都总是问为什么，我们有医生的思路。

“在这里，它们不是字，而是部首。”

“凭什么？”

我看着苏州河水流到东方明珠脚下，抱着小蕾说：“凭五千年历史吧。”

我经常会发邮件给我们的家人，同一封邮件会发给二十个人左右：我父母、她父母、爷爷奶奶、鹏游，等等。我爸爸特别喜欢我跟他们分享这些充满诗意的想法。他觉得我能看懂原版的英文和法文的书很幸运，他一直跟我说："如果有一天你能把中文学好，你就能理解这个世界上三分之一的最美的文学。"他们那个年代的人第二语言是法语，在小学学得不好，只能进行最简单的交流。英文他是旅游的时候慢慢学的。我一直感觉我爸爸对我学语言、看文学作品的努力跟对我学医一样自豪。

在潘普洛纳的时候，我们一个学期最多去外面吃一次晚饭，除了小吃，两百元人民币以下吃不到什么好吃的。但是在中国，虽然有贵的，但也有比在家里做饭还便宜的。在西班牙这不可能。

而且到了异乡，我必须什么都尝尝，我没有什么忌口，期待尝每一道菜。当我碰到不太合口味的菜，下一次有机会我肯定会再尝一尝。

我们在西班牙对中国菜的印象是：炒饭、春卷和糖醋里脊。

我们每天都去外面吃饭，按西班牙的习惯，我们会点两个菜。看不懂菜单，我们就会走一走，看其他客人吃什么，然后指一下，加一句实用并拿手的话："这个！"

当我们碰到有图片的菜单时就像到了天堂，总会多点一些。

离我们家最近的一家饭店，有天晚上没客人，我们在一张黑白菜单上随机选择了三个菜："这个、这个，还有这个。"其中一个菜非常辣，很多人以为西班牙人吃辣，可能和墨西哥人吃辣有关，因为墨西哥人讲西班牙语。其实历史上西班牙和墨西哥在很多方面有关系，但是食物的调料一点关系都没有。我在西班牙从来没吃过辣，到中国才吃到这个新的味道。

小蕾温柔地批评我："你不是上个星期教我说'不辣'吗？你忘了，点菜的时候要在每个'这个'的后面说'不辣'。"日常中文小蕾比我学得快。

在西班牙的时候，我们去外面吃饭，两人各付一半饭钱。每次去外国实习或者旅游，我们都把所有的钱放在一起，不用考虑谁付钱。我叫服务员埋单，趁他转身的时候悄悄地把菜单藏在我的 T 恤里面。小蕾诧异地小声跟我说："你在干吗？"

"嘘！"我嘻嘻地笑。

我们回家了。"我应该跟他们说，但是我没办法跟他们沟通，小蕾别担心。"

当我做一件让我激动的事情时，我会忘记睡觉。那个晚上，当月亮被太阳吃掉的时候，我完成了任务。我把菜单翻译成英文，肯定有很多错误，但是基本上能看懂一个菜是素的还是荤的，如果是荤的，是什么肉，等等。

第二天，我们又开开心心地去了那家饭店，偷偷地拿出来两个版本的菜单。点了菜，吃得又便宜，又适合我们的口味。埋单的时候我把英文版的菜单拿给老板，用手语和简单的中文说："这个……翻译……英文，这里……老外来……你给。"他看到英文版的菜单非常开心，把那天吃饭的钱还给我。"不要，不要。"我说，然后跟小蕾幸福地回家了。

我在附近的五家饭店做了同样的事。要是在西班牙，老板肯定会怀疑我们抄菜单是想开饭店。在这里太难解释我的想法，所以我一直是偷偷地拿菜单回家。

几年以后当我经过这家饭店，老板换了，但那些翻译的菜单还在文件夹里。一些外国人在点菜。我的心中充满惆怅。

虽然笔顺不是很对，但我很快学会了五百个字。我突然觉得中文没有那么难学，中文难学可能就是传言。可是学完五百个字以后开始感觉非常难，有太多字读音一样；还有些字写法很像，比如"风"和"凤"；还有写法很像但是读音完全不一样的，比如"换"和"挽"。那个时候我对中文的无奈开始了，我越学越糊涂，以前学得非常清楚的字突然读不了了，好像我脑子坏了。

我开始给自己压力，学更多。“大卫，你这样有点像学医一样辛苦，我怕你很快会不再享受。”小蕾说。

“我没办法，你知道，我做事情喜欢做到最好。”

“但是我觉得，你要按你的初衷走，多出去，跟本地人聊天。或者你就去外面散散步，在公园里放松地看书、写剧本。”

“你是对的，但是我喜欢学习，是我的习惯让我自己辛苦，很难改变。”

“我们就是为了改变才来这里的。”她边摸我的头边说，“或者你可以买一把吉他多玩一下，大学的时候你弹得太少了。”她微笑，“你知道我很喜欢听你唱歌。”她认真地看着我，“我能想象到，你会花一年时间在这个客厅里学习，这样过一年你会觉得生活不够丰富。”

“但是我觉得我应该学多一点，然后到外面，做任何事情才会更有效率。”

“你也可以找工作，跟中国人来往，你会开心。”

外面楼下老太太在跳舞，在我们的房子里能听到。我喜欢上海热闹的街头，一直有活动。“谢谢小蕾，你想跳舞吗？”

去路上跳舞，享受上海晚上的气氛。回到家，等小蕾睡着后，我起床去沙发上思考，然后我拿本子复习，真的很多字很像。不是记不住拼音，就是记不住声调，真绝望。我看着笔记，在沙发上睡着了。我脑子很累的时候就会做噩梦，大学的时候我梦到一个病人快要死了，一万个不同的盒子在我面前，我必须选择药。那一天睡在我的汉语书上，我梦见一个巨大的“换”字进入客厅，它活着，它的提手旁像一把剑。我逃跑，它跟着我，我跑到楼下去，老太太跳舞的地方没人了，好像大城市睡觉了一样。这个“换”字又凶又强势，我继续沿着苏州河边跑，我以为我甩掉了它，没想到它又在我的对面出现。我转头继续跑，它还是跟在我后面。我发现一个是“换”字，一个是“挽”字，哪一个是“wǎn”，哪一个是“huàn”，我不知道。它们在耍剑，它们说如果我叫对它们的名字就不会把我杀掉。我害怕，走投无路。我没办法，跳进了苏州河里。水很清澈，看到很多小鱼，我没想到上海的河水里会有那么多好看的小鱼。我游到它们身边，越近看得越清楚，那不是鱼，而是字！五百多个我不认识的字。可爱的它们一下子变成了红眼睛的小怪兽，有个字咬我的大腿，很疼。这些字把我吃掉了。食人字！

我醒了。我的大腿夹着我的本子。已经白天了。

我煮了一杯咖啡，走进房间，放在桌子上。“你在干吗？”小蕾问。

“我煮了咖啡，你醒的时候可以喝，我出去一下，几个小时之后回来。你多睡会儿。”

那个时候上海有一股热浪叫“世博会”，去哪儿都有世博会的广告和海报。我没有打算去，虽然参观每一个馆会像环游世界，但不管一个馆多好，都不如真实的好，我更希望等有机会真的去环游世界。世博会的标志哪儿都有，去哪儿都不会忘掉这个事情在发生。

我经过静安公园。第一次看打太极拳的老人，我非常钦佩他们。他们的动作精确、神秘。能做这些动作的人有控制自己的能力，我很佩服早上起床锻炼身体的人。我有一点羡慕他们，我想我到了他们的年龄应该不会那么灵活。我付出十年时间激烈地打冰球，让我的身体哪儿都是伤，六年的大学生活让我的身体哪儿都弱。

我在比较远的地方学他们，我有点害羞，“一个西瓜，切一刀，一半给你，一半给我”地模仿他们。半个小时以后我继续走。

路边有两个人下象棋，一群人围着他们。我还不是很清楚象棋具体的规则，但是我可以感觉到红色的下法很冒险，而黑色很保守。观众非常仔细地看，突然黑色下了一步，赢了，大家都很惊讶。没有人想到黑色会那么快赢，好像黑色自己也没想到。

好主意经常就是这么来的，像闪电一样。

我继续走。我想小蕾是对的，我应该找一个工作。

我在考虑我能做什么，我的脑子里闪过很多主意。对面的一座大楼提醒了我，我是一名医生。

我看着这家非常大的医院对自己说："上海这么大，外国人越来越多，肯定有一家医院需要一名外国医生。"突然我又想到来中国的初衷是把医学放下一段时间，但是如果我能够用我的职业融入这个环境，不是很好吗？我会认识很多人，会比较容易适应，我去很多国家实习过，虽然语言有障碍，但是医学是我们共同的语言。

我走进医院，很多人，一种很奇怪的感觉在我心里产生，好像世界另一边的人我都认识，口罩下疲劳的每一张脸我都很熟悉。还有那些心中有顾虑的人坐在走廊里，病人和他们的家人，那种眼神是国际一致的。我四处逛了逛，六年天天闻过的味道，等待的味道，在这里一模一样。当然也有让我诧异的事，我们西班牙人比较在乎隐私，不会在公共的地方抽血或者放液体。

那么多中文牌子中，我看到一些认识的字母：International Department（国际部）。

我很激动，往那儿走。病床和走廊上闪烁的灯管给我很亲切的感觉。我拿出我的词典，查了一下"International"，我问一个经过的护士："国际在哪里？"

她睁大眼睛看着我："火鸡？"

我不懂她在问我什么，所以我跑到牌子那儿，指牌子。她摇头，说了一句我听不懂的话，最可怕的是她把食指和拇指伸出来，手变成一把枪的形状。

我口吃，说："谢谢。"她是不是生气了？

另外一个护士从我后面经过，她用标准的英文说："国际部？八楼。"

我到了八楼，非常紧张，我真觉得不可能，找当医生的工作很麻烦，手续很多，但是我可以试一下。我用英文说我要找主任，他们以为我是病人。

护士用英文问："你哪里不舒服？"

我回答："不，我来……找工作。"

☆ ☆ ☆

我回家了。我喊："小蕾！"她在沙发上看书。

她高高兴兴地跑过来吻我："谢谢早上的咖啡。"

"我找到了工作！"我激动地说。

小蕾笑："真的？哈哈，太好了，做什么？"她抓着我的胳膊，"服务员？英文老师？销售员？"

"哈哈哈，不是！"我从冰箱里拿出一盒牛奶倒在杯子里，我笑，跟她坐在沙发上，"比起那些，这份工作我喜欢得多！"

她看着我，努力猜测的表情："啊？演员吗？跟电影有关系吗？"

"不是。"

"在书店工作？"

"不是。"

"西班牙报纸驻华记者？"

我摇头："这个有可能吗？"

"大卫，在你的世界里有什么不可能？如果有一天有人跟我说你报名加入美国航天局，你觉得我不会相信吗？"

我摸着她的脸颊，说："医生。"

“啊！这个真的没想到。你不是说以后你有一辈子的时间当医生吗？”她的表情很复杂。“我不是不开心，就是觉得你本来的想法是对的。”她低头看，好像在消化这个信息。“好吧，反正在中国当医生肯定是一个奇妙的经历。”她抱着我，“啊，其实，这个太了不起了，怎么回事？”

“其实他们还在考虑，我也没想过我会在中国当医生，我经过一个医院就进去问一问，打探一下。”

“然后呢？”

“我跟主任说了我的情况，会在这里待一年，等等。我介绍我在国外的经历，说我在急诊当内科医生的工作内容……”

“中国人还是外国人？”

“中国人！这个部门是给外国人看病的，但医生都是中国人。我觉得这是一个很好的学中文、了解中国的机会，这才是在中国生活！”

“那……你的医生证书在中国能用吗？签证怎么办？”

“没错没错，这些都比较复杂，要申请。可能一开始只能当实习医生，不能开方子。但重要的是，我可以了解中国的医院是什么样的，会有中国同事。”我看着她，“还会有一点钱。”

她平静地说：“钱不重要，我只要你开心。”

大学六年早出晚归，几乎没怎么挣过钱，突然八千块一个月让我觉得非常开心。

主任说证书和签证需要时间，一开始不会有大任务，可以慢慢了解整个国际部，不过每天要工作到晚上。

早上八点科室开会，值班的医生会告知我们白天上班的医生每一个房间的病人发生了什么问题，谁发烧，谁不舒服，有没有新来的病人，我们会去看每一个病房，跟西班牙医院一样。

我对这个工作很熟，每个国家、任何医院都是一样的。

问题是开会是用上海话开的，医生之间用上海话沟通。我需要一个人去看病人，完全了解情况后才能给出我的意见。

大部分病人是外国人，他们都比较害怕。本来医院就是谁都不喜欢的地方，当你在一个遥远的国家住院就更恐慌。病人需要安全感，看到熟悉的脸会放松一点，虽然我们不一定来自同一个国家，但病人看我长得像他们，就会想："你也从一个很远的地方来，你能理解我。"病人越放松，病越好治，这是科学。

当其他的医生帮病人办手续的时候，我会独自去看病人，问一下他们的状态和他们有什么问题，缓解他们的孤独和恐惧也是在治病。

医院是医院，病是病，人是人。我上过班的国家都有相同之处：美国和西班牙比中国和比利时更注意病人的隐私；美国和中国在病情不严重的情况下会给病人用中药或者别的；西班牙和中国的医生不会给名片，美国和比利时的医生会；西班牙的医生工作时间是从早上八点到下午三点半，中间没有休息和吃饭的时间，比利时的医生工作时间是从早上八点到下午五点，中间有一个小时的休息时间，美国的医生会从早上八点工作到工作完全结束，一般都会到晚上。

不同的城市也会有不同的情况。潘普洛纳奔牛节的时候，大部分病人是处理伤口或者酒喝多了；多米尼加的大部分病人是喝了不干净的水；在上海这个国际化城市，大部分病人是中暑了或者不适应中国食物的外国人。

我喜欢学习每一个地方的好习惯。在美国当医生的时候，我发现每一个医生都会带名片，一个实习医生跟我说，这个小习惯会给病人安全感，他们会觉得跟医生更亲近，至少他们会知道自己的命在谁手上。我觉得有道理，所以我在中国一直保持着这个习惯——给他们"搂医生"的名片。

外国病人会觉得很搞笑，一个外国医生用一张都是汉字的名片。中国病人会觉得这个“搂”不太对，总之效果都是大家带着笑脸。

西班牙比其他的欧洲国家吃饭晚，两点左右才吃午饭。在上海，十一点半吃午饭对我来说算是一顿比较晚的早饭。在医院吃的东西跟晚上和小蕾吃的东西是完全不同的味道，大家都吃盒饭。十一点半我不饿，看着盒饭我更不饿。

我经常用吃饭的时间下楼，松开领带，在门口的小院子里坐一坐。上海十月份的太阳很舒服，我打电话给小蕾，跟她讨论我看过的比较有意思的病。然后我会打开我的词典学认字，一边学一边看医院的病人在院子里晒太阳，我喜欢想象他们的故事。

我穿着白大褂，晒太阳的病人偶尔会来到我旁边，好奇我在看什么书。当他们发现是小朋友版本的《红楼梦》时就会笑。

下午如果没有新的病人住院，我就有时间在医院里逛一逛。

突然，后面一个人用英文跟我说：“你是八楼新来的医生，是吗？”

我以为是一个美国人在跟我说话，转过身。“是的。”我说。

吴医生是一位满脸皱纹的老医生，长眉毛，小眼睛，英文特别标准。“你现在是不是没有事干？”

“对，今天比较清闲。”

“那……你有没有时间跟我看病人？”

“有，有，有。”我说。

我跟着他去了都是中国病人的那一区，比一整个西班牙医院的人还多点。虽然他是西医，但他检查的时候都会看病人的舌头和眼睛，摸他们的手腕。我看过各国的医生检查病人，但是从来没看过这些。

“我有一个问题，在西班牙，如果一个病人说眼睛不舒服，我们会看他的眼睛；如果他说心脏不舒服，我们会摸他的手腕，感觉他的心跳；

在舌头上，我们看一个病人的身体是否缺水。您在每一个病人身上都检查这些，为什么？”

他说：“这是中医。病人都想被检查，没有这些，他们会觉得检查得不够全面。”他说话慢慢的，是位温暖的、充满智慧的老医生。“就像在国外，医生要用听诊器听病人的心跳，不然病人会觉得不够好。”

“那这些有用吗？”

“当然！”

“您能教我吗？”

“中医很难，不过如果你有空，你可以下来跟我一起看病，我们可以交流交流。”

我白大褂的口袋一直像要爆炸，里面塞满了东西：

三年环游世界我都带着我的急诊手册，有它很有安全感。每一页都让我想起一个故事、一个病人、一段生活或者一次死亡。我基本都背下来了，但是有很多药剂量要查一查。

中文词典和笔记本，医院里任何标示牌上的字我都喜欢抄下来，查一查。

小朋友版本的《红楼梦》，我快放弃了，连小孩儿版本我都看不懂。在西班牙，我一直带一本小说，以防突然没有事干。

我的听诊器、一盏灯和一把镊子。

一双塑料手套和一个口罩。

还有手机，及一根香蕉——以防我饿了。

这几年小蕾一直说，我从远处看就像一个可爱的白色圣诞老人。

吴医生看完一个病人后会把病的名字写下来，旁边会写上英文，问我写得好不好。我会在我的笔记本上抄中文名字，好像除了医学，我们还有一个共同的爱好——学语言。

95% 的英语和西班牙语医学词汇是从拉丁语和古希腊语衍生来的。

“拉丁语和古希腊语算是欧洲的古文，你学过吗？”他问我。

“一点点。我父母那个年代学得比较深入，他们会看拉丁语的书，我们 80 后只知道西班牙语从哪里来。”

他很好奇：“那……比如麻醉药‘anesthesia’是从什么语言衍生来的？”

我想了想：“古希腊语吧。”

“静脉‘vein’呢？”

“拉丁语。”我回答，“小学经常学这些，我现在都有一点不清楚了。”我们马上用旁边的电脑查了一下，“啊，不对，拉丁语写作‘vena’。”

他说：“这个真有意思，这两个单词很像。”他看着我写的拉丁语单词，“你们的语言跟我们的中文差不多古老。你知道甲骨文是什么吗？”

我很享受听他说话，他给我解释甲骨文、篆书、隶书、行书、草书和楷书。

我说：“拉丁语有两千五百年或者三千年历史，没有甲骨文老。”

他笑：“那当然！”

有空的时候我会找吴医生一起看病人，聊聊语言的问题。他讲英文，我尽力用不标准的中文回答，我经常需要用英文再次表达我的意思，要不然没办法沟通。

他给我很多关于学中文的建议：“认识汉字像认识朋友一样，不需要很多，重要的是好好了解它们，你把朋友的名字忘掉多尴尬。现在我感觉你学了很多字，但是没深入地了解它们。我建议你先认识两百个字，好好记住它们的声调。如果它们是多音字，就像一个朋友有外号。它们的部首就像你会记得朋友的脸、个子，是胖还是瘦。然后你要知道它们跟谁组词，就像知道朋友的单位地址和喜欢去的地方。”

这么介绍中文让我觉得汉字这个东西比起我们西方的单词更神秘。

“多音字是什么？”“成语是什么？”哪儿不懂我都会问。

那天晚上我跟小蕾去上海书城买了一本外国人学成语的书，越看那本书越发现学成语是了解中国文化的一箭双雕的方式。一边学新的字、词，一边看中国的历史、故事、古代名人。这本书变成了我最爱的书，我仔细地学习它。四年之后，到如今，虽然天天看，我还是没看完。

医院的生活不错，我准备很多年都做这个了。而且国际部不会经常有很严重的病人，所以虽然工作很忙，但压力不是特别大。我觉得很有意思，能看国外医生的工作方式，肯定对我以后的医生生涯有好处。就像旅行，在这里上班给我很多抽象的智慧。在这里也会碰到在欧洲不会有的问题。在西班牙，病人情况严重的话，要先治疗，之后再解决付钱的问题。在上海一般也是这样，但也有例外。那天我刚上班，看到一个阿根廷小伙子，年龄跟我差不多，他肚子很疼，打喷嚏的时候疼到要哭出来。我检查他的身体，很典型的阑尾炎，必须手术，这对外科医生来说是最普通的一个手术。

他的阿根廷保险公司因为一些问题要用两三天的时间决定能不能付钱。阿根廷已经是晚上了，银行关门了，他父母从阿根廷打钱最快也要第二天。他急死了，说钱肯定会付，他开始打电话向上海所有的朋友借钱。他在我旁边哭了几个小时，但我比较冷静，要给病人温暖，而且不可以让他们的痛苦影响自己，不然不能当医生。

我希望有一个不会用钱分谁活谁死的世界。

几个小时后，他的保险公司打来电话，我们马上开始手术。

在医院碰到一个实习医生，她是没毕业的小姑娘。厚镜片，小眼睛，鼻子圆圆的。从外国人的视角来看，她有很东方化的可爱的脸。她偶尔来帮我们，会一直用英语跟我讲话，但是我不好意思跟她说我一点都不懂她在说什么。我很佩服她努力讲英语，但她是用中国语法讲英语。

“Fast a little，up work！”那个时候我没办法理解她的意思是“快点，上班了”。

我问她的名字，她说“Echo”，她自己取的。我碰到一个人叫“Echo”和她碰到一个人姓“搂”是一样的概念，我们对着彼此笑，觉得很有意思。她说她选择这个名字是因为“I like be like Echo，go and back，to roam to drift about”[1]。听到这句话，我真不知道是我不懂英文，还是中国人的思路太深、太诗意。

我最大的压力是一整天小蕾一个人在家，没有朋友。虽然她很开心，就像放假一样。这几年她虽然不是经常说，但是当然她也很累。我突然想到，我可以介绍她和 Echo 认识，Echo 那么喜欢讲英语，肯定可以跟小蕾做朋友。

我给了她小蕾的电话号码，跟她说有空可以找小蕾玩。“I very happy（我很开心）。”Echo 说。

有一天她给小蕾发短信，问要不要一起去打乒乓球。小蕾感谢她，并且同意。后来 Echo 又发短信说：“David also can come，I will give him color see see（大卫也可以来，我要给他点颜色看看）。”

小蕾问我：“啊，她想给你什么？”

我笑：“不知道。我说了，她很特别。”

我们开开心心地去跟她和她的朋友打乒乓球。当我被 Echo 以 25 比 0 打败后，我明白了“给他点颜色看看”是什么意思。

---

[1] 这句话是“中国式英语”，表达的意思是“我喜欢像回声一样，来来回回，在空气中飘浮”。

我看介绍中国文化的书养成了很多习惯：不要把筷子插在米饭里，喝酒说“干杯”要喝光，有人夸你你要说“没有，没有”，去朋友家吃饭要带水果，进朋友家要换拖鞋……

医院的同事都比我大，我们会聊跟医学有关的事情。下班他们会马上回家，跟家人在一起。

Echo 和其他的学生也很忙。

突然我想到沙发客网站。我不需要去谁家住，但是我想，如果一个人愿意提供他的沙发，平时也会愿意陪你玩。我也不知道上海会不会有沙发客，看到后感到很惊喜，上海有好几百个！

那么多人都有通过提供免费的帮助使世界更好的想法，而且每到星期六，一群沙发客就会去星巴克，互相认识、聊天。

星期六跟小蕾去了一个有活动的地方，那天下小雨，比较冷，感觉秋天突然来了。

星巴克里大部分人都是外国人，我们问一群比较活泼的人：“你们是不是聚会的沙发客？”

“是啊！你们帮忙挪一下这张桌子，拼在一起，今天估计会有很多人来。”其中一个人说。

一个中国女孩儿跟小蕾一起挪一张桌子，友好地用英语说：“我叫丽丽。”

大家走来走去，小蕾跟丽丽坐在大桌子的一边，我坐在另外一边，大家都在相互认识。那天我回答了无数次这些问题：“你叫什么名字？”“你是哪里人？”“到上海多久了？”“在上海做什么？”

“我叫大卫，在这里快两个月了，我是一名医生，我想学中文。”

大家都随意地跟旁边或者对面的人说话，在那张桌子上，飘着各种各样的回答和口音——美国、智利、波兰、法国、本地人……今天刚到、一个星期、六个月、三年、一直在这里……旅行、学习中文、工作……

每个人都有一个故事，独一无二的。每个人都带着自己的口音。大家能相互沟通是很美妙的事。在那里有一种很亲切的感觉，虽然我们都是不同国家的人，在不同的行业工作，可是我们都是年轻、爱交朋友、爱听别人故事的人，我们对生活都有相同的感觉。

我知道那里的中国人不能代表所有的中国人，他们是主动想跟外国人交流的一类人，我希望能认识各种各样的中国人。

我旁边有一个上海人叫 Allan，这个聚会虽然没有组织者，但 Allan 会非常热情地招待大家，就像聚会是在他家举行的一样。他会出去接找不到地方的人，会介绍新来的人认识老沙发客。

“我每个星期六都会来这里，已经两年了。我的工作很忙，没有时间旅行，来这里给新来上海的人一点帮助，听他们的故事，对我来说也是一种旅行。”

我能理解他。

我们对面坐着一个背着巨大背包的比利时男孩儿，他讲英语时法语口音特别重，他说：“我刚刚到上海，在网上看到这里有沙发客聚会，我住在附近的一家青旅……你们去过比利时吗？”

我说：“啊！我去过！我在那儿上过三个月的班。我非常喜欢古老的市中心，有很多二手书店、巧克力店和咖啡店……”

“对。不过，你说的是布鲁塞尔，首都，我来自郊外……”

“我没去过欧洲。”Allan 说，“不过我收留过无数比利时沙发客哦。”

我想起在潘普洛纳的好多个晚上。“那算你去过。”我说。

Allan 开心地说：“如果你们在上海有什么需要帮助的，给我打电话。”他把名片递给我们。

我把我的名片给他。

“哈哈哈，好名字！”

他们继续说比利时的事情。

我用词典查了一下“搂”，我以为是“建筑”的意思，不过也能当姓氏。

搂：to hug，to embrace，put friendly arm on somebody（抱住，拥抱，友好地把手搭在某人身上）。

我想，难道我以前看错了？这个“搂”是动词。哈哈哈，friendly arm？很友好，我喜欢！反正搂搂抱抱也是西班牙人的一个习惯。我自己开始大笑。

我笑着走到小蕾坐的地方。

“大卫，这位是丽丽，她来自桂林！”小蕾边说边激动地拿着一张二十块的钞票，“这里，她家在这里。”

“你好。”我握她的手。“你到上海很久了吗？”我问她。

“五年了。”

我看着钞票：“你的家乡好美！”

“丽丽在上海开了一家淘宝店。”小蕾说，“她会带我去她批发货物的地方。”

这几年每次小蕾激动地说她要逛街都是因为可以跟朋友去，快乐是因为跟朋友玩，而不是买新的衣服。她本来就很漂亮，很少打扮或者化妆。她喜欢穿简单的衣服，很优雅。

“淘宝是什么？”我问。

我非常开心，小蕾交了一个朋友能带她玩。丽丽大大的微笑给了我一种很好的感觉。

几个小时以后，Allan 问哪些人想一起去吃饭。

我们外国人的第一反应是——多少钱一个人？

Allan 说：“附近有两家不错的饭店，第一家大概六十块一个人，第二家大概四十块一个人。”

比利时男孩儿说：“如果是第二家，那我参加。”

有一个人问：“是上个星期那家吗？我去。”

“我都可以。”丽丽说。

最后去了十个人。小蕾和我是第一次在一个可以转菜的圆桌上吃饭。Allan 点了十二个菜。

“我点的是老外比较喜欢吃的东西。”他说。

在西班牙，我们各吃各的菜，所以一张桌子上很少会同时见到那么多不同的菜。我们觉得很有意思。

这几天住在 Allan 家的沙发客是一个瘦瘦的美国人，他动作夸张地说：“噢，我的天哪！太酷了！太不可思议了！太棒了！”

小蕾对我耳语道：“美国人依旧表现力丰富。”

丽丽说：“中国人经常觉得所有的外国人都是这样。”

小蕾笑着说：“美国人就像一直在演美剧。”

我们三个都笑了。

Allan 说想喝酒的举手，谁喝酒谁付钱。Allan 带外国人吃饭的经验很丰富，他这么做是因为他知道每个国家的人付钱的习惯不一样，而且很多沙发客预算很有限。

那个美国人说：“Allan，我只会在中国待三天，我听说中国人吃非常奇怪的东西，点些奇怪的东西吧。”

Allan 说：“谁想吃两个比较奇怪的东西？举手。”六个人举手，包括小蕾和我。

比利时沙发客说：“那这十二个菜的钱十个人平摊，接下来两个菜的钱你们六个人平摊。”

大家都点头，觉得公平。

四岁的我。

很多年里我都在努力成为一名医生，也不知道是喜欢还是习惯了。

十五岁那年，我收到加拿大一支高水平的冰球队的邀请，从此开始了激动人心的冰球运动员生活。在零下三十摄氏度的加拿大小农村，我第一次感到了孤独。白天训练，晚上吉他和小说成了我最好的朋友。

十八岁的时候，我发现我所有的文学榜样都曾经为巴黎心醉过，
巴黎真有那么大魔力吗？

在潘普洛纳，一个以奔牛节闻名的地方，我度过了六年的大学学医时光。

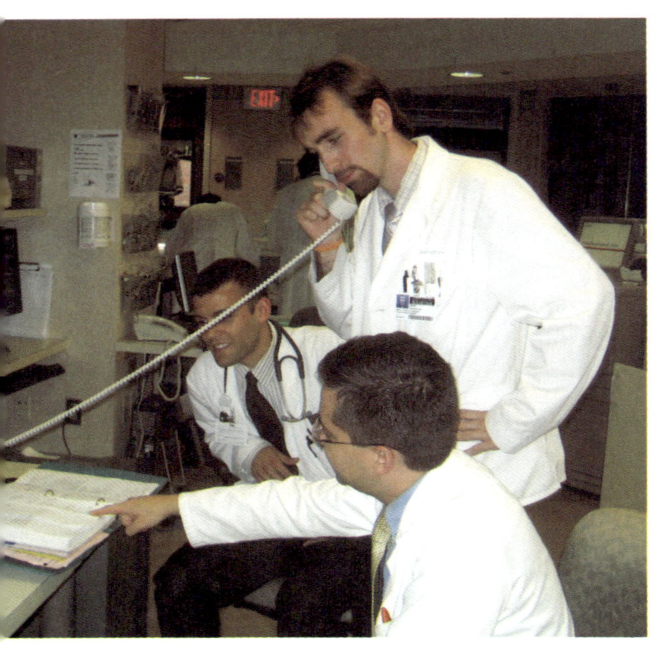


大四期间我在美国实习。
毕业后我有机会去美国当医生，有医院邀请我，我的成绩能让我找到好工作。美国一名医生一年能赚五十万美金，我为什么没去？因为我从来没从钱的角度考虑我的选择。

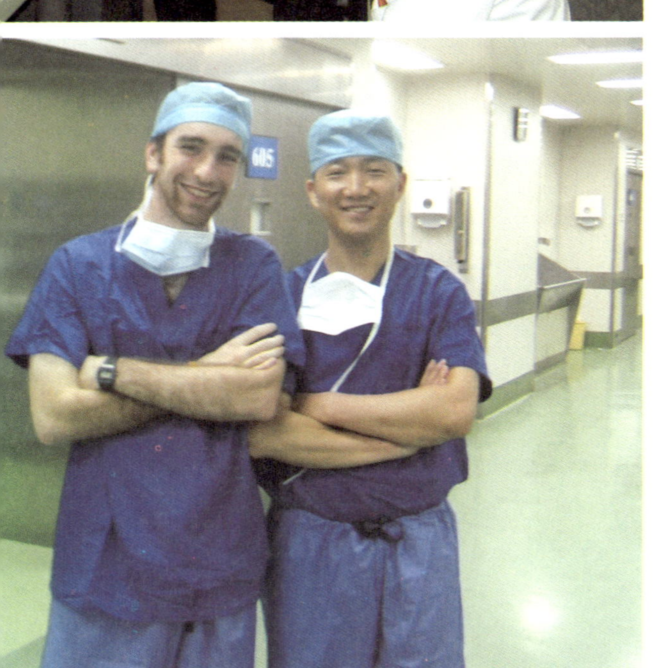


2010 年，上海。在一家大型的医院我找到一份给外国人看病的工作，重要的是这里的医生都是中国人。

一个大城市，尽管有两千万人在里面，只要缺少心里的那个人，
就会是空的，像鬼城，会让人受不了。

一个人不可以因为别人放弃自己内心的路。

可能因为外国人经常跟完全不认识的人吃饭，所以养成了这种把钱分得很清楚的习惯，这样不会有人不开心。

Allan 坐我左边，我们在等菜。我对他说："我们说一点中文吧，我喜欢练习中文。"

"可以，我教你……"为了让我听懂，他说得很慢，"你喜欢吃皮蛋吗？"

"皮蛋是什么？"我问。

"等一下你就会知道。"他继续慢慢地说，"西班牙热不热？"

"马德里跟上海差不多。"我回答。

Allan 没想到我已经能简单地交流。

我很想试一下我买的那本书上的成语。他说："今天天气没有昨天热。"

"对，今天冷如冰箱。"

"哈哈哈！"他笑爆了，"不不不，不是这么用的，而且不是冰箱，是冰霜！"

他用一支笔在一张餐巾纸上写下这个成语给我看。

我把我的小本子拿出来："请在这里写。"我经常会让教我中文的人把字写在我的笔记本里，这样我可以复习。

他说："如果你想表达天气冷，你可以用'寒风凛冽'。"他很热情，全都写下来了。

服务员拿来几瓶啤酒。Allan 对我说："你喝不喝酒？"

我指了指小蕾，说："我们真的很少喝酒，习惯了，不是钱的问题。"我想起另外一个成语，我最喜欢用最近学过的东西，这样才能留在脑子里，但是我真的想不起来。

Allan 看我的样子，说："你这样子叫'绞尽脑汁'。"

我一边继续想，一边说："请写下来，谢谢。"我不会错过学习新成语的机会。

“我想说一个跟酒和马有关系的成语。”我从他的手里拿过我的本子，翻了翻，我知道了！

我慢慢地对 Allan 说：“醉翁之意不在酒。”

Allan 又哈哈大笑：“对，没错，用得好。但是，跟马有什么关系？”

我又想了一想，抓抓自己的头，我脑子太累了，于是我用英语说：“这个翁先生不是丢了一匹马吗？”

Allan 认真地说：“你真是我见过的用最奇怪的方式学中文的人。”

服务员上了鸡爪和皮蛋。之前举手的一个英国女孩儿一看到菜就说：“算了，我不吃了。”

我看那个皮蛋，真不能相信那个恶心的东西是可以吃的，但是我想尝尝。

Allan 说：“谁想先吃一个？”

我看到那个美国人跟他说：“来，美国人优先。”

“啊，啊……”他的脸像看到了鬼一样，“我……其实……不饿了，等一下再吃，我先吃别的。”

他把一满勺宫保鸡丁倒进自己的碗里。

小蕾坐在我右边，小声地对我说：“其实我也不想吃。”

我笑了：“我们跑了一万公里到中国来，就是为了体验，一起吃吧！”

“一、二、三，吃！”我俩把两块皮蛋放进了嘴里。

小蕾的表情跟鬼一样，吞下去后她说：“快去买一听可乐，这个味道停在我的食道中了。”

我笑：“我觉得挺好吃的！”我去前台买可乐，可乐旁边摆放着一种饭店里很多人在喝的东西。我指着它对服务员说：“还要这个。”

小蕾好像还没恢复，看我回来，马上说："快给我。"她喝了一大口可乐，说："你还买了什么？"

"我不知道，我好奇买的，应该是中国可乐！"

Allan笑，看着我们说："这个叫'王老吉'。"

☆ ☆ ☆

我每天在静安寺偷偷地模仿老人打太极拳，几年没做运动，当年打冰球时留下的背伤也不疼了，但我还是很谨慎，运动时注意不伤到我的背。我希望每天能有更多的时间看他们练太极拳，也跟着学一点，但是没办法，我只有上班路上的几分钟时间。我每天晚上学汉字到很晚，早上很困，起不来，没有精力早一点起床去尽情地看他们练拳。

有一天我去到医院每天开会的地方，一个人也没有。我去找护士问怎么回事，碰到了Echo。

"Doctor Lou，today go Expo，no work，just on duty work."

"什么？"我诧异地问。

"You also go，you also go，wait moment people search you."

"Echo，对不起，我现在还没完全清醒，请讲中文。"

Echo从她的眼镜后面瞟我，我感觉她在想：他为什么不懂？

"搂医生，今天去世博会，不上班，有人值班。你也去，等一下有人来接你。"

"世博会？"突然我觉得我的脑子出了问题。什么意思？去世博会？去世博会干吗？

在国外，经常有这种"不知道是什么情况"的现象，我习惯了。就像我跟中国人说中文，他们也会感到无奈。

我不问，就等着，Echo也在等。

“什么时候要 again（再）玩乒乓球？”我跟 Echo 闲聊。

“Soon exam. Don’t have time. Good good study，day day up.（很快要考试了，没有时间。好好学习，天天向上。）”

我无语，我大概懂。Good good study？她在朗诵吗？我的表情应该表达出了我的疑惑，我都不知道我对着的是一个医生，还是一个诗人。

昨天我的手机没电了，秘书没办法通知我，今天所有的医生去世博会给外国员工体检。

我们来到世博会大门口，那天又热得跟地狱一样。主任分别派我们去不同的展馆，当然他让我和两个医生去西班牙馆，Echo 去加拿大馆，都在同一个方向，我们一起带着体检设备走。

我走走停停，拿着我的本子，写下我们经过的那些国家展馆的名字：新西兰、澳大利亚、芬兰……

Echo 总是转身喊：“Doctor Lou，fast a little！（搂医生，快点！）”

她很热情地等我，怕我在人群中迷路。

陪我们找到西班牙馆后，她还要往另外一个方向走，在太阳底下走一条熙熙攘攘的路。

她站着看对面的路，像一名消防员准备进一栋正在燃烧的楼。进入人群之前，她深呼吸，认真地说：“Really，people mountain people sea.（真是人山人海。）”

看她消失在人群中，我擦着额头上的汗对自己说：“绝对嘛，她是诗人。”

在西班牙馆参观的人里，有一些我的同胞，我们给他们一些健康方面的建议，其中大部分西班牙人打算世博会结束之后留在中国，好像西班牙就快出现经济危机了。

“我来上海工作，觉得这个城市什么都有。回西班牙估计找工作不容易，我应该留下来。”一个西班牙员工跟我说。

我问：“那个经济危机会不会发生，我们都不知道，反正我来这里是因为想了解另外一种文化。”

我给每个人都发了一张名片，有什么问题可以直接去医院找我。

吃饭的时候没有事情干，我去逛了逛我祖国的展馆。

其实我有点看不懂。除了纳达尔、足球明星和多媒体奔牛节的展示，没有什么给我亲切的感觉。

我看了一些墙上挂着的照片，一边摸我的胡须一边想：“这个跟西班牙有什么关系？”我旁边有一个外国人，他看着这些照片，好像有跟我同样的感觉，一见到他的脸，我就知道他是西班牙人。不是任何外国人我都能说出他来自哪个国家，但是有些西班牙人很容易辨认出来。

他用地道的西班牙语说：“你是医生？”他留着大胡须的两颊上露出友好的微笑。突然我发现我还穿着白大褂，展馆里的人肯定都觉得我很奇怪。

我笑：“我是医生。”

“那你不应该在医院吗？”我们两个都笑了。

他手上有一本很厚的书，我问他：“你看什么书？”

“《红楼梦》。”他一边给我看封面一边说。

“啊！你学了中文多久能看《红楼梦》？”

他笑：“你看，是西班牙语的版本。”

我翻开书看了一下，喜欢看书的人对喜欢看书的人经常有一种莫名其妙的好感，而且喜欢跟他们交朋友。

我指着白大褂的口袋说：“我这里有中文的小朋友版本。”我伸手说：“我叫大卫。”

“我叫 Ivan，我负责管理西班牙领事馆文化部的图书馆。在安福路，你可以随时来借书。”

“我才知道上海有一个西班牙语图书馆。”我诧异地说。

“有！我感觉你会喜欢。”他说。

Echo 发了一条短信到我的黑白屏幕手机：“Come here，big mountain is here.（过来，大山在这儿。）”

Ivan 看着我的表情问：“有问题吗？”

我笑：“交流问题。”

“在中国很正常。”我们笑了。

我继续想 Echo 是什么意思，我真不懂。Ivan 说：“拜拜，我得走了，有空来图书馆！”

“一定。”我们握手告别。

下午我还去了其他馆给员工体检，顺便参观。后来我知道，那一天我错过了“大山”，一个在中国很有名的加拿大人，他也在加拿大馆。Echo 是一个爱用英文的人，我佩服她的坚持，犯错或者产生误会没关系，重要的是不放弃，享受“good good study”的日子。

☆ ☆ ☆

时间过得很快，还有几个星期就是圣诞节了。虽然圣诞节是基督教节日，但在西班牙已经成了家庭节日，是跟家人见面的好理由。今年不打算跟家人过，有一点奇怪的感觉，我们应该去中国别的地方旅行。

每天从医院回家之后我都坐在客厅的桌子旁学习。

“我真的觉得你这样没意思。”小蕾突然说，“我知道这一直是你面对挑战的方式，依然坚持到你累得不行，但是我觉得你经常为了坚持牺牲快乐。”她拉住我的手，“而且我知道你不会表达不开心，就像大学的时候，你不会说。我很了解你，我知道你最大的快乐是突破挑战后的成就感，但是……”她继续说，“我觉得这样不对。你去上班八个小时，回家对着书再坐八个小时。”我聆听她温暖的声音，“你经常说要选择最难的路才能走到很少人去过的地方，对你来说坚持不难，你很固执，你能把任何事情做到你快死了，把其他你喜欢的事放在一旁。”她看着我的眼睛，“我只要你快乐。我不要几个月后你觉得没享受我们在中国的时间，因为你一直在学习。”

我很感动，小蕾说这些不仅表达了对我的信心，而且太无私了，她不但没有怪我没时间爱护她，反而更关心我的快乐。

我抱她：“谢谢！我就是觉得，学会中文以后可以做很多好玩的事情，我可以看电影、旅行……”

她像是生气了。“学会中文以后是什么意思？你看……”她回房间，拿过来第一天买的紫色封面的书。“我要你客观地说你的进步大不大。”她随便翻开书，指着其中的一句话，“念！”我念了一下，有些字念不出来。小蕾说：“三个月前一个字都不会，现在已经会念不少了。”

她说：“学会中文以后是什么意思？你要坐三十年，学三万个字？快乐是不能推迟的，快乐是现在的事。我们来中国就是为了不要把六年的大学跟五十年的工作连在一起。你已经学了很多，当然可以更好，但重要的是你要用你学到的东西让现在的你幸福！”

我知道她是对的。做必须做的事、完成任务，给我一种不明显的快乐。很久以来，我面对任何挑战都会把所有的注意力放进去，把其他的事忘掉，把其他人忘掉。这是我的优点，同时也是缺点，我心里一直有一个障碍，让我在我的缺点和优点之间徘徊。我这辈子最大的敌人在我心里。

她说：“这几年来，我看你最开心的时候就是创作，没有压力，把你心里的东西拿出来。比如你让鹏游和我帮你拍那些微电影的时候，我真的感觉到你很快乐。”我低头，她继续说：“本来你的想法是对的，一年不学习，不坐着。”

她叹气。

第二天我去医院跟主任谈了谈。如果我的中文好，我在这个部门会更有用，但是一边上班一边学中文是不可能的。我跟他交流了很久，他了解了。我说我想辞职。“我希望明年你还在上海，欢迎你再加入我们的集体。”

我叹气：“明年……我也希望明年我还在这里。”

我回家，小蕾非常开心听到这个消息。我们去拉面馆庆祝。

我学中文真享受，从那一天开始还是花一样多的时间学中文，但是因为不上班，就有时间做别的事。

我给父母打电话，跟他们解释了一下。我爸爸说：“小蕾是对的，你要在中国一年，最好做你这六年没有时间做的事。你已经是医生了，我们对你的未来放心，如果你要很累地工作，这是你的选择；如果你要做别的，我们支持你。”

“谢谢爸爸。”

“你对那么多文化方面的事情感兴趣，我觉得你研究这些会让你当一个更好的医生。”

小蕾的父母也会每个星期给我们打电话。

大学的时候我经常去她家吃饭，偶尔也会在她家学习到很晚，我跟她父母很熟。

每次他们往中国打电话，小蕾爸爸都会跟她说：“把手机给大卫，我要跟他单独讲话。”

“啊？为什么我爸爸要跟你说话？”她觉得很奇怪，“最近每次都这样。你们聊什么？”

我神秘地对她说：“聊天嘛，就聊天。”

小蕾的爸爸是一名眼科医生，但是对很多不同的事感兴趣。有一天在潘普洛纳，晚上我跟小蕾准备一个考试，学习到凌晨，小蕾在客厅里睡着了。我想休息一会儿，拿出我的摄像机去后院，拍一个夜晚的镜头，我跟谁都没说我准备拍一部微电影。我碰到她爸爸戴了一个很奇怪的头盔，他吓了一跳，然后我们都笑了。他跟我分享他的秘密，说他喜欢发明东西，特别是汽车应用方面的和医疗设备，他希望有一天能放弃每天在医院的无聊工作，一心一意发明东西。他给我看他所有的发明。

曾经我很感动他跟我分享这些，这表示了他对我的信任。他不会随便说这个事，因为大家会觉得一个爸爸有这种想法不靠谱。我也跟他分享我在计划拍的微电影，他很欣赏我的想法，最后那部电影得了奖，他也很开心。我还跟他分享了我的梦想，我喜欢写剧本、看小说、学语言。我跟他说毕业后我希望能有一年的时间做这些，可能在国外。所以当小蕾跟她父母说要跟我去中国的时候，她爸爸似乎已经知道很久了。

那天小蕾父母给我们打电话，我说我辞职了，她爸爸跟我分享了一些新的想法。他想我在中国可以顺便帮他研究一些事，但是不要跟小蕾说。他一直和小蕾一样支持我做跟医学没有关系的事，他觉得我的生活会更丰富。我跟他说我辞职了，他说正好我有空帮他的大忙。

“关于工厂，我什么都不知道！”我说。

“我也是医生，我也不太知道。但是我觉得，你帮我做这件事情会提高你的中文水平，还会帮你了解另外一个行业……把这当作一个学习中文的机会！呵呵，一起慢慢了解吧。”

“好，我尽力。”我说。

“不要跟小蕾说，她和她妈妈会担心。”

我辞职后小蕾很开心。我又有时间跟她躺在沙发里，发呆，享受我们的时间。

那个时候我还是一直叫她的西班牙语名字：Leire。

“你什么时候给我取一个中文名字？”她问。

我笑。她在沙发上翻着我的中文词典。

“这个是拼音，对吗？”她指着词典上的字母。

“对。”

“那我可以找一个字叫‘lei’和一个字叫‘re’，我就有了我名字的翻译，是吗？”

“差不多，但是……”

她开开心心地翻着词典，跟我说：“哇，很诗意，你看我可以叫‘泪热’，英文意思是 hot tear。”

我怀疑地看着她：“我不是很了解中国，但是我觉得‘泪’这个字不会出现在名字里。”

“为什么？”

“用英语或者西班牙语，对我来说听起来也很诗意，但是中文……我们可以问 Allan。”我拿出一张纸，“其实……我已经给你取了一个名字。”我看着她的眼睛，“吴医生帮我选的。”

我写下来一个字：蕾。

她问：“什么意思？”

她听我解释，很开心，很喜欢。

我说：“蕾蕾或者小蕾，都好听，你选择。”

“不，不，你选择。”

“我喜欢小蕾。”我温暖地说。

她把词典放下来，抱我。

下一个星期六我们又去参加沙发客聚会。

Allan依然在帮助新来的朋友。

我对他说："我想问你，如果你要用中文翻译'Leire'这个名字，你会用'泪热'还是'小蕾'？"

一听"泪热"，他的表情就给了我一个很明确的答案。

他问我："你真的是自己学中文？"

"嗯。"

"那……你学的时候小蕾干吗？"

"不干吗，享受生活。"

"我有一个朋友要让她儿子同时学英语和法语，我在想小蕾可以……"

桌子的另外一边，小蕾跟一个法国男孩儿在说话。小蕾叫我："大卫！大卫！过来！"我过去。"这个人在中国三年了，要去东南亚流浪，他不打算回来了，他有一把吉他不能带走，你要不要，他可以送给你。"沙发客聚会经常碰到这种情况。

法国小伙子对我讲："小蕾说你弹吉他。"

"是的，是的，不过大学弹得太少了。"我叹气。

"那我就把吉他送给你，下个星期我带过来。"

我很激动："Merci beaucoup, really thanks![1]"沙发客聚会经常会混合不同的语言。

突然我有一个主意，我又去大桌的那一边。"Allan，你有中国歌曲吗？"我问。

"当然。"

"你可以给我吗？"

他总是那么热心，激动地说："当然！"

---

[1] 前半句是法文，后半句是英文，都是"非常感谢"的意思。

接下来的星期六 Allan 给了我一个硬盘。我回家打开，音乐按类型分在不同的文件夹里。当然我首先打开的是“rock songs（摇滚乐）”那个文件夹，有一百多首歌，我放了一首《再见杰克》。

没想到中国摇滚是这样的感觉。之后随便放了其他的歌，都很符合我的口味。

那个文件夹里大部分是汪峰、许巍、Beyond 的歌。

另外一个文件夹是“old songs（经典老歌）”，我随便听了听。最大的文件夹是“pop songs（流行歌曲）”，还有“folk songs（民谣）”和“red songs（红色歌曲）”，那个硬盘里一共有七百多首歌。我想，慢慢听吧！

我打开播放软件，点“全选”和“播放”，从那一天起，我的电脑一直在放歌。我闭上眼睛，当我听到觉得特别好听的歌时，我会把它移到一个新的文件夹里——“David's favorites（大卫最爱的歌）”。

很快那个新文件夹里就有了很多歌，我没想到我会那么喜欢中文歌曲。文件夹里有很多邓丽君的歌，很多个月以后我才知道她是中国伟大的歌手。

那个法国小伙子给我一把西班牙吉他。小蕾喜欢听我弹，音乐依然让我很快乐。

音乐一直让我很精神，让我在想其他的事情时更清楚。之前很久没弹让我觉得遗憾。

突然我想到很多另类的方式学中文。

我创造了一个游戏。打开电视，随便哪个节目，试着抄屏幕上的字，特别好玩。基本上每句话只能抄第一个字，如果来得及抄两个字已经是一种成功。小蕾会坐在我旁边捧场，她会笑着看我着急的表情。这算是跟电视的比赛，我很多年没玩游戏了，因为感觉浪费时间。

我剪了两千张卡片，碰到不认识的字就写上，用不同的玩法背字。

在电脑上看电视剧，演员每说一句话我都暂停一下，模仿他们说话，模仿他们的表情，小蕾会笑。然后我让她猜我刚才表演了什么，戏的内容是关于什么的。

表演这个东西很神奇，我之前拍微电影的时候，跟鹏游研究过不同的演戏方式。看美剧、法国电影、西班牙电影，模仿他们，学他们，每个国家都不一样，有很多风格。跟鹏游讨论过表演理论，讨论斯坦尼斯拉夫斯基体系，我们得到一个结论：学表演要多模仿别人，仔细看，然后模仿，最重要的是要相信自己能够做到。表演是一门学不完的课，我突然想到我可以一边学中文，一边学表演。

我每天买报纸看头条，我的理想是通过看报纸学习中国文化，但是我的水平还差太远。

我开始学中文歌。我不知道怎么挑的，《外面的世界》是我学的第一首。学会一首歌需要很长时间，先看歌词了解意思，这是最重要的一步，要不然唱一首自己不懂的歌就无法享受。接着把歌词背下来，然后唱出来，最后学和弦。很久没弹吉他，我的手指都笨了。

鹏游发邮件给我，问能不能来看我们，他快要考试了。

我们很激动会有人真的来。毕业的时候我们说来中国，无数人说“我们会去看你们”，说话很容易，但当鹏游说他会来的时候，我们就知道他一定会来。鹏游不经常说话，但是他开口就肯定会做。

我继续找好玩的方式学中文。我经常出去，去商场和小店，练习口语。我会准备一些专业词汇然后实践，每一家店都能变成我的教室。我选择一个话题，比如手表，先学有关它的词汇，然后一整天都去手表店重复问一样的问题：指针、秒表、倒计时、闹铃、表带。我总能碰到热情的服务员，最后会聊到其他的事。我带着我的本子，要是有什么不懂的，会让对方用汉字和拼音写下来。大家都热情地写，我的本子快写满了，需要买新的。

圣诞节还没到，可是在小蕾和我的心里已经回到了西班牙这个话题：准备西班牙的医生入职考试，然后找医院的工作。

“你看，我在中国计划有一个更放松的生活还没多久，我们疯狂学习的未来已经来了。”我叹气说。

“学八个月后我们可以去旅游，就像鹏游会来这里。然后如果我们能进入一家马德里的医院，我们的生活就不会像在潘普洛纳小城市里那样。我们会有工资，可以经常去看话剧、电影、演唱会，也可以跟朋友们安排自己的活动，拍电影……”

“我们会有工资，但是不会有时间了！你知道一旦开始，我们就要工作五十年。”

小蕾叹气：“没办法，这是注定的。”

“不！”我深呼吸，“不要谈这个了。”

“我就想说我们会一起寻找最舒服的生活。”她抱我，“马德里有更多的机会，你肯定会找到除了工作之外你喜欢做的事，肯定能参加业余话剧团……”

“‘业余’是我最讨厌的一个词。除了当医生，我这辈子做任何事都是业余的，是吗？‘业余’就是用好听的说法表达‘不够好’。我不喜欢做‘不够好’的事情……算了，还有六个月回西班牙。”

“好，好，聊别的。”小蕾去厨房，“把不开心的事忘掉。明天你有什么打算？去哪里练习中文？”

“啊，对！”我去厨房抱她，“明天你要不要跟我来，我们可以在外滩走一走，吃午饭，反正明天我去的店都在那儿。”

“哦，好啊，好啊……但是我有一点害羞，因为你问的这些东西你绝对不会买……”

“这个叫咨询。”我笑，“我在医院用的领带在哪儿？明天要打扮一下。”

“你到底要去哪儿？”她问。

算是同时练习我当演员的技巧和中文。我没有骗谁，我真的对词汇很感兴趣。

那天小蕾特别漂亮。“今天我们买保时捷，好吗？”我对她说。

其实我就是想练习跟车有关系的词，不过我想顺便了解一下在我的世界里不存在的东西——上档次的东西。

从我选择当医生的那天起，我就知道这辈子我不会有这种车。但我一点都不难过，这是我的选择，生活在于选择。我一直觉得挣钱不难，为了做心里想做的事情而挣钱才难。毕业后我有机会去美国当医生，有医院邀请我，我的成绩能让我找到好工作。美国一名医生一年能赚五十万美金，我为什么没去？因为我从来没从钱的角度考虑我的选择。

我父母一直教育我，最高的价值在我们心里。我佩服他们，一个记者、一个老师，普通的工资，我什么都没缺过，还去国外学习过，住着好房子，上了好学校。从小我就听过一句话：“我们买得起这些重要的东西，是因为我们不在不必要的地方花钱。”这句话听了太多遍，已经刻在了我心上。可能这就是为什么当我碰到真正喜爱的事时会付出一切，它以外的都是多余的。

我认为这是对我父母的一种尊敬。我们信禁欲，但是他们经常说我过度了。从十四岁到大学那段时间，我会嫌弃买新的衣服、收到礼物、用热水洗澡，这也是我不喝酒、不抽烟的原因。之后我慢慢找到了平衡。

我珍惜每一分钱。

在路上看到漂亮的车，我经常想到我父母，有这个想法很多年了，我知道他们不需要，但是我希望我有一天可以买给他们。

我们走进保时捷店，服务员给小蕾倒了一杯茶。

我用准备的词汇问了所有的问题，就像是一个剧本一样：轴距、长度、功率、加速时间、最高时速、耗油量、安全气囊、气缸、载重量、燃油箱……只有一件事没问——价格！

服务员在尽力回答问题。

终于他问："先生，您打算买吗？"

"嗯，给我爸爸，我会再来。"

他有特别的口音，我问他是哪里人。

"内蒙古。"

我们出去的时候，小蕾说："我不知道你们在说什么，但是我真的以为你会买。"

"医生也需要掌握表演的技术，你觉得什么比较难演？在汽车店里假装要买车，还是看着一个病人淡定地说'你得了癌症'？"其实每次面对癌症病人我都很难过，但是表面都很镇定。医生需要保持理智和冷静，才能更好地为病人治病。

她笑："我真觉得你不是一名医生！"

"你要不要去内蒙古？那儿有马、草原……"

"哇，好酷！"她笑，"中国真丰富！"

我说："哦，对，明天要不要跟我来？还有好玩的事。"

"还是买车吗？"她问。

我笑："不，想来吗？跟一个工厂的老板吃饭。"

"我不是很喜欢你做这些。"

“啊……”其实这次不是演什么，但是我没说。最好她觉得我在玩，尽量不说跟她爸爸有关系的事情。

“我要把你的照片和微电影材料发给一家电影公司。”

我不知道她写了什么或者说了什么。“哈哈，你觉得发一份简历，有一天会有人打电话让我去拍电影吗？不，这种事情不会发生在普通人身上。”我叹气，“我相信我回西班牙之后，如果能抽出时间，我会继续拍微电影，越来越长，会有一天我能拍长片子。我相信通过努力、通过坚持，我能完成最让人不可思议的事，但是我绝对不相信奇迹，不相信突然有一天，一个陌生人会帮我实现梦想。”

“我同意，不过如果是我发的，会发生。”

我笑：“为什么？”

“因为我爱你。”

Allan给我打电话，问小蕾要不要教法语和英语，明天可以跟想学法语和英语的人认识一下，圣诞节后可以开始。

小蕾去认识那个朋友，我去应酬。第一次应酬，绝对比一本讲中国文化的书有用。这种圆桌子，摆满不同的菜，太好玩了。

我买了两张去内蒙古的机票，圣诞节我们会在异乡过！

飞到呼和浩特，我想去满洲里，因为我在报纸上看到那里有户外冰场。

小蕾知道冰球曾经对我有多重要，她觉得我是一个快乐的人，但是她更希望看到曾经快乐地打冰球的我，她想去一个可以回首我打冰球的日子的地方。我们到呼和浩特后，她生病了，发烧，我们留在酒店，没有去医院，我们自己能处理生病的事。

我看着窗外，雪花漫天，我的心飞到了很多年前。

到一个地方依然没有具体的原因，一直是很多巧合。

就是因为地理的巧合，八岁时我爱上了一项奇特的运动。那个时候我们国家只有六个冰球场，我父母周末喜欢去的地方附近正好有一个——马德里唯一的冰球场。那附近能做很多不同的运动，当然足球、篮球和网球是最流行的，不过我被冰球吸引了。

这个冰球场很老。外面是一种能保温的软木，每面墙像一片被抛弃在晾衣架上的硬化的布，上面长了苔藓，门面也被爬山虎入侵了。脆弱的结构被生锈的螺丝固定起来，里面的黑橡胶地板总是很湿，冰上一直飘着一朵“云”，有时候“云”很小，有时候变成雾弥漫在棚里。黑橡胶和“云”混合的味道是世界上每个冰球场都有的特别的味道。

马德里这个冰球场很破，用玻璃纤维片补天花板漏雨的地方，螺丝和冰发出吱吱的、听不到但是能感觉到的声音。这个听不到的声音是它的灵魂。

第一次我跟我爸爸进入那个地方的时候，冰球队在训练，他们在“云”中快速地滑行，那个奇怪的味道粘在了我的心上。

第一眼见到我就知道，有一天我也会飞在那朵“云”中。

“大卫他爸，我不要大卫参加这个美国人喜欢的疯狂运动，他才八岁。”我妈妈说。

“我也不想让他打这个，但是……”

“没有但是，冰球又暴力又危险，我会不放心。”

我在我的房间里听到他们说这些，那个时候我很腼腆，不会说出我想要什么。可能我有那个习惯是因为我从来没真正地想要过什么。

一天天过去了，我失去了微笑。

“大卫最近怎么了？”我妈妈问我爸爸，“他怎么这么不开心？”

“不知道，会不会在学校里出了什么问题？”

“我会问他的老师……”

我爸爸说：“会不会是因为冰球的事情？都几个星期了，他什么都没说，我以为他忘了这件事。”

我爸爸来找我聊天，他一提冰球的事我就哭了。

他抱着我，温柔地问：“怎么了？八岁的男人不哭！”他笑。

我一边哭一边说：“我不知道我为什么这么喜欢冰球，我真的想打……”

“我们觉得太危险了，特别是你不会滑冰。”

“我不参加又怎么会滑冰？”

我妈妈来了，她说：“好了，这样吧，我们给你报名，让你进花样滑冰队半年，你学滑冰，如果之后你还对冰球感兴趣，我们会同意让你打冰球的。”

我想象自己穿着粉红色的芭蕾舞短裙，我努力不哭，但眼泪还是挂在我的睫毛上，我说：“好吧，半年！”

我妈妈很诧异我同意了。

虽然我没穿芭蕾舞裙，但是跟一群小女孩儿上冰球场训练还是很尴尬，我从来没有那么惭愧和难受过。

一个月以后，父母给我报名冰球队。很多年以后，我问我妈妈为什么她没等半年，她说：“虽然我很怕你会受伤，但那个时候我在你的眼睛里看到了一种从来没看过的眼神，我知道你会坚持半年，即使让你穿粉红色芭蕾舞裙也会坚持。这会让你很尴尬，没有必要让你难过半年，那也是一种伤害。”

我对她说：“替八岁时候的我谢谢你。”我们都笑了。

所有的小孩儿都比我有天分，我从冰球场的一边滑到另外一边，就像一只刚出生的小羊笨手笨脚地过草原。但是我从来没感到那么快乐，冰球场变成了我最爱的地方。

星期六和星期天去跟冰球队训练，练完后，我会一直滑到晚上。我爸爸星期六和星期天上班，所以我会在冰上开开心心地等他来接我。

十四岁的时候，我对冰球的爱多了一百倍。

马德里很少人打冰球，为了保证每个星期的训练时间，我参加了马德里所有的冰球队，U15、U18 和 U30。我承认那个时候确实有一点危险，因为十四岁的男孩儿跟三十岁的男人打冰球，不是技术的问题，而是力量和体重这些物理的问题。我们西班牙的冰球运动员都没看过专业的冰球比赛，那个时候没有网络，也没有国外的电视频道。

一个朋友的朋友从美国带来一盒录像带，里面是二十五分钟长的世界上最厉害的冰球比赛：美国和加拿大冰球联盟。这二十五分钟是我几年来看到的唯一高水平的冰球比赛，我每天都会看几次。

不知道从什么时候开始，我想当一名专业运动员。我十四岁时已经知道越早到加拿大打冰球就越有机会。但是怎么去加拿大？我爸爸说过一句话："你只能控制你能控制的事。"听起来是废话，但是想了一想，找到了深刻的意义。我不能控制我是西班牙人，我不能控制马德里只有一个冰球场，我不能控制别人会不会给我一个机会。

那个时候同学们开始经常出去玩，在公园里喝酒、抽烟，我从一开始就反对这些，因为会影响我的运动员梦想。我知道西班牙人当冰球运动员的可能性很低，我嫌弃任何让这个可能性更低的事。

烟让肺的效率低，是否有烟进入我的肺，这个我可以控制。

不过我偶尔会去公园，因为在那里可以学吉他，那个时候我开始听摇滚乐。我把妈妈很多年没弹的吉他拿出来练了练，除了音乐和冰球，我好像没有别的喜欢的事。

十五岁那年，西班牙队叫我参加 U18 世界杯。冰球队里大部分队员都快十八岁了，在立陶宛，我们被韩国队打败了。

在那里，我认识了一位来自加拿大的教练。

我们聊了一个下午，他给我看了一首诗。

Therefore，since the world has still
Much good，but much less good than ill，
And while the sun and moon endure
Luck's a chance，but trouble's sure，
I'd face it as a wise man would，
And train for ill and not for good.

"你懂吗？"他问。

"生活里困难比幸运的事多得多。"

"我今天看你对着韩国队打，技术还需要提高很多，可是我能感觉到你的渴望。技术是可以学的，但渴望不能。"他继续说，"你知道当专业运动员的路有多难吗？"

"但是我要克服所有的困难，这是我的梦想。"

他说可以给我介绍一个学校。那年夏天我去加拿大参加了考试。

威尔科克斯是加拿大中部萨斯喀彻温省的一个农村，传说是世界上最平的村庄，那个省就像在一本巨大的合上的书里，像大海一样能 360 度转身看地平线。夏天，大麦田是金色的，风吹过像大麦被梳了。萨斯喀彻温省很平，但是东边和西边有大山相连，冬天时像一条走廊，北极风从北旅行到美国。那个省是加拿大最冷的地方之一，冰球的天堂，每年都有几个月在零下三十摄氏度。

威尔科克斯只有六百多人，一半是农民、老师和学校的员工，一半

是学生。百分之九十的学生都有同一个梦想——成为专业运动员。学校有十八支冰球队，我们都是朋友，也是对手。

一百年前，一位牧师在这个荒蛮的地方开办了这个学校，他想让成绩不好和行为不好的孩子通过运动的精神得到改变。他觉得犯错的小孩儿和不想学习的学生缺少梦想或者方向，他让学生爱这项运动，让这些小孩儿通过运动了解认真、坚持、付出、分享、突破……传说牧师非常严格，但是他很会鼓励大家，这支冰球队很快变成了加拿大年轻球队中的第一。后来学校出名了，很多优秀的冰球运动员来这里挑战自己。现在大部分小孩儿是自愿来试一试，很少是被父母逼来的。

开学前两个星期，大家会被分在“试试队”，每天打三场比赛，十八个队的教练会盯着我们。

教练会找我们聊天，更好地了解每一个学生。对他们来说，我只是从西班牙过来“试试”的，他们会睁大蓝色的眼睛说：“西班牙有冰球吗？我当这么多年教练，没碰到一个西班牙冰球运动员。”

“加拿大是世界第一名的冰球国家，这里是加拿大最厉害的学校之一，如果你能进第六级队，你应该会非常开心吧？”

冰球场上的共同语言——冰球。

我进入了第二级队。虽然不错，但我还是把这当成一个大失败。

宿舍里有六个人，我上铺有一个加拿大因纽特人，他的祖先真的住过冰屋。他进入了第七级队，难过死了，从第一天开始就想回家。我们宿舍里还有两个加拿大人和一个美国人。

除了语文课，其他课程西班牙学生的水平都比较高，基本上数学、生物、物理都学过。但是他们上课的方式完全不一样，在西班牙我们听老师讲课，然后做一些练习题。在加拿大，老师会准备一个话题给大家讲，或者上课的时候跟同学们交流。

在西班牙，我一直讨厌语文课，要学习很多理论，却一直没看到有什么实用性。但是在加拿大，都是先实践再学习。“谁知道狄更斯？”老师问这种问题，让学生好好介绍自己知道的知识。然后她会让学生念一段书：“伟大的人能让很多人觉得自己渺小，真正的伟大是能让更多的人伟大。”她经常用冰球举例，所以大家都会理解。“在冰球队里，如果你们打得好，你们会当别人的偶像，但骄傲会让同学们难过；如果你们相互鼓励、帮助，共同进步，那同学们会更伟大。”

老师对我温暖地说：“不要担心，下午要多看书、学词汇，肯定没问题。”我好奇地拿着一些狄更斯的书回了房间。以后当有人对我说“你白打了十年冰球”，我会想，如果没打冰球，我可能就不会发现文学的魅力。

这个地方真是冰球的天堂。我们上午上三个小时的课，然后跟队练球、跑步、去健身房。我以为我在西班牙很努力，但是到威尔科克斯我知道我可以再付出多一倍的努力。他们说这就是为什么要找到身边有共同梦想的人的原因，因为每一个对手也可以当你的老师。我一直找比我好的人，看他们有多努力、他们可以举多重的哑铃、滑冰可以多快，不把他们当成对手，而是当成我的榜样。

我们一直运动，很容易饿。食堂一天开四次，错过一顿饭就会饿死。每一次开门，我们都像一群猪一样跑到食堂去。想吃多少吃多少，我吃的量是在西班牙时候的两倍。四个月的时间，我从六十七公斤的小伙子变成了八十公斤却一点肥肉都没有的运动员。

有时候上课之前，早上五点钟我也去冰球场。

生活很简单，不训练也不上课的时候我就去健身房，或者在房间里弹弹吉他、看看书。冬天只有两个选择：去健身房或者在宿舍里待着。

小镇里没有什么商店，如果需要什么东西，就跟老师说，他们去五十公里远的城市时顺便帮你买。

除了冰球，没有太多活动。吃饭、睡觉、运动。生活不容易，我第一次真正感到孤独，但也是第一次真正感到幸福，感觉到我在我应该在的地方。

学校会按美国的习惯每三个月安排一次舞会。我觉得很有意思，因为这是在电视剧里才会看到的事情，又肉麻又美国化。我很好奇，想看一看。但是在我们学校，这个活动并没有道理，三百个学生之中只有二十五个女孩儿，大部分人就只是看。

因纽特同学一直躺着，像是放弃了生活。其实学校有很多像他这样的人，因为没进入一支好的冰球队，任何动力都没了。其实学校的气氛我觉得很特别，除了进入第一级队的人，其他人的心里都有一点挫败感。但是失败对运动员来说就是一种动力。

冬天到了，学校里的生活会很糟糕。外面冷得像结冰的地狱，天空中平时没有云，从屋子里看不出来特别冷，但是室外气温经常会到零下四十摄氏度，风就像狗在咬你的脸颊。

时间过得很慢，上课、打球、健身后还有半天，在房间里克服孤独，小说和吉他是我最好的药。

但是宿舍里不能弹吉他，会打扰同学，他们说我唱歌跟牛蛙一样难听。“但是我喜欢！”我说。

我看海报，了解到学校还有一个活动，下课以后合唱团排练。合唱团是我在美剧里看到的，西班牙学校里没有。我一直把自己当摇滚派，我喜欢一边弹一边跳，我是绝对不会参加合唱团的。

后来因为宿舍里一直有人，我需要找地方弹吉他，于是我就去问一问。

我偷偷地进入排练厅，音乐轻轻的。

那里的一个女老师说：“你是不是想参加？”

“不可能。”我认真地回答。

“你是不是觉得不合适？”

“对不起，这不是我的菜。”

她很热情地说：“音乐就是音乐，而且我们需要更多男声来平衡这个团。”

我看那里的人，都是女孩儿，突然我很害羞。

“你喜欢什么音乐？”

“摇滚。”

她拿起排练厅里的一把电吉他，开始弹最疯狂的吉他 solo[1]。

她非常温柔地说：“唱歌不是用嗓子，而是用心，不过你有心，技术的问题我能教你。”

我加入了合唱团，没跟任何人说。

校训不仅是标语，也是一种生活态度。

Have a dream，make it a big dream and dream it greatly.（要有梦想，把它放大，并且奋力追寻它。）

第一次在国外过圣诞节，我一手拿着梦想，一手拿着孤独。

圣诞老人带来了大礼物，一件在西班牙不会发生的事情——湖结冰了。

一年过去了，夏天又到了。加油！我疯狂地锻炼。我朝我的梦想走，那一年肯定能进入第一级队。但是生活不会一直给你想要的，你只能控制能控制的事情。

生活会一直有梦想，一直有方向。

我从加拿大回到西班牙，没到达目的地，但当作一次旅行也是值得的。

---

[1] 独奏曲，独唱曲。

☆ ☆ ☆

圣诞节在呼和浩特度过，酒店里没有网络，给家里打电话有一种奇怪的感觉。只有我们俩，外面零下十摄氏度，下雪，没出门。

从内蒙古回到上海。我继续玩吉他、抄字幕……

我们的生活简单而快乐。外国人在上海没有大的困难，交流只是小问题。2010 年的上海已经很国际化了，可能在日常生活里，最大的困难是除臭剂。对外国人来说，这个东西跟牙刷一样普遍，而在上海，要去专门的店才能买到，我们很意外。还好小蕾和我在外国人中算不臭的。

除了这些小事情，我脑子里最大的困难一直是怎么可以更快更好地学汉语。

小蕾开始教法语和英语，有事干也让她更精神，她那么喜欢小孩儿。

第一天回家的时候，她喊：“我快疯了！”

我笑：“怎么了？”

“他十岁。他妈妈逼他学法语、英语、钢琴、书法。我到他们家的时候钢琴老师刚走。一开始我觉得他好可怜，他看起来很累。我觉得他很可爱，但是上课的时候我给他读一段文章，他会突然喊‘苹果’！我以为他疯了，三十秒之后他奶奶跑过来把一个削好的苹果放在了他嘴里。”

我哈哈大笑，小蕾睁大眼睛说：“然后我继续上课，他突然又喊‘鼻涕’！他爷爷马上跑过来帮他擦鼻涕！”

我笑着说：“我像他这么大的时候，如果我在我奶奶家喊‘苹果’，她肯定也会很快过来给我一块。世界上爷爷奶奶的爱最大！”

“但是这个……他就像是皇帝！我跟他妈妈说，上课的时候要自己擦鼻涕，而且不能吃东西。”小蕾放松了一下，靠近我说：“哦，我们生孩子的时候，我们会让他们早点学……”

我脸发白。

除了沙发客，我们觉得很难交朋友。

而且我越来越少去参加沙发客聚会，因为太洋气了，大家都想讲英文。我想跟中国人在一起。

我收到一封邮件，鹏游说他考进了很好的医院工作，入职前他有一个月假期，他真要来中国看我们。

在西班牙当医生，第一份工作必须签四年合同，等他下一次自由，他都已经三十岁了！

小蕾又要给她的“皇帝”上课，我一个人去接鹏游。

在机场，我们给了对方一个大大的拥抱。在远方见到一个在很不一样的情况下认识的人，感觉很奇怪。现在西班牙在我的脑海里就像一个梦，鹏游就像是从一本很久以前看过的书里走出来的。

我问他：“你怎么没有跟你女朋友一起来？”他说他跟他的女朋友分手了，我觉得好可惜，他们非常配。

“那你想跟她开的花店呢？”

他非常郁闷地说：“这个很多年的梦想，到时候应该会有别的她……”

我带他去吃兰州拉面。

“中国真的很有意思。”他指着墙上的照片，“各种各样的风景都有，丝绸之路很神秘。”

“我真想去这些神秘的地方，总有一天我会去兰州……我刚刚跟小蕾去了内蒙古，她生病了，都没办法玩。”

“我最近忙着准备考试，几个月一部电影都没看过！”

我惊讶，鹏游的话我以为是不可能的。但是我知道，一辈子的工作都靠这个考试。

我一想到六个月后要开始准备这个考试我就起鸡皮疙瘩。

“那你呢？”他问我。

“还是老样子。你知道的，我学中文如果不付出百分之百的努力，如果我每天不学八九个小时，我就没有成就感，宁愿不学了。我一边上班一边学中文让小蕾太难过……所以我辞职了。现在好像找到了一种平衡，能学很多，也能陪小蕾，还能出去用一下我学过的汉语。”我笑，“你知道吗？我差点买一辆保时捷！”

鹏游也笑了：“我是医生，对于我来说，最高端的车是救护车。”我们都笑了。

在外滩看风景。

“你最近在看什么书？”

“辞职后，除了乱七八糟的小孩儿书，我看完了一本张爱玲的书，你知道她吗？”

他的眼睛发亮：“李安不是拍她的电影吗？”张爱玲在西班牙没有很多人知道。

我笑，关于电影的事，鹏游都知道。“现在我开始看王安忆的书。我喜欢上海的故事。”

“她我不知道，你看的中文版吗？”

“她是上海的作家。会有一天能看懂中文版本，不过现在我看的是西班牙语版本。你知道吗，上海有一个地方都是西班牙语书，明天带你去。”

我们看外滩，百年前修建的浦西建筑对着世界上最现代化的浦东建筑。

“现在我带你去我的‘中文学校’，好吗？”我说。

“你不是自己学的吗？”

“不冲突。”我笑。我们来到一家商场，里面都是小店，卖便宜但质量不好的东西。里面每一家店的老板都在吃饭、看电脑或者下象棋。看到我们进店，老板会喊：“Cheap！ Cheap！（便宜！便宜！）”这是唯一练习中文不需要很费劲的地方，他们会直接问你要不要买这个，要不要买那个，还能讨价还价。但是聊了很多次一直是一样的话题，我研究了一个策略。我已经去过很多次了，发现大部分人是来上海打工的安徽人。讨价还价之后我会顺便说：“你是合肥人？我听出了你的口音。”他们会万分惊讶，一个金色头发的老外不仅知道合肥，而且能听出自己的口音。一个人听到他的故乡会有亲切的感觉。我会开玩笑，说我也是安徽人。他们都笑爆了。

鹏游看着，都听不懂，但是能感觉到我们在开玩笑、聊天、讨价还价，他说：“你这几个月不是白过的。”

其实还有太多他们说的我不懂，但简单的交流已经可以了。

我们看一个老人整理棋盘。“坐吧。”他没有对手，我就坐下来。我把一个兵向前直行一步，他笑，把卒往前走。鹏游说：“啊，你是怎么学的？”

当医生，百分之六十靠观察。“呵呵，我不是白学医的嘛。”我们俩都笑了。

我们继续玩，那个老人的对手回来了，看到两个老外觉得很有意思，坐在我们旁边指导。“不不不，不要动这个；不不不，不要动那个。”基本上是他玩，我们动棋子。最后我们赢了。我们大笑。激动的鹏游和我庆祝，好像我们刚刚赢了世界杯。后面传来一个西班牙语的声音，边笑边说：“你们俩真不像医生！”

很巧，小蕾和丽丽在商场买东西。小蕾的法语课取消了，于是陪丽丽逛街。

小蕾和鹏游拥抱了一下。“好久不见！”

第二天，我们去领事馆找那个看《红楼梦》的Ivan。

“你好！”

Ivan对鹏游说：“你也是医生吗？”

“对，我不住在上海，我来旅游。”

Ivan让我们进去，介绍图书馆。“这边是西班牙书，这边是南美书，这边是中国书，都是西班牙语的！”

鹏游查找中国书：“哇！鲁迅、钱锺书、莫言，都有西班牙语的版本！”

“这边还有电影。”

鹏游说：“很了不起，在上海竟然有一个西班牙文化的天堂！”

Ivan笑。“你这么说让我很感动，这个地方已经建了几年了，我们需要人让这个地方火起来。”他摸摸他的肚子，“你们饿不饿？我有吃饭休息的时间，我们边吃边聊。”

Ivan比我们大五六岁，他老婆刚刚生了第二个孩子。

他对我说：“世博会那次见到你后，你好像只来了一次，你怎么不经常来？”

“现在我辞职了，肯定经常来。看西班牙语版本的中国文学也会让我了解很多东西。”

“你辞职了？”

“是的。这样有时间做……”

“做什么？”Ivan问。

鹏游插嘴：“我们大四的时候他给我看他写的故事，问我哪一个能拍成电影。我选了一个，帮他拍了，我们在一个比赛里得了二等奖。第二年又拍了一部，得了一等奖！”他讲这段我们最精彩的回忆，又快乐，又自豪。

Ivan 说：“写故事？”

鹏游继续讲：“我还看了两个很喜欢的故事，我花了很长的时间试着说服大卫把这两个故事发到出版社去。”鹏游很骄傲地说，我很尴尬。

“我写故事不是为了比赛，写是一种……需要。”

“后来呢？”Ivan 好奇地问。

“他的故事得奖了，被出版在一本故事集里。”

“出版的那个故事是关于什么的？”Ivan 问我。

鹏游说：“一个医学院学生站在高处看手术，因为没有人理他而感到无聊，拿出手机看短信，突然摔了一跤，手机掉在了病人身上。当然，学生被开除了。他知道自己以后不可能当医生了，于是开始闭关看小说，给小说中的人物诊断，写下来他们需要什么药。他彻底疯了。他发现自己不喜欢真实生活，只想要生活在小说里。他开始写自己的故事，变成了纸和墨。”

Ivan 说：“我喜欢这种用文学来救赎的作品，希望我们的图书馆里以后能有。”我很感动，因为他说的话是发自内心的，不是因为礼貌才说的。

看得出，Ivan 很喜欢鹏游这么忠实的朋友。

鹏游说：“我有一种成就感，因为如果没有我，他也不会拿这个故事去参加比赛。”

Ivan 说：“你说服大卫把两个故事发到出版社，第二个呢？”

鹏游说：“我只成功让他发了一个，第二个是……”

我插嘴：“是关于一个真实的故事，太隐私了，它是我很多年的秘密。”

鹏游说：“是关于大一刚结束的时候口袋里只有很少的钱去巴黎的

故事！”

我问鹏游：“你怎么这么喜欢这个故事？”

Ivan 说：“巴黎，文学之都，让我看吧！”

我绕了几圈，顺其自然地换了话题。我们 AA 制埋单，拥抱告别，Ivan 继续上班。

我说：“这个 Ivan 很好，我很喜欢他。”

“而且他很帅。”鹏游说。

我用异样的目光看了看鹏游。

我们去逛上海，看风景。鹏游闭关学习这八个月让他变得很瘦很累，他要好好享受在上海的这几天。这八个月基本上没有人跟他说话，他积累了很多想法要跟我分享。他从来没有那么固执，但那次他说了一百遍我应该跟 Ivan 分享那个巴黎的故事。

鹏游说：“我感觉这样做会给你带来好运。”

他坚持劝说我，我想，好吧，反正 Ivan 是一个热爱文学的人。

我在我的邮箱里找到了电子版本，第二天我在曾经做名片的店打印了这个故事，准备给 Ivan 看一看。

●◎
大四的时候我和小蕾在多米尼加一个很穷的地方当实习医生。

Chapter 04

# 生活 在于寻找

我转身走了，要坐去往德国的火车，然后到波兰，再然后到乌克兰的首都，最后往南去黑海，一步一步到托尔斯泰家。我感觉如果我能到达那座城堡，我的故事、我的夏天，就圆满了。

火车到巴黎的那一瞬间开始下大雨。

我不会忘记，巴黎的天空像一个瀑布。一不小心踩到地上的积水，我的袜子湿了。

我什么都没有，但我不需要钱，因为我什么都不想要，完全靠自己是我唯一的要求。这不是为了让别人觉得我能做什么，所以我没有跟谁说我来这儿。我的包里只有四件 T 恤、三条内裤、两条裤子、一双袜子和一本维克多·雨果的书。

我十八岁了，一天前我的大一医学学期结束了，我幸运地通过了考试，有三个月的假期。

父母、亲戚、朋友们，没有人知道我在巴黎。这是我的秘密。

我的感觉是，我在一座山上，我能喊、能跳舞，没有人看我。大一让我很疲惫，去巴黎是给自己的礼物。其实我能选择去任何地方面对我自己，但是我非要去这个非常吸引我、有魔力的地方。我一直问自己，为什么所有我爱的作家的故事都发生在巴黎？

传说一个人年轻时没去过巴黎，他就不会变成一个艺术家。

海明威曾经说他在巴黎过了一段最穷但最幸福的日子。

科塔萨尔说巴黎是作家要去的地方。

巴尔加斯・略萨在巴黎完成了他的第一部小说。

保罗・奥斯特，我最爱的美国作家，年轻时来这里寻找灵感。

恩里克・维拉－马塔斯，我爸爸最爱的作家，在这里，他过着最穷、最不幸福的日子，但是他说巴黎是他永远的灵感。

我也想去，幸福不幸福和穷不穷没关系，我感觉我的心需要有巴黎的一部分。

我并不想变成艺术家，我只是想融入那种氛围。他们来是当作家，我来是当读者。

早上我在市中心火车站下车，一整晚都没睡觉。买完火车票只剩下一点钱，要生活几天，我一点都不担心。不知道为什么，除了看法国小说，我没有任何打算。

我找了一个电话亭，给我妈妈打电话，顺便买巴黎地图。欧洲那时候已经统一用欧元，不需要换钱。

“妈妈，我很好。”

“你告诉我你在哪儿，我会更放心。”

“妈妈，我爱你们。”

挂了。

电话旁边是巴黎最便宜的广告栏，上面有一个手写的广告——学生合租公寓出租。我打电话过去。小蕾教了我最基本的法语，我学过几个月。接电话的是一位老太太，约我在不远的地方看房子。我没太懂，但是我觉得她说的是“还有一张床”。我相信我的法文很快会有进步。

雨停了，但是地上都是水。我的鞋子像海绵，每走一步，都把水吸进来，再挤出去。恩里克·维拉－马塔斯来巴黎的时候也十八岁，著名作家玛格丽特·杜拉斯莫名其妙地成了他的房东。老太太站着等我，头上顶着美发的东西，穿着围裙和拖鞋。我想象她是一个大作家，故意穿成这个样子，不然路上的人会认出她。

那个区是巴黎最有代表性的，欧洲风格的小楼，最多六七层，路旁满是小店。

“我有几套房子租给学生住，夏天的时候按星期收钱。”房东老太太说。

我们爬楼梯到五楼。“这套房子住几个人？”

“大概六个人。”她的脾气不好。

“大概是什么意思？”

她翻翻白眼，很凶的样子，没回答我的问题。她敲门，好像没人，她开门。我没想到会那么小，壁炉上积累了大概一厘米厚的黑色的油，地上有脚印和一些空红酒瓶，不过客厅有一扇窗户，能看到埃菲尔铁塔。

我说：“完美。”

有三个房间，每一间里有两张床。她说：“这里应该有一张空床。”

“我的室友是谁？”

“你管是谁，想不想租？”

我付了两个星期的钱，基本上就没钱了。她把钥匙给我，走了。我把包放在床上，好像这是最后一次旅行，身上不带电脑和手机，后来也一直怀念这种状态。身上最珍贵的东西是一本书，每次我离开家都会带上这本书。

我出门走了走，第一次放松地呼吸巴黎的空气，我感觉自己是世界上最幸福的人。

我陶醉在我的书中。维克多·雨果说："它（圣母院）是一曲用石头谱写成的波澜壮阔的交响乐；是一个人和一个民族的巨大杰作，其整体既复杂又统一，俨如它的姐妹《伊利亚特》和《罗芒斯罗》；是一个时代的一切力量通力合作的非凡产物，每块石头上都可以看到在天才艺术家熏陶下，那些训练有素的工匠迸发出来的百般奇思妙想……总而言之，是人类的一种创造，雄浑、富饶，仿佛是神的创造，似乎窃取了神造的双重特征：多样性和永恒性。"

走到圣母院，全世界最有名的教堂，我坐在它对面，看着大门发呆。我脑海里浮现出一句话："毫无疑问，巴黎圣母院至今仍然是雄伟壮丽的建筑。然而，尽管它的瑰丽依旧不减当年，但当您看见岁月和人力同时对这令人肃然起敬的丰碑给予无数的损坏和肢解，全然不顾奠定其第一块基石的查理大帝和安放最后一个石块的菲利浦－奥古斯都，您是很难不喟然长叹，很难不愤慨万千。"我翻我的钱包，二十欧。我应该想想现实的事情了。我是这么算的：如果不放番茄酱，每天煮一碗意大利面和一个鸡蛋，应该能过两个星期。之后呢？再说吧。这是我第一次没有一个具体的计划，是我给自己的礼物，给自己的一点自由。平时我对自己太严格了，我是自己的首要敌人。

我打开书，一个一个地看单词。

我突然发现我旁边坐着一个女孩儿，亚洲人，她也在看书。当我旁边坐着一个人在看书时，我总会偷偷地看是什么书。我看不到名字，可我发现是法文。不是因为漂亮我才注意她，而是因为她的眼神有一种魔力。她拿书的动作就像捧着一个宝贝。她的眼神好像她在跟那本书交流，可能在吵架，透露出不快乐的情绪。她有一双聪明女孩儿的眼睛。

突然，我想跟她说话。我自己也很诧异，我不经常跟女孩儿搭讪，而且我很害羞。

不知道为什么，我对那个女孩儿那么感兴趣，想知道她心里是怎样想的，为什么她的微笑带点忧愁？为什么她的眼神不快乐？

我不知道怎么开口，不知道说什么。

我装作在看书，但根本无法投入，我的注意力都在她身上。

我真想跟她说一句话，可能因为在火车上没睡觉，我的脑子很慢。

我想，我可以把我的书放在旁边，然后过一段时间起身离开，她会叫我："嘿，你忘了你的书。"然后我会坐在她旁边，谢谢她，说一个跟天气有关的话题，然后……然后……然后不知道。不是个好主意，太傻了。

我继续想。这个女孩儿突然把书合上，开始朝圣母院的方向走。我感觉她在思考很重要的事，就像外面的世界不存在一样，她在自己的世界里。

她身材窈窕，不仅是性感，不仅是漂亮。我用最单纯的目光看她，还能感受到一种吸引。我希望我能了解她的世界，但是她走了，在教堂的暗影中消失了。

我特别清楚地记得那个女孩儿，因为我把她变成心里一个很大的问题。我怎么会胆子这么小？我自己也不明白。我能独自去一个国家，但是不敢对一个女孩儿说"你好"？我不是经常有这种搭讪女孩儿的想法，但有了就要勇敢一点。我不相信一见钟情，这不是爱，是……我也不知道是什么，我只知道这种感觉很少发生。

我对自己说，以后再有这种感觉，不管是爱情还是其他的东西，碰到一件真心想做的事，我绝对会勇敢一点。

我答应自己，回大学后我会想办法进入医院，不要等两年，要大胆找机会。

到如今我不后悔任何我做的事情，虽然我犯过错，可是年轻就是可以犯错的时候。但是我后悔没做的事情：小时候非常想打冰球但不敢说，碰到这个女孩儿也没说出来……

虽然她已经消失了，可我还想跟着她，我又纠结了。

我把书放在胳膊下，沿着塞纳河走，为了更享受这个城市，绕路回家。

几次看地图，巴黎的小路美到我情愿迷路。天黑了我才到家，很累，火车上没睡觉，一整天没吃饭，而且走了很久，不过真开心。

一步一步上楼梯，有很大的音乐声从上面飘来，越往楼上走，音乐声就越大。我继续走，原来音乐是从我的房子里飘出来的。我开门，屋里有差不多二十个人边跳舞边喝酒。没想到这么小的房子能塞进那么多人。一个很漂亮的大眼睛法国女孩儿过来跟我说："你要喝什么？"

"我不喝。你住这儿吗？"我问她。我还不认识我的室友，所以不知道应该找谁。

她摇头，开始跟我旁边的一个男孩儿跳舞，不理我。有一个男孩儿在地上坐着，我问他知不知道谁住这里，他好像喝大了，说不知道。

我走进我的房间，决定睡觉，音乐声大得墙都在震动，但是我更困。打开灯一看，我控制不住气愤地喊："这是我的床，你们在干吗？"两个女孩儿坐在我的床上接吻。她们转身，看我，又转身，继续接吻。我对自己说："上帝，我租了什么房子？"

"对不起，你们可不可以移到那张床上去？"她们完全不理我。我无奈地拍拍自己的额头，关灯，躺在旁边那张床上。

派对的声音和两个女孩儿的嘻嘻哈哈声是我在巴黎第一晚的摇篮曲。我的袜子放在地上，依然很湿。

第二天我睡醒后，房间里没有人了。我一边打哈欠一边揉着眼睛去客厅，比较脏，但也不是特别糟糕，好像派对完了有人打扫。我想，难道昨晚的事是我想象出来的？不会吧！

我站着，对着客厅的窗户，一看到巴黎的风景，我就像被雷劈过，完全清醒了，跳了一跳："我在巴黎！"

我打开冰箱，如果有什么能吃的，我不会不好意思吃，特别是目睹了那个派对之后。果然是空的，我昨天忘了买意面。我洗完澡，准备出去买东西吃。我很久没有过这么幸福的感觉，脸上挂着大大的笑容，拿着我的二十欧元，准备出门。

开门，我看到那个带着忧愁的微笑的眼神，神秘的亚洲女孩儿，像从梦里出来的一样。她发呆地走上楼梯，手上还是昨天那本书。

生活不经常给第二次机会，我以为她永远地消失在大城市里了。一看到她，我不自觉地发出吃惊的声音，像一个小姑娘看到一只老鼠。她的反应很慢，像是从梦中苏醒，慢慢地抬头看我，用跟她的眼神很配的细小声音说了句法语："你还好吗？"

我尴尬地说："我……看到了一只老鼠。"

她耸耸肩，冷漠地继续往上走。

我紧张地关门。我还是不知道要跟她说什么，我在等我的脑子提供帮助，但是它好像放假了。

我用法语说："等一下，我叫大卫。"

她已经走到了六楼，转身说："你好。"然后继续往上走。

我的脑子开始工作了。"我喜欢你看的书，你看完了可以借给我吗？"

我突然想，如果她在看一本很专业、完全跟我没有关系的书怎么办。

她停下来，走下两级台阶，第一次注意我，伸出胳膊把书给我。

“萨特，感兴趣吗？”

几个星期后，她教会了我一个她国家用的词，可以准确地表达刚刚发生的事：缘分。

世界上那么多书，她竟然带着一本我很感兴趣，而且是我比较了解的作家的书。萨特代表了20世纪50年代欧洲重要的思想。去年我看过他最有名的书《恶心》。萨特是哲学家，他影响力大是因为除了哲学专著，他还用小说、话剧表达他的思想。他所有的想法都有一个起始点——无神论。他从无神论的角度解释“存在”——人类存在的原因和目的。我看了他的书，觉得很有意思，因为在西班牙学过的哲学起始都是上帝，如果不信上帝，就没办法了解存在。在学校里一直听到的是一切都是上帝创造的。在我父母那个年代，人们没有选择，你爱不爱都要这么信，所以他们只能相信，“存在”是因为上帝和为了上帝。在我们这个年代，我们可以不信，但是如果不信，“我们为什么存在”就是一个要自己回答的问题。

萨特认为没有上帝，也没有存在的原因和目的，生活就是荒谬的，所以人一旦发现这个就会感觉到恶心和恐惧。这种恶心和恐惧是人类发明上帝的原因。我觉得有意思，是因为对我来说，这是新的看待问题的角度，但是他的解释不能满足我，这不是我要的答案，就像我不信有上帝，也不信生活的本质是让人感到恶心。

她又问我：“你感兴趣吗？拿着。我住六楼，看完了可以还给我。”她说法语，我以为她是在法国长大的亚洲人。

她的语气热情、温暖。

“谢谢！”看着她，我怀疑我在做梦。“你是学生吗？”我问她。我感谢我的脑子回来了。

“是的。不过夏天不上课，只上班。你呢？你不是法国人吧，你的口音……”她的脸看起来很累。

“我是西班牙人，昨天刚到巴黎。”

“你在巴黎做什么？”

“怎么说……我就是想躺着看几个月书。”

“哈哈。”她笑了，“那不错。”感觉她不是不快乐，可能她就是累到了睁不开眼睛的地步。

“但是我觉得我应该会找工作，没有钱了，我快要饿死了。”我又看看书的封面，“你叫什么名字？”

她走近说：“我的名字叫语兰。”法国人认识朋友的时候也会像西班牙人一样给对方两个吻，她只伸手握了握我的手。

她这么做，加上她的名字，我想她可能不是在法国长大的亚洲人。但是她的法语说得太标准了。

她又上去了，像又进入了她的世界，我看着她，不敢动，她真的有一种魔力。突然她转身说：“我不是很清楚，但是我上班的地方好像在招聘。是一家电影院，钱很少，但是他们经常雇用学生。你感兴趣吗？”

“非常感兴趣！”

“今晚我八点上班，我们可以七点半在这里见面，我带你去。”

“哇，太谢谢你了！”我很不好意思地说，“哦，对不起，我刚才没听清楚你的名字……”

“没关系，经常发生。西方人经常听不清我的名字。我叫……”她慢慢地说，“语兰。”

“再见，语兰，真谢谢你。晚上见！”她没说话，只用一个疲惫的微笑表达了“再见”。

巴黎的那个早晨真美。太阳不晒，也不下雨。我都忘了我出去是买东西吃，我四处走一走。巴黎很亮，可能是因为建筑的颜色映衬，可能是因为快乐的时候任何地方看起来都很亮。巴黎人在户外咖啡馆喝咖啡、看报纸。我穿过一个小公园，小孩儿喂鸽子，街头艺人画画。我又来到塞纳河边。西班牙语跟法语有很多相似的地方，语法像，动词变化像，词汇像。法语里东西也有性别，对母语不分性别的人来说，很难猜到在我们的语言里一件东西是男是女，只能背下来。对西班牙人来说，学法语很容易，但是有一些词特别奇怪，“汽车”和“河”在西班牙语里是阳性，在法语里是阴性。塞纳河在西班牙语里说“他”，在法语里说“她”。我在“她”旁边走，感觉很幸福。

我到了圣母院，我看到它就像看到一个老朋友。我饿死了，买了一个苹果，坐在圣母院的旁边，边吃边继续看我的维克多·雨果的《巴黎圣母院》。我偶尔抬头看那扇米色的门，两座塔和无数的石像鬼。很多年前拿破仑在那儿登上宝座加冕，变成皇帝，我想象两百年前，这个地方没有游客的时候是什么样子。

我继续走，故意绕一绕，遥远的埃菲尔铁塔像一个守望者。我在一条小路上看到一些人在摆二手书摊。我朝那边走，堆放的书对我有一种诱惑。摊上许多老书，我喜欢沾满灰尘的封面、褪色的边缘、发黄的书页、折上的边角……它们能激发我的想象力——这些书都曾经过谁的手？我拿起一本，几张书页像花瓣凋零，飘到书摊上。肯定有几十个或者几百个法国人看过，它不仅带来书中的故事，也带来一部分曾经看过它的读者的故事。

谁看过它？

我也喜欢看卖书的人。

不管在什么国家，卖书的人分两种：一种是商人，一种是爱书的人。第一种是我最讨厌的，不爱艺术的人可以卖其他的，可以卖苹果、螺丝、洗衣机……不要为了赚钱而去卖艺术，艺术需要尊重，最佳的尊重是爱。

去书店，特别是去二手书店，对我来说，老板给我的第一印象很重要。他在发呆、玩手机或者浪费时间，我就不会买那里的书，就像我不会在一个老板一边跟狗玩一边切肉的店里买肉一样。我不喜欢矛盾的人，如果你做一份工作，就要做到最好。我会跟老板聊一聊，看一下他卖的书他看过没。

巴黎的风吹过，带着这些二手书陈旧的味道。有一些老板在整理书摊，有一些在看着地面发呆，只有一个在看书，他的摊像被隔离出来了一样，感觉有点不一样。我到他的摊去翻一翻书。

就这样，我认识了弗拉基米尔。

“对不起，先生，你能推荐一本书吗？”我说。

他没动，继续盯着手上很厚的一本书。“你自己看。”语气冷漠。我觉得一个卖书的人忙着看书才是对的。

我仔细看他摊位上的书，好像他不是随便卖的，都是比较有名或者有意义的书。我把一本现代的小说打开看几页，过了一会儿，他突然抬起头。

他说：“刚才没看到你。”他的浅蓝色眼睛盯着我，他没想到一个年轻的小伙会叫他推荐书。他用手捋了捋自己的白色长胡须。“不要看那本书。”他穿上皮拖鞋站起来，“年轻人应该只看经典的书，对吗？”他来到我身边，合上了那本书。

“我可以坐那儿吗？”我指着他椅子旁边的地上。

“哈哈，可以。”

我拿出口袋里自己的《巴黎圣母院》，坐在他旁边看。他坐在椅子上，偷偷地看我的书。

他的语气变了，充满激情地说：“啊，对，这个才是对的，维克多·雨果的书，你好好看。”然后自言自语地说：“要是俄罗斯经典小说就更好了。维克多·雨果也行。”

我们俩看着书，进入了我们各自的世界，我们有一种默契。有人经过，问他多少钱一本，他会冷冷地说：“最后一页有价格。”当有人讨价还价，他会生气地说：“你还没看这本书就敢说贵，我看了一百遍，你先买，仔细看，以后你觉得我的价格不对，你再回来，我把钱还给你！好了，不卖了，走开！”

我觉得这个人挺有意思。

几个小时后，我们之间有了一种友谊的感觉。他好像很欣赏一个年轻人坐在他旁边，不说话，看书。

“先生，你在看什么书？”我看着他手上的书，封面上没名字，纸泛黄，字像是打字机打的。

“别叫我先生，叫我弗拉基米尔就可以了。”他看着我，好像在考虑要不要分享一个秘密。“这本书……反正这本书不是经典的，跟你没有关系。我老了，我想看什么就看什么。你坚持看经典的书吧。”

“什么是经典的书？这个概念我不太懂……”我说。

“你是哪里人？你的口音……”

“马德里。”

“哦，美丽的西班牙。我没去过，可是年轻的时候我住在离那里不远的地方，法国边境。”他歪着头，好像在回忆。他看着我：“我们在说经典的书哦，经典的书是……是不管什么时候看都有第一天的新鲜感。只有伟大的作家才能写出这种故事，只有心里真正活着的人才能写出这种书。”

我说：“那这本书是……”

他摸额头，舒展皱纹。“它讲的是在那家老咖啡店发生过的故事。”他指着路那头的一家店。

“好巧。”我打断了他。

“不巧，巴黎满是故事，也满是作家，我估计巴黎的每一栋楼，都有人把它的故事写下来。”

“对，为什么巴黎有那么多作家？”

“是这座城市的魔力，或者是注定。很多人来到这里，之后巴黎变成他们内心的一部分，就像在大城市里丢失了灵魂。”从弗拉基米尔的蓝眼睛和白白的胡须里透出一种严肃，他用非常神秘的眼神看着我。“是这个城市的魔力，这些人通过写故事尝试找到他们的方向。”我不太明白。

他发呆几秒钟后继续说：“以前叫 La tarte Paris，‘巴黎之饼’，‘巴黎之饼’也是他们做得最好吃的果酱饼，已经六十年了。一个在比利牛斯山长大的乌克兰小伙子在‘巴黎之饼’当服务员。他六岁的时候父母移民到法国南部山上的一座小城市，他已经会乌克兰语和俄罗斯语。他爸爸在那座小城开了一家经营书和古董的商店。他爸爸懂历史、懂文化，对他的教育非常严格。刚到法国没有钱让他上学，就自己教他，让他背诗歌、念书。当他朗诵得不对时，爸爸就会发火，打他，把店里的书架推倒，让他按字母顺序排列整理。”

我听他的故事，更加想看弗拉基米尔手上那本书。

“那跟‘巴黎之饼’有什么关系？”

“到法国十年后，他的父母决定回乌克兰，但是那个十六岁的小孩儿得了一种病……”

未来将成为医生的我很好奇：“什么病？”

“哈哈，他想成为一名作家，他不跟他们回去，他要去巴黎，跟大城市的人融合。他爸爸第一次没反对他想做的事，跟他说：‘你会饿死的，你也会变成一个真正的男人。你不成功就不要回乌克兰找我们。’他妈妈哭了，小孩儿走了。欧洲文化之首在等他。”

“这故事是真的假的？”我问。

“哈哈，小说没有什么是假的，也没有什么是真的。”他把那本书合上，继续讲，“传说每一次一个作家在巴黎失去他的灵魂，天就会下雨，你听过这个说法吗？”我摇头，“他到巴黎的时候下雨了，像台风一样。他淋着雨，没方向地走着。到了晚上，他坐在台阶上，雨落在他身上。‘巴黎之饼’的老板是一个俄罗斯人，老板的女儿看到他，让他进去。他们发现对方有俄罗斯口音，讲俄语，那个小姑娘请他喝热汤。那个时候小伙子不知道，但是那一瞬间，他注定变成一个流浪者，永远都在寻找他的灵魂。”

“生活在于寻找。”我说。

“老板想把这家店变成知识分子的聚会点，但是‘巴黎之饼’没有其他的咖啡馆热闹，只有老板女儿做的饼比较有名，来的人都是学生、没有名气的音乐人和话剧编辑。小伙子知识丰富，老板很喜欢他，雇用他当服务员。”

“雇用他……”我突然想起来了，“现在几点？”我着急地问弗拉基米尔。

“七点多。”

我看自己的手表：“哦，对不起，我得走了。我非常喜欢听你讲故事……改天请继续讲。”我开始往塞纳河跑，我忘了我约了那个叫语兰的亚洲女孩儿。

“哈哈！”弗拉基米尔笑，“认识你很高兴，你可以随时来这边看书。”他喊道。我已经跑出几米远了。

我疯狂地跑。我最重视的事情之一是准时，我不能让语兰觉得我不靠谱。我感觉巴黎所有的路看起来都一模一样，我跑过一个比较熟悉的地方，突然不清楚该走左边还是右边，但是我继续跑。

像在奔牛节里奔跑一样快。终于到了，我在门口停留一秒钟，跑上去，一步两级台阶。

我坐在楼道的地上，全身是汗，心跳快得像要从我的胸部弹出来。

我看看手表，七点三十二分。我刚一坐下，不快乐眼神的女孩儿就在黑暗的楼梯上出现了。

“抱歉，我迟到了。”她说。

“抱歉，我在死。”我喘不过气地回答。

她笑了。我站起来，用 T 恤擦汗。

“你来自西班牙哪里？”

“马德里。”

“哦，听说很漂亮，一个小巴黎。”

我突然觉得这个形容很好。公园、咖啡馆、博物馆，马德里都有。风格跟巴黎很像，只是稍微少一点，缺一点优雅。应该说马德里是巴黎的小弟弟，完全是另外一个人，但是跟巴黎有同一个妈妈——欧洲。

“你是法国人？”我问她。

“不，我是中国人。”

我都不敢问是中国什么地方，因为十八岁的时候，我对世界的了解很少，有着著名冰球队的城市我了解，西方出了伟大作家的城市我了解，关于中国，我只知道在高中世界历史课上学的：几千年的帝国，1949 年中华人民共和国建立，20 世纪 80 年代改革开放。我一年前刚高考，还记得很清楚。还有，我知道中国首都是北京。

我试一下：“北京吗？”

“不，离北京不远。”她也不说是哪儿，她肯定感觉我不会知道。

“那你在巴黎多久了？”

“一年，我学数学。”我没懂，我的法语有点差。

“哦，对不起，我没懂，你学什么？”

她慢慢地再说了一遍：“数学。”

“哇，很有意思。哦，只学了一年，你的法语怎么这么好？”

“我法语不好。”

我觉得非常奇怪，她法语相当好，她却说不好，她应该说“谢谢”。

她的头发非常黑，皮肤是铜色，我从来没有仔细地看过亚洲人。她的眼睛又小又有魅力，像有话要说，又累又漂亮的眼神。

“到了。”她说。

大标语“CINÉMA（电影院）”。大楼有巴黎风格，浅色石头的门，电影院不大。

突然我想到一件事，我站着看门。“你在想什么？”她问。

“我突然想到，电影也是在巴黎兴起的，这百年来，欧洲影业是看着法国电影发展的。我突然感觉自己真正到了文化的中心。”

她很认真地说：“没错，不过20世纪40年代的意大利电影影响力很大。”

我着迷地说：“你这么懂电影的历史？”

“我不懂，我喜欢看历史书。”

我又仔细地看她。虽然她在微笑，但她的嘴唇像在配合不快乐的眼睛。

我们进去。

“我还有时间，先给你介绍老板。哦，我必须跟你说，他……很特别，是好人，非常好，就是特别。还有，他喜欢人家叫他迪奥，那个奢侈品牌子，没有人知道他的真实名字。”我们走到大厅，“我的工作是卖爆米花，就在那儿。”她指着大厅里的一个摊，“八点到一点。”

我们上了三楼，敲办公室的门。“迪奥，你在吗？我带了一个朋友过来，他找工作。”

办公室里很乱。桌子后面站起来一个人，高高的，瘦得像只有骨头和皮肤，嘴唇上有一道细细的胡须。

我站直，挺胸。我知道我在为了得到自己的第一份工作而被检查。

他清了清嗓子，系了一下脖子上粉红色的丝巾，像一个女模特般朝我走来。他双臂交叉在胸前，往左弯腰，右脚尖点地板。他看着我，在考虑。然后他把小手指放在嘴唇中间，做出卖萌的样子，抛媚眼。

我偷偷地看语兰。她笑着点头，像是在说："我跟你说过了。"

突然，迪奥跟我说话："你要来这里上班是吗？"

"是的，先生。"

"叫我迪奥就好了。"他伸出食指，慢慢地弯曲手腕指着我，"什么时候能开始？"

"随时。"

"兼职？"

"都可以。"

"你是欧洲人吗？"

"是的，西班牙人。"

"你懂责任吗？"

"当然，先……迪奥。"

突然，他的表情有点怀疑，他把两手放在脸上："你经常出这么多汗吗？"

我笑："不是……今天发生了意外。"

他打断我："你喜欢男人还是女人？"

我惊讶，没想到他会问这个问题。我马上回答："绝对是女人。"

"哦，可惜，不过你明天可以来上班。"他又像女模特一样往回走，手臂像跳芭蕾舞似的，又转身说，"我给你这个机会，是因为我非常非常欣赏语兰。"他像疯狂的女人一样笑，"可惜她不是男人。"

"谢谢，先……迪奥。"

"哦，忘了说，你也可以叫我 Lola，随便你，只要你喜欢。"他的动作有一点猥琐。

我不知道怎么回复，只好说"谢谢"。

他又过来对我说："你这个结实的男人。门口，检票，适合你。"

突然我发现自己得到了第一份工作，而且是在巴黎，万分开心。我想喊，像我在世界杯决赛进球了一样！不过我尽量控制自己保持淡定。

“明天四点来签合同。现在让语兰带你看看我们单位。”迪奥拥抱了我。

我们又回到大厅，她带我看了电影院的两个播放室。

语兰说：“他很好，真的。”

“是，是，是，可能我的表情……没有别的意思，只是有点诧异而已，可是我很欣赏做自己的人，不是装别人。”我看着语兰说，“非常感谢！”

“不用谢！”她说。

“真的，昨天我碰到你，怎么会想到通过你会这么快找到工作！”

“昨天？应该是今天早上！”她笑，“你到巴黎感觉时间过得很慢，是吗？真的不用谢！”

我想拥抱她，但是我觉得不太合适。我握了握她的手。

然后回家了。

终于，我认识了我的室友。一整天戴着耳机抽烟，脸结实，眉毛斜着，像大坏人，走路时肩膀一摇一摆，像美国说唱歌手。他一副什么都看不惯的样子，感觉他一直准备要吐痰。虽然他的外表给人不好的感觉，但他是一个有爱心和慈悲心的小伙子。他从法国西北的农村来到巴黎追求梦想。不过我觉得他很懒，他喜欢说他的梦想是变成大厨师，但是我从来没看到他碰一下锅或者看烹饪的书，除了躺着、参加派对和抽烟，好像他就没有别的兴趣了。我在巴黎时没跟他多相处，因为我一直在外面。他经常说：“等我变成有名的厨师，我才会做大餐。”

我们认识那天，他躺在我第一个晚上睡的床上。

“你好！你是新来的室友，是吗？”他摘下耳机说，“昨晚我好像看到你了，我喝大了，没办法欢迎你，对不起。”他深吸了一口烟，然后慢慢呼气。

“昨晚你在哪儿睡的？”我好奇地问。

“我不记得了。”他大笑，“哦，今天也会有人来参加派对，很多女人，我希望你没有意见。”

我家满是女人，这不是一件我反对的事，不过我目前宁愿安静地生活，穷穷地看书。我们互相介绍自己，他说厨师的事，我说看书的事。我们都觉得对方有一点奇怪。

那个晚上，音乐响起的时候我出来在楼道里看书。坐在地上我感觉很幸福，就做我想做的事。我听到家里快乐的尖叫，但是我在我的故事里更快乐。能深入一本书，感到里面的人是自己的朋友，故事是自己的。

子夜一点多音乐还在让门震动。圣母院的爱情故事非常感动我。

“你在干吗？”一个清脆的声音从黑暗的楼梯上传来。我抬头。她走到楼道的明亮处，我看到了她的脸，是语兰。我的心跳加快了。

她的表情不是表达我坐在楼道地上很奇怪，而是理解我，她说：“你家很吵，是吗？他们经常这样，我住上面，我知道。”

“我不管，这里也很舒服。”

“你要不要来我的房间坐一下，等派对结束？”她冷静地问。

我试着表现我无所谓，都可以，不过内心非常想去。我想多了解她。

我们上了顶楼。她只有一个房间，不到六平方米，没有客厅。天花板是斜的，所以感觉更小。厕所很窄，像棺材，这个房间以前可能是储藏室，但是有一扇大窗户。再好的电视机都不如那扇窗户，透过它能看到塞纳河、圣母院和埃菲尔铁塔。“哇，比我的房子还要完美。”我说。

“小是小，但是在巴黎这种房间算珍宝。”

床垫在地上。我坐在角落，她在另外一边。没有家具，只有一个大箱子，我估计是放衣服的。“你真的对萨特感兴趣吗？”她问。

“我想了解西方文学。”我看到有面墙上都是书，“你喜欢看什么书？”

“我在看欧洲历史和欧洲哲学。”她笑，“今天正好在看电影方面的，1950 年以前欧洲比美国强。”

“对，然后世界大战……”我说。

我感觉我们有很多话题可以聊。从那天起，每当晚上我家有派对，我就去语兰的房间。她看她的书，我看我的，然后我们会聊天。没有派对的时候，我会去求我的大厨师室友大声播放一会儿音乐。大厨师热情地帮我。

我很快了解了她不快乐的眼神。她并不是不快乐，她是一个非常乐观的人，而且心里一直带着微笑。她就是累，她的眼神只是对智慧的渴望和疲劳混在了一起。星期一到星期五，早上九点在水果店上班，每天晚上在电影院卖爆米花，周末送报纸，偶尔面包店会让她整晚做面包。我真不明白她哪来那么多力量。

我们在她的房间里坐着。

“我想到哈佛读博士，然后回我的国家当老师，我要靠我自己的能力去做。”我们经常聊梦想，“有人说，我想当老师不需要这么累，但是我觉得我先要变成最好的我，然后才能变成一个好老师。以后我肯定要回家乡工作。”

“我会成为医生，我觉得学习是为了帮助别人，非常美。我也要先在国外实习、工作一段时间，然后当医生的话，肯定会在西班牙，西班牙需要好医生。”

“‘当医生的话’是什么意思？”她问。

“有时候我希望就待在山顶，看书，看天空；有时候我想象自己变成一个流浪者，看世界，进入不同的行业，学习我之前没想过能学的东西。”每次想到这些，我就会无意间露出享受的表情，就好像我在吃一个好吃的蛋糕，“我喜欢想象，想象别的生活，想象别的我。”

“别的生活，别的你。我们变成什么样的人不是注定的，而是我们的选择。”她把历史书合上，“当然有一个现象，我不知道怎么翻译成法语，我们叫它‘缘分’，它会影响我们，但最终的决定权在我们手上。那个早上你需要找工作，然后你碰到我了，这叫缘分，但是你决定努力做那份工作是你的选择。”

“我同意。”我说。

“你还喜欢什么？”

“音乐……摇滚。”

“我喜欢 20 世纪 60 年代的法国歌曲，要听吗？”

她从箱子里拿出 CD 机，播放轻音乐，我没想到我会那么喜欢。她只有三张 CD，这三个歌手变成了天天陪伴我们的朋友：Georges Brassens（乔治·布拉森斯）、Charles Aznavour（查尔·阿兹纳弗）和 Jacques Brel（雅克·布雷尔）。

巴黎是这样的城市，身在其中不会感觉自己是外国人。巴黎的存在是因为艺术和为了艺术，艺术是无国界的。生活是最美的一种艺术，我把语兰当作与我在同一个艺术世界里的人，她是我某种程度上的“老乡”，我从来没有碰到过能跟她分享那么多的人。她讲家里的故事，我听起来就像小说那么遥远的事情。

我天天看她努力工作、学习、享受生活，非常佩服她。后来听她讲这个故事，我更喜欢她了。“我住在人最多的一个省。在我小时候，去国外读书的人不是很多，但是我在家里找到一些老书和一部词典，我妈妈说是我爷爷的。我出生后是爷爷给我取的名字，不久后他去世了，大家都说我很像他。”语兰的眼神表达出浓浓的爱，“爷爷年轻时去过法国，那个时候很少有人出国，我爸爸都不知道他是怎么找到机会出去的。他回国以后继续看从国外带回来的书。大家都说他懒，他一直在屋子里。他住在农村，大家不了解他想学习。”

“他在法国做什么？”

“没有人知道，好像本来他要上一所大学，后来他选择在一个小城市闭关自学。”

“那你用你爷爷的书学法语？”

“我继承了他爱学语言的兴趣。”她坐得离我近点，“这几个星期我看你一直带着词典，看书、查单词，给我一种很亲切的感觉。”

我莫名其妙地握住她的手。

“那你怎么来法国了？”

“高中后我进入了大学，学英文。在最冷的地方，你不能想象那里有多冷。”

我笑，说：“相信我，我能想象。”我发现自己握着她的手，尴尬地松开了。

“我爸爸是唯一知道我多想学法语的人。虽然我爷爷很有知识，但我爸爸也只能当农民，然后在工厂打工。他没上学，但是他的心非常大。我妈妈连国内大学都不让我上，更不要说国外了，她要我嫁给一个有钱人。”

“你爱谁跟你妈妈有什么关系？”我糊涂地笑。

“你不懂，文化差异吧。”她笑，“后来我爸爸答应我他会想办法让我去国外学习。我在那个很冷的地方过了一年，宿舍要保持安静，所以我会穿很厚的衣服在外面背单词。我很喜欢那个城市，下大雪，有冰雕，有一条冰河。学了一年，我爸爸找人借钱帮我来这里学习。我妈妈非常非常不同意，她觉得这不是女孩儿应该做的事。”

我突然想起来我应该给我妈妈打个电话。“我跟我妈妈一直吵架，我们很不一样，我希望她可以快乐地接受我在这里。”她叹气，“虽然我基本上没见过爷爷，但我一直非常想他。”

我经常在我房间里煮意大利面，然后上去跟语兰一起吃。白天人不多的时候我会去水果店陪她，她会给我水果吃。她忙的时候我会带水果给弗拉基米尔吃。我坐在他旁边看书，听他讲文学的历史。“如果你真的想了解世界文学，你看了这些法国书后必须看俄罗斯文学。”他对俄罗斯文学格外尊重。

我非常喜欢听弗拉基米尔讲失去灵魂的作家的故事，听他骂讨价还价的客人。

那本用打字机写的厚厚的书一直在他身上。“第一天你没讲完这本书的故事。”

“啊，对，到哪儿了？”

“你也可以给我看，两天就能看完。”

“不！我跟你说什么，你要看什么书？”

“经典的。”我笑，“那天你讲到那个在法国边界的山上长大的小伙子去了巴黎，因为想变成作家。下雨，那个老板的女儿给他汤喝。老板很喜欢小伙子，因为他们有共同语言，而且他有文化。”

“不错，看来我没白讲。”他捋捋白色胡须，“他当服务员，跟其他想当作家的小伙子打交道，认识了很多人，分享了很多想法，长了智慧。”弗拉基米尔的语气突然充满惆怅，“但是你知道吗，所有的故事都是一样的。之后发生了什么，你肯定能猜出来。”

我在脑海里看到了语兰。“那个小伙子爱上了那个女孩儿。”

“当然。”弗拉基米尔说，“这个想写东西的小伙子突然变成了一个需要写东西的人，他需要给自己答案，把他的世界写在纸上。他不敢跟那个女孩儿说他爱她，他只写写写。”弗拉基米尔笑，“我说了，这是一个普通的故事，他不敢面对他想要的。后来世界大战爆发，老板决定回国，‘巴黎之饼’关门了。这是这本书的结尾，但是我可以告诉你这个故事后来的事。店关门后，小伙子突然没有了他爱的人，也没有了工作。他开始卖书，在那家咖啡店的对面摆摊卖书很多年。”

我的反应很慢，突然明白了，吓了一跳。“啊？什么？”我站起来，“你是那个小伙子？”

他看着我：“我写了这本书。”

我的心跳得很快。

我结巴了：“那……你在这个地方多久了？”

“比你能想象的久多了，重要的是我过得很好。不过我年轻的时候还做了很多事，但是我一直不能离开这儿，因为我的灵魂在这里丢失了。”他看着我，“你好好享受生活吧，某一天你坐在一张椅子上，会发现六十年过去了，你莫名其妙长了白胡须。时间过得很快。”他把手放在我的肩膀上，“从这个地方，我看生活，过得很好，我是富人。”我看着他的皮拖鞋和破夹克，“不要看我的衣服，看我的摊，这辈子我卖了一万多本书，大部分我都看过，都保留在这里。”他指着他的头，“你说，我富不富？”

我去电影院。我每天的上下班时间不一样，每个星期天迪奥会通知我下个星期什么时候来。那天晚上，我跟语兰一起下班回家。

“第一天你借我的那本萨特的书，我看完了。”

“你有什么想法？”

“他的思想在两次世界大战中间，果然悲观，欧洲人那个时候对人类没有任何希望。我可以理解他的悲观。”

“他说‘他人即地狱’，这个太悲观了吧？”

“我觉得这句话的意思是他人是一面镜子，我们看他们才发现我们活着，才发现我们会死，才感觉到我们丑或者漂亮、成功或者失败。身边有人，我们才会感觉到这些，才会感觉到存在。对萨特来说，存在是地狱，因为对他来说存在是一种荒谬。”我抓我的头发，“我也不信上帝，我也不知道生活的目的是什么，甚至会感到恐惧。有可能是真的，这个世界就是荒谬的，但是我觉得是一种很美的荒谬。”

语兰说：“我也这么觉得，即使生活是一种荒谬……”

我们到家了，虽然我房间没有派对，我也直接上了屋顶，我已经不需要找借口上去了。不管几点下班，我们都会等对方，聊一会儿天。

她说：“我信佛，你知道是什么吗？”我摇头，“其中一个关键词是‘无常’，我们也会死，我们身边所有的东西都会消失，这样看待世界也会让我们感觉荒谬，但是当你接受这些，你就可以更快乐地面对这个世界。”

“怎么会更快乐？”

“因为可以把成功、失败、丑、美，所有这些事当成暂时的，好的会结束，不好的也会结束。所以好事发生会淡定地接受，坏事发生也会一样淡定地接受。”

“那有什么动力寻找好事？”

“因为我相信‘好’是人的理想。”

我们播放查尔·阿兹纳弗的歌。我不要跟弗拉基米尔一样一辈子后悔，我让她站起来，透过窗户看巴黎的夜景。“我想跟你说一句话。”我跟她讲弗拉基米尔的故事，她倾听，黑色的眼睛倒映出夜景。

她小声问：“这是你想跟我说的吗？”

“不……我想跟你说的是……Je t’aime（我爱你）。”

之后的两个星期过得太幸福了。

已经在巴黎两个月了，很可惜语兰一直没有时间认识弗拉基米尔。每个星期迪奥会发钱。我买了面包和一包西班牙火腿，我知道弗拉基米尔不喜欢改变他的习惯。他星期一、星期三和星期五吃两个煮鸡蛋，星期二、星期四和星期六吃沙拉，星期天吃白米饭放橄榄油。他最多会接受我给他的水果，但是不会改变他的习惯。

“尝尝。”我笑，“你会喜欢。”

“我老了，我不要新的东西。”

我打开火腿的包装，香味飘到他的鼻子里。“好吧，我尝一块。”我又笑了。

我们吃光了所有的火腿和面包。我很开心帮他增加好吃的食物到他的习惯里。

“你从来没结婚？”

“我说了，很多年我生活在书里。”

“那你幸福吗？”

“我一直在这条路上，偶尔我认识一些人让我很开心。但是我这么老还不能回答这个问题，幸福是一辈子都要寻找的。”

“除了那个故事，你写了别的书吗？”

“当时我天天写。生活里至少要有一次，为了一个梦想、一个故事和一个女人疯狂。这个故事成了我的整个世界，我发现这一切同时发生过，我一辈子只能写这本书。可以改变内容，但是一直是这样的一本书。是一种注定，我会一直碰到有这种故事的人。”

“那我有一个问题。如果她那么重要，为什么没跟着她？”

“当时我觉得我的梦想更重要。留在巴黎，成为一名作家……还有，有一段故事我从来没讲过。”他深呼吸，“我书里写的是我没敢跟她说我的感情，对吗？其实她走之前我跟她说了。”

“然后呢？”我好奇地问。

“她说她也爱我，她说会来巴黎找我。我们写信，几年了。她爸爸在乌克兰黑海海岸开了一家店，她一直写黑海的水很蓝，天很蓝，从她的店可以看到一座城堡，托尔斯泰曾经在那儿住过。突然有一天就无缘无故收不到信了。”

“那你没去找托尔斯泰家吗？”

“可能当时我害怕。她在我心里慢慢地变成了一个梦，一个小说中的角色。有时候不如生活在梦里。”

晚上我去电影院问迪奥能不能给我更多的工作时间，我要像语兰那么努力。

“亲爱的，你会不会太累了？”他笑，声音像公主。

已经跟迪奥很熟了，每天上班的时候会聊一会儿天。他是巴黎人，从小生活不容易，他喜欢帮助别人，弥补自己。

“求你了，你能不能安排我在爆米花摊工作？”

“为什么你要工作更多？”他的动作依然跟女模特一样，“你快要回西班牙了，别忘了你注定会成为一个优秀的医生。”

“不！我自己会选择，不要被注定。”一有人提醒我要回去，我的心情就会不好，“对不起，迪奥，我不应该用这种语气。是我们选择成为什么，没有什么注定……”我说。

“好吧，正好爆米花摊有一个空位。”

“太好了，这样我就可以跟语兰在一起更长时间了。”

迪奥露出他既卖萌又犹豫的表情：“哦？难道你不知道吗？爆米花摊有空位是因为语兰刚刚辞职了。她要回她的国家。”

我睁大眼睛：“怎么可能！”

我回家，一步三级台阶上楼。语兰在床上哭，所有的东西都整理好了。

“怎么了？”

她起来抱我，我也抱紧她。我什么都不懂，不想懂，我希望永远留住那个拥抱。

她说："我妈妈要我回去了。"她继续哭。

"回哪儿？"

"中国啊！"

"啊？我妈妈也要我回马德里，没关系，有空再回去。"

"你不懂。"她边哭边打我，我从来没见过她那么紧张的样子，"你不懂，我妈妈要我回去，意思是我必须回去。"

"什么时候再回巴黎？"

"应该不回来了。"我突然发现情况很严重。

"那什么时候走？"

"明天早上。"她说。

我喊："明天？"这是我第一次看到语兰真正不快乐的眼神。

"我们去散步吧。"

那天晚上非常明亮，月亮很大。

"在我来的地方，月亮代表家庭，他们说回去，就要回去。"

我不说话了。我不知道说什么。

她找我口袋里一直带着的一支笔，在我手上写了一个邮箱地址。"我们可以努力。"

"我不知道。"

我们没有方向地走，莫名其妙到了白天弗拉基米尔摆摊的地方。

"你不知道什么？别跟我说你怕距离、怕时间，你……你不是什么都不怕吗？"

"如果你在巴黎，我会每几个月过来一次，但是中国……"我两手放在头上，生气，"我差点不知道中国在哪儿。"

"别担心，我们会想办法。"塞纳河涌起了小浪。

"我一回到西班牙，脑子就只会想医学，我不……"

“我们很像，我也会一心一意，你没有时间给我我会理解，我只需要知道你不会忘记我。”

月亮消失了，云挡着它，巴黎之夜又变成了一个瀑布。我们抱着，我知道那个时候我们的灵魂都跑了，注定一辈子寻找它。我突然感觉她是我永远会写的故事。雨中，语兰的头靠在我的肩膀上。

我们走在雨中橙色光的路灯下，慢慢回家。

快天亮的时候她走了。我看她坐的出租车在雨中消失，像一张画被雨滴弄模糊。

我看看我的手，她的邮箱地址像眼线被眼泪模糊了。

天亮了，大太阳。我睡了几个小时，然后又发呆几个小时。所有的事都太突然了，屋顶的房间像一个失去了魔力的八音盒。

我把我的四件 T 恤、三条内裤、两条裤子、一双袜子和所有这两个月买的二手书放在包里，我的包比刚到巴黎的时候重多了。我找老太太房东还钥匙，给迪奥打电话，让他准备我的工资。我到电影院，迪奥穿着粉红色的短裤，他把一个信封给我。

“这两个月谢谢你。”我说。

“谢谢你。”他拥抱了我。他没问为什么，他可能想到了我为什么离开。

我背着包，走过巴黎明亮的街头，彩虹下建筑看起来更美，我经过一些人的身旁：游客、学生、打工的人。我问自己他们在寻找什么。

我来到弗拉基米尔的书摊，他看到我很开心。我坐在他旁边。

“她走了。”我说。

“谁？”他点头，表示他懂了，“哦，那个女孩儿。”他笑了，“她去哪里了？”

我认真地说：“回家了。”

“她不是巴黎人吗？她家在哪儿？”

“中国。”

“哦。”弗拉基米尔突然反应过来，“啊？中国？哦，很远。”他又捋捋他长长的白胡须，“那你背这个包是你也要离开吗？”

“是的。”

“找你的女人？”

我停住了，看他。

“不，找你的。”

弗拉基米尔不懂：“什么意思？”

“我要去乌克兰，托尔斯泰家……”

“你疯了。”

“是，我疯了！我来这里是因为梦想，找到了一个女人，只要为一个故事疯狂……那就是你的故事。”

“为什么你不去找她？”

“第一，你说了，有时候生活在梦中更好，我就要回西班牙上大二了；第二，这三种疯狂不能都放在一件事上；第三，我没有她的联系方式……”

“没错。”他玩他的胡须，“我从来没看过东方的书，可能这是我这辈子一个大的遗憾。关于中国，我不能跟你说什么，我都不了解。我这辈子都没有跟中国人打过交道，没碰到过。”他突然就像有一个忘记很多年的回忆涌上心头，“其实不是，我小时候在山上的小镇，有一个中国人经常来买我们的书。我爸爸很喜欢他，便宜很多卖给他书，他闭关学习。他是我们的客人中我爸爸最欣赏的一个。可是突然有一天他走了。”

我的眼睛睁大，像见了鬼一样。

我握着弗拉基米尔的手，我知道这是不可能的，但我还是问：“弗拉基米尔，你要不要跟我一起去？”

他大笑："大卫，这是你的故事。"

我转身走了，要坐去往德国的火车，然后到波兰，再然后到乌克兰的首都，最后往南去黑海，一步一步到托尔斯泰家。我感觉如果我能到那座城堡，我的故事、我的夏天，就圆满了。我边走边想，刚刚弗拉基米尔说的中国人难道是语兰的爷爷？我自己笑了，不可能！我看着圣母院的大门，对自己说："有什么不可能的！"

Chapter
05

## 人一生至少要有一次
## 对一个故事疯狂

我天天都在写，一直想象这些人的生活：君君、诗人、寻找飞机的老外。我看我自己，我到底想要怎样的生活？我不知道，除了当医生，其他我都是业余的，我感觉自己什么都不能做。但是每一次我想象回西班牙当医生我就不舒服。突然我想，为什么要回去？

Ivan 说："你确定你来中国跟这个故事没有关系？"

鹏游说："我也觉得有关系！"

"真的没有。"我笑，"跟文学有关系，我的目标是看中文书。"我看着他们俩，"这个故事留在我心里很多年，像梦一样。"

"你真的去了乌克兰？"Ivan 问。

"真去了。"

"让我猜猜，那个夏天后你经常写东西。"

我笑了。"差不多。"我说，"我能让你们看这个故事的唯一原因，是它已经过去了，那两个人只活在我的梦里。”

鹏游打断我：“毕业后我们六个朋友一起去了乌克兰。”

几天以后鹏游要回西班牙上班了，我带他去机场。

告别的时候他说：“明年再见！”

“过几个月就会见面！”

他笑，说：“我感觉，不一定！”

我经常去图书馆借书。

Ivan说：“领导好像在找人帮他组织领事馆的文化活动，特别是关于文学方面的，你感兴趣吗？”

“我很感兴趣。”

“看了那个故事后，我觉得你很适合。”

我回家，跟小蕾说我找到了一份工作。

“又来了！”她说。

“这个是我永远想要的嘛，真的！我要好好看曾经看过的小说，准备一个讲座，而且讲座是用西班牙语和汉语一起完成的！”

突然间我成了一个真正的读者，一个挣钱的读者，这是不是一种理想？早上小蕾在咖啡店教法语，我在附近的店里等她。

我把所有的想法写下来，做一个讲座的大纲。

我有一个主意，跟领导说：“在上海，有很多给外国人举办的活动，也有很多给中国人举办的活动，但是没有很多能让中国人和外国人一起参加的活动。我觉得领事馆分开给中国人和西班牙人安排活动没有什么意义，关键是把这两种活动融合在一起。我只要选择有中文翻译的西班牙小说，让大家在讲座前用自己的母语看，然后找一个会说西班牙语的中国人帮我翻译。”

我们从加西亚·马尔克斯开始，因为他是把梦幻和现实融合在著作里的第一人，他的文字很美，他用小孩儿的方式解释世界，他有丰富而独特的想象力。

后来还有博尔赫斯，因为他的诗歌充满哲学和理想性。

我会好好准备每一个讲座，不只是再看一遍书，而且要再次了解作家国家的故事和与他文学风格一样的同龄作家的故事。

领事馆把这些活动当作大的成功，因为参加活动的中国人和西班牙人数量几乎一样多。大家会交流、切磋、互相提问。

我突然有了一种以前没有过的感觉，通过中国人的眼睛，我可以更了解我自己国家的文学，这是去国外的魅力，不仅能够了解新的文化，而且能看到你自己在对方眼里的样子。

小蕾看我很开心，她说："我知道如果你不是这几个月学得那么累，这件事也不会发生，但是以后不管你做什么，答应我你要快乐。"

领事馆问我要不要每个星期都做关于西班牙电影的同类活动，我非常愿意。

我的工作是看电影，研究它，准备中文词汇。太完美了。

我很久没有那么开心了。

"我觉得你应该多在这里待一年。"小蕾说。

我很惊讶。"真的吗？"我已经自己考虑过这个问题，但是我觉得不现实，"那你呢？"

"教法语很好玩，但是一年够了，我在这里没事干。我在中国不想当医生，交流的障碍对你来说是挑战，对我来说是麻烦。我应该回西班牙等你。"

"但是一年见不到你……"

"一年会过得很快，而且考试后我可以来几个星期，像鹏游一样。"

一有讲座她就过来听，我讲作家的故事，小蕾都听过无数次了。

我真喜欢这份工作，可能是一辈子唯一的机会过这种生活。

我爸爸很支持我在领事馆工作，一个很重要的单位，一份会给我很多智慧的工作，好像对他来说，这比上海医院还有意思。我妈妈也很支持，很久没听过我说那么多开心的事。小蕾爸爸也挺支持这个想法，我可以帮他的事越来越多，他的项目越做越大。只有小蕾妈妈不太觉得是好主意，不管我们选择做什么，她都认为：你们不是应该一起做吗？

六月小蕾回西班牙，要等明年二月考试完了才能见到她。

她决定要走，我觉得我很自私，我想做的事情我会努力想办法去做。可是这对我们的关系来说很危险，但是我发现把自己的梦想抛掉更危险，有一天那些被压抑的梦想会爆发出来。

我知道我们将面对一个大的挑战，为了不让我们的感情减少，我决定写信给她。虽然电子邮件、MSN、电话都可以用，但是现代沟通方式缺乏感觉，因为不需要任何付出，不需要努力，可以随便发一发。一封信最能保留感觉，但问题是从中国到西班牙，寄一封信需要一个月。

我想还来得及。从五月她决定回西班牙，我就开始写信，所以她一到西班牙就能收到信，每三四天一封，我想表达我的诚恳。

五月她经常问我：“你怎么突然又写作了？”

“写是一种需要。需要的时候写，不需要的时候不写。”她笑了，因为她听我这么说了无数次。

“那这一次你写什么？”她问。

“小说。”我回答，“等写完我给你看。”我抱她。

每过几天我就会偷偷去邮局。

我真想写一本小说，让她觉得浪漫，而且她可以每天看几页，想象我们坐在沙发上，我给她讲故事。我用写帮她消除孤独，她用读来消除寂寞。

那我会写什么故事呢？我突然诗兴大发，有一个主意我觉得会比较好玩。

☆ ☆ ☆

机场里，我们在人群中告别。她走，希望我叫她回来；我让她走，却希望她转身扑向我。突然，半个世界隔开了我们。

我顿时感到一种金属的味道；一种像病人化疗时会有的感觉；一种凉意，像沙漠的夜晚在摸着我的皮肤；一种荒谬，像一个人故意选择小两号的鞋子。我感到的是孤独，我是不是为了梦想在失去我的爱？

家里非常安静，安静得让我失眠。我突然受不了上海，孤独让我喘不过气来。

接下来的几天我都睡不好，后来做了这一季最后一次文化活动，夏天不会再有活动了。

我去图书馆，跟 Ivan 和领导说要离开上海一段时间，要把下一季所有的书还有一些我自己感兴趣的书带走。

“你要去哪里？” Ivan 问。

“不知道。”

他笑：“祝你夏天快乐。”

回家顺路给小蕾寄第七封信。

我的包里装了从图书馆借来的书和我学中文的书、四件 T 恤、三条内裤、两条裤子、一双袜子。

我去了机场，买了张机票，准备跟我的缘分来一次约会。

航空售票前台对我说：“您好。”

“您好，我想买一张票。”

“到哪里，先生？”

“啊，都可以，随便。”

她的表情诧异又迷茫。“对不起，等一下。”她叫一个同事，“小李，过来，这里有一个外国人不太会说中文，帮我一下！”

她同事来了。“Sir，how can I help you？（先生，有什么我可以帮您的吗？）”

我几天没睡好，就想说中文。

“你们航空下一次国内航班是到哪儿？”

“Where do you want to go？（您想去哪儿？）”

“Anywhere.（随便哪儿。）”我说。

两个服务员看着对方，一副茫然的表情。

她查电脑，“西安的航班……哦，来不及了。”再查一下，“昆明、辽宁、北京……”

“最近的下一班就可以了。”

“昆明吗？”她奇怪地看着我。

“对，昆明。”我听说过，但是不清楚在哪儿。

“你确定？”服务员说。

“Yes.”

付钱，给护照，拿票。她们看着我，不用说什么，从她们的表情就能知道她们在想：“奇怪的老外。”

到了昆明，我完全不知道去哪儿。

在机场门口我碰到三个中国男孩儿，带着大背包，他们住的地方肯定不是很贵。我问他们去哪儿。

"我们要去一个古城，离这里很近。"

我说："古城？我不懂。"我把我的本子给他们，让他们写下来。

"Old town."他们说。

"哇，有意思！"

"跟我们来吧！"其中一个人说。

安全是第一位的。我看他们，年轻人，热情，手上拿着一张地图。

"走吧！"我说。

还好我没有别的事情干，就看着太阳慢慢下山。但其实中国人的"近"和我们西班牙人的"近"概念不太一样，五个小时的公共汽车能走过我们国家的一半，在中国五个小时算近的。

不过我睡了大部分的路程，我们到目的地时天已经很黑了。这里的星星是看得到的，这里的星星安静不挣扎。

虽然很舒服，虽然我能感觉到我在我应该在的地方，但当时我没想到，那里后来会变成对我很重要的地方。

我又问："你们说这个地方叫什么？"

"大理，大理古城。"

沿城墙走，右边像有一座大山，但是只能看到黑色的轮廓。我们走进一个安静的院子，大家都睡觉了。

我问在机场认识的男孩儿："住这里多少钱？"

"应该不贵，你问前台，我们有预订的房间。"

我有一点担心我的"便宜"和他们的"便宜"概念又不一样。

他们拿到钥匙后，我问前台，前台一副很困的样子，说："今晚只有十二人间有空床，二十五块。"

我怀疑自己的耳朵。我付钱，进入了房间，又继续睡觉了。

早上醒来，刚睁眼的时候我都不清楚自己在哪儿。我摸了摸，我是穿着路上的衣服睡觉的，这样我最贵重的物品在我身上——护照和钱包。我想起来了，飞了两千公里，又坐了五个小时的车。我不是在做梦，外面有鸟儿的鸣叫和吉他的声音。房间里都是双层床。我拖着脚步走到外面，昨天晚上黑暗的空间变成一个安静的院子，大家在喝咖啡、吃早饭、晒太阳。

我站在院子中间，闭着眼睛朝向太阳，那么蓝的天空，闭着眼睛都能感觉到。曾经我只在黑海上看过这种蓝色。

这样的气氛莫名其妙地让我的烦恼消失了。那边坐着的人辐射出一种安静，能进入我的内心。大家穿着各种颜色的宽松衣服、拖鞋。我旁边一个年轻小伙子在冥想，像达到了最安心的状态。

昨天在机场碰到的男孩儿之一从外面回来。

“大卫，我买了米线，吃一份，有点辣。”

“米线？”

“这里的特色！吃一碗。”

我拿了一碗。

“啊！”我们的“有点辣”的概念真不一样。

“这是大理的特色。”他说。

最近在成语书上学了一个人把自己当旅行者必须跟从当地习惯的成语“入乡随俗”。西方人有一句一模一样意思的话：“到罗马随罗马俗。”大理米线除了有一点辣，真适合我的口味。从那天起，我辛苦地吃辣，突然有一天我不觉得辣了，而且觉得非常好吃。

旁边那个小伙子从他的冥想中醒了，看着我的表情，微笑着说：“太辣了吧？你会说中文吗？”

我擦着汗说：“一点点。”

“你的中文很好啊。”我感谢他的表扬，中国人这么说给了我继续学习的动力，虽然我在心里觉得自己的中文不行。我说：“我现在的中文离我的目标很远，这个问题在上海会让我很着急，但是在这里不会。”

他笑：“你已经被云南的慢生活影响了。”

我看客栈牌子上写的名字：驼峰。

我不认识那两个字，所以按吴医生曾经告诉我的方法尝试着猜：“那个读‘马山’吗？”

他笑：“不是每个字都能猜出读音的。”

“啊，真难！”

“学就好了。这字念‘驼’，骆驼的‘驼’；这字念‘峰’，高峰时间的‘峰’。”

大概记住了，不过，我还是要拿本子记下来。“骆驼的‘骆’怎么写？”我把本子给他。

我看着他的字问：“驼峰是什么意思？”

“驼峰是骆驼背上的那个东西。不过，在这里是另外一个意思——一个故事。”

“一个故事？”我很好奇。

“一个关于大战的故事。”他语气神秘万分，“太平洋战争爆发后，日军切断滇缅公路这条战时中国最后一条陆上交通线后，中美两国被迫在印度东北部的阿萨姆邦和中国云南昆明之间开辟了一条转运战略物资的空中通道，这条空中通道就叫驼峰航线。”他充满智慧地讲，“这是世界航空史和军事史上最为艰险的一条运输线，长约八百公里。驼峰飞行也是二战中持续时间最长的大规模空中运输。”

另外一个小伙子，皮肤上沾着涂料，补充说：“不过这个客栈的名字只是致敬这些英雄。据美国官方统计，美国空军在 1942 年 4 月到 1945 年 8 月的援华空运中，为中国空运各类战争物资 65 万吨。美国空军在驼峰航线上共有超过 500 架飞机坠毁，共计超过 1500 人牺牲。”他嘚瑟又严肃地说：“这里是最和平的地方，我们都是艺术家，你不知道吗？”

第一个小伙子说：“对啊，在这家客栈不一定要付钱，如果你有什么艺术才能，可以用它交换。”

第二个小伙子说：“我是画画的，我每个月给一幅作品，可以免费住这里。驼峰有很多音乐人，每天在酒吧演出半个小时，可以免费住。会做饭的、煮咖啡的，都可以帮客栈做事，留下来。”

我说：“挺有意思！”这个地方像我跟鹏游和同学们曾经想象的地方。很明显，不管在哪个国家，年轻人都有同样的渴望。

“你是艺术家吗？”

我吓了一跳：“我不是！”我都不知道艺术这个概念是什么，我不知道我做的是不是艺术，不过我知道，如果我因为有压力而生产艺术品，那么作品肯定出不来，艺术是一种内心的需要，需要做就做，不需要做也不用勉强。

我又说：“我不是艺术家，而且一晚上二十五块，我付得起。”我们仨大笑。

冥想的小伙子说：“这里也有热爱英语的人，组织英语角；热爱电影的人每天播放一部电影；还有书法课，等等。如果你有什么想做的，跟我说，我负责这里艺术家的住宿。”

“谢谢。”碰到这个地方，我的心快乐得都跑快了。

客栈网络不是很好，但是第二天我想办法给小蕾打电话。

“小蕾！你到了！飞得怎么样？顺利吗？”

电话有一点杂音，她慢慢说：“我哭了一路。不过……谢谢。”

听到她的话我很难过：“谢什么？”

“一到家我就收到一封信，虽然让我很想你，但收到这个惊喜我很开心，我收到了你的爱护。”

她开始读那封我一个多月前寄的信："序幕：这是一部科幻小说，给你娱乐，给你在准备考试的日子一些安慰，陪伴你学习，我在。"她开始哭，"我看完了第一章。我哭是因为想你，但是我真的很喜欢，我笑翻了几次，我真喜欢你把这些认识的人写下来变成小说人物，有时候我会觉得你在讲真实的故事。你的想象力太厉害了，你说这小说是我爸爸和你的《绝密使命》。"她笑了，"我期待继续看这'绝密科幻故事'，你说我爸爸是一个发明者，你是他的徒弟。哈哈哈，故事好玩、亲切，真谢谢你，期待继续看。真的，这些故事太好玩了。你的想象力太可怕了。"

我就是把一些她不知道的事写下来，我跟她爸的故事没有什么了不起，其实最精彩的小说是生活。

对我来说，这些信也是一个很好的练习文学写作的机会。我会把每天认识的人或者到过的地方放在故事里。技术上是大挑战，因为写完一章我会寄过去，没办法修改，没办法回头拿橡皮让故事改变方向。这本小说也像生活一样。

我跟她说我怎么到了大理。我说我在一个像天堂的地方，她很为我开心。

那一天我花了一整天时间写下驼峰的故事。我想着怎么把这个故事放在剧情里。我说云南有一个人曾经发明了跟她爸爸同样的东西，她爸爸让我去看一下。这样我可以顺便讲我在云南看到的东西。

重要的是小蕾每三四天能收到一封信。

很快我发现自己并不是唯一有这么安心的感觉的人。大部分来云南的人会准备一条比较经典的路线：飞到昆明，坐汽车到大理，然后坐火车到丽江，再然后坐汽车到香格里拉或者泸沽湖，最后回昆明，飞回家。我对这些地名很快就熟悉了，客栈里的背包客经常会提到它们。但是很多人一到大理，特别是一到驼峰，就不想走了，留了下来。

我一开始对那些地方很感兴趣，想去，但是又发现最好的旅行是在那个院子里，围着篝火，每天晚上听已经去过的人讲故事。

我两个多月没去别的地方，深入地研究我包里的书，给小蕾写信，和游客聊天。我的中文提高得很快，应该是因为把所有放在学中文上的压力留在上海了。这里是享受时顺便学习，我以前是反过来做的。驼峰变成了我的第二个家，大理是我的第二个故乡。

我从来没有对一个地方有过这种感觉。

两年后驼峰关门了，我差点哭出来。

我喜欢从另外一个角度看生活。经常有人问我："你的梦想是什么？"我会回答："我以前很清楚，现在我觉得我在寻找。只要找到，我就会 make it a big dream and dream it greatly！"

两个月待在那儿，我得回上海了，我不知道什么时候能再来。但我不难过，我在上海领事馆的工作是一份非常值得期待的工作，而且乐观地说，离开一个非常爱的地方有一个好处——可以再回来！

为了告别，我在古城里的米线店请驼峰的义工、朋友、游客吃了一顿便宜的饭。请大家吃饭是中国人的习惯，我要入乡随俗。我们回来的时候古城的店铺开始关门，有一个流浪歌手在角落小声地唱歌："外面的世界很精彩，外面的世界很无奈……"

我对着他唱了几句，所有的朋友都说："啊，你会唱中文歌吗？"

"哦，不，不，我不太会。"我尴尬地说。

"唱一个，唱一个，唱一个！"大家都喊。

我问那个歌手能不能用他的吉他，他热情地同意了。

"啊？你还会弹吉他吗？"所有的朋友都捧场。

我用心唱出汪峰的歌："如果有一天，我老无所依，请把我埋在，这春天里……”

突然，这个安静的古老街头充满灵感和激情。经过的一些本地人买啤酒给朋友们喝，一群人围着我们，我继续唱我所有学过的歌，“不是在此时，不知在何时，我想大约会是在冬季。”

我不知道有没有跑调、发音准不准，我只知道，在每一个音里，要放进自己所有的感情，不管是快乐、痛苦或者眼泪，这样才能打动别人。音乐首先是感动自己。

我看着对面这群人，各种各样的人，好奇的老人带着孙子，年轻人、土豪和穷游客，都在一起，这是我想要的。

很多年没有对着那么多人唱歌。尘封已久摇滚的心，突然苏醒。

那个时候我不知道这种感觉怎么形容，但是它刻在我心上。那天我非常快乐，我想这是我在大理最幸福的告别。

第二天我很早就去了昆明，准备坐晚上的飞机回上海。机票买好了。

对着漂亮的苍山，我说：“大理，我会回来的！”

我坐在昆明一家户外咖啡店里等晚上的飞机，享受着八月底的橙色阳光。

我在看我的成语书，我有一点注意力不集中，就像地震前鸟儿会凌乱地飞舞，我的脑子也在飞舞。我突然感到一阵紧张，感觉会发生什么，一种无缘无故的预感。

我继续试着背新的成语：“异性相吸”“螳螂捕蝉，黄雀在后”“人云亦云”……

突然，一个女孩儿坐到我对面。我从来没见过一个中国女孩儿有那么大的黑眼睛，她非常漂亮，长头发、白皮肤，按中国人的标准，真是闭月羞花的脸庞。但她的美丽混合了一种愤怒的神态，并不是很热情的模样。外表又美又年轻，年龄跟我应该差不多，但她眼神威严，不像一个年轻人，经历过很多事情或者责任很大的人才会有这种眼神。

我经常问自己，我为什么会一直分析对方的眼神。可能是职业病，仔细观察是医生的义务，也有可能是因为我天生喜欢这么做，所以最终成了医生。不知道哪一个是“因为”，哪一个是“所以”。

原来她就是我等待的那种“地震”。我越看她越发现她的美丽，看着她的两只眼睛，像是在对着两个黑色的月亮。这是我生命中第二次遇见我想搭讪的女人。我没有任何非分之想，我真没有，但是她那么漂亮，没有人会相信我。

我把自己当作年轻人，但是我已经不是那个十八岁在巴黎害羞的小伙子了，我老了，我知道生活不给第二次机会，你不马上做你觉得该做的事，一秒钟后可能机会就失去了。

“对不起，你叫什么名字？”我问。

她吓了一跳。她先嫌弃地看我，然后看两边，确定我是在跟她说话。

她诧异的表情很快回到本来严肃的样子。她沉默，不看我，打开一台电脑。

过了一会儿，她庄重地说：“我姓樊。”

我的脑子经常会在我最需要它的时刻撂挑子。我不假思索地问：“麻烦的‘烦’？”

她猛然抬头，张大嘴看着我，马上继续看她的电脑。

我发现我的不对，赶紧说：“哦，对不起，我的意思是……”

她看着电脑说：“你可以叫我君君。”她继续忙她的事，看都不看我一眼。

等了一下，我又问：“你是哪里人？”

她像是没听到，我等她的回答，她的眼睛直盯着电脑，全神贯注地打字。终于，她很不想聊天似的说：“离上海不远。”

按我的第一反应，我马上说："哦，不会是合肥吧？"

她突然抬头，仔细看我。我不知道是否猜对了，可她又忽略我了。

我固执地继续问："你在昆明干吗？"

过了很长时间她才回答："我办学校。"感觉她的每一句话都像是我们谈话的结尾。

她穿着白衣服、长裙子，很文雅。

"哦，你是老师？"

她认真地说："我办学校，不一样。"我感觉她和我之间的距离特别大，但是我继续问。

"在昆明？"

"不，往北一点。"如果我不问，交流就结束了。我不想给她烦恼，但是我承担这个风险，继续问。

"多北？"

"靠近西藏和四川。"

"那里有山吗？"

"有。"

"你算是支教吗？"

"是。"

虽然她的表情依然"冷如冰箱"，但她逐渐同意交流。她的简单回答给我很大的想象空间。这么漂亮的女孩儿，穿这么优雅的衣服，在山上办学校。"办学校"是什么意思？太有意思了吧！

突然她说："在一个很穷的地方。"这是她第一次主动说话。

她看电脑，我脑子已经飞到一个翠绿的山坡：在云南的蓝色天空下，木头搭的教室里满是活泼的小孩儿。

我迷醉在我的白日梦中。

她把电脑转过来给我看屏幕，冷静地说："就是这个学校。"

她给我看的照片是我想不到的美。峡谷的深渊里，一所木头和土坯搭建的学校在白云中，中国国旗飘在最高处，青山围着它。

“哇！”我陶醉了，这张照片震惊了我，我长时间盯着它。

可能因为这是她爱的学校才使我这么着迷。突然她心里盛开出一种热情。“到时候如果你有空，可以过来参观一下。”

我的反应还是很慢：“好……你什么时候去？”

她又冷漠地说：“明天早上。”

我看她的眼睛，庄重但是善良。我判断她是外表冷静内心仁慈的人。

我又不假思考地说：“我可以跟你去吗？”

她又淡然地说：“可以。”

她的回复依旧简短。

她说早上她会在这家咖啡店等我。我们要坐二十个小时的长途汽车，要经过大理往北开，看来我要原路返回了。

我们两个人的距离还是很大。她没表现出任何兴趣想知道我是谁、我做什么，甚至我的名字是什么。好像我们有一种不言而喻的信任。

我想问她，怎么一个离上海不远的漂亮女孩儿会到那种地方落户。我对她的故事很感兴趣，不过，我已经知道问没有用，我会碰到一面墙，她的简略和不详的回答是这面墙的每一块砖。

“明天见。”她说完，走了。

我在干什么？我约了一个来自不明确地方的漂亮姑娘，陪她去一所我只在照片上看过的学校，这所学校像消失在了地平线上。

我的机票浪费了，我得去找一家酒店。

早上，我在想，万一她不在呢？但是我心里相信她肯定在。她保留的距离是一种谨慎，她邀请我去，我能感到冷静，但是非常真挚。

她准时到了，香香湿湿刚刚洗的长头发，穿的另外一条白色得体长裙。

去客运站的路上，她只开了一次口说："你确定你想去吗？"

我也配合她简单地回复："嗯。"

我给她钱，她帮我买车票。我们等一辆很大的汽车，我在四处参观汽车站。

"别动，过来！"真像严格老师的口气，有一种无法抗拒的力量。

车来了，她帮我找我的位置。车上大家不是坐着，而是躺着，床很窄，但是非常舒服。我从来没见过床车，西班牙很小，很少路程需要那么长时间。

她说："好了，我们会凌晨到，我会叫醒你。"她又考虑了一下，说："到了你跟着我，还要走半个小时。你怕狼吗？"

我吓了一跳："什么？"

"没事……你确定你想去？"

我宁愿装作我没听到她刚才的话，开玩笑尝试逗她玩，我装严肃地说一些成语："勇往直前，奋不顾身，破釜沉舟……"

她的脸上似乎露出一个微笑，其实没有，是我想象的，她飞白眼："好吧，你有二十个小时可以继续学。"

她转身到她前面的位置去。

我的床靠窗户，车一动我就看着窗外，先是昆明的郊外，然后是丘陵。在汽车里躺着的这段路程是我这辈子最舒服的一段路程。

丘陵越来越大，路边的村子逐渐开灯了，头上的天空逐渐关灯了。天黑后我们的车在大山深谷中像蛇一样慢速盘绕。

从我的位置我看不到君君，我相信她还在。仰望无穷的夜空，我想这些大山其实很小，我更小，要享受这个世界。我睡觉了。

一只手摇动我的肩膀，小声地说："起来，快到了！"

车里黑暗，乘客都在睡觉，外面也很黑，森林也在睡觉。我揉揉眼睛。

我们坐在司机旁边。君君仔细看着外面，尝试认清方向。

突然她指外面一个地方："这里，停车！"

我看她："你确定吗？"

外面黑黑的山坡跟我们一整晚经过的一模一样。君君不回答，我已经发现她不会赘言，她只给了我严肃老师的眼神。我们下车，背着包，开始上坡。车在不平坦的小路上开着，像船被浪打得摇摆，一秒钟后在黑暗弯曲的路中消失了。

君君带着手灯，走了二十五分钟后到了坡顶，这时黎明的第一缕阳光像流星划过天空，切开早晨的云烟。我们对面一座堡垒在雾中显露了，我们到学校了。

我们站在铁门前，君君在包里找钥匙。我们后面的灌木丛中突如其来的响声把我吓坏了。我看到两个明亮的眼珠，她慢慢弯腰从地上捡了一根木头。

"你做什么？"我紧张地问。

"万一……"

"万一什么？"我胆小地问。

她一边看一边翻包。

她淡定地说："野狗。"

君君把生了锈的大门打开，一阵尖锐的声音在山谷里消散了，两个月那扇门没打开过。学校里的院子有四个门，一个是储藏室，一个是教室，一个是老师的宿舍，一个是君君的房间。老师的宿舍由地上两个床垫和角落一张蜘蛛网组成。

"你可以在这里睡，过几天今年的支教老师会来，是一个男生。反正这里有两张床，你可以跟他住，想待多久待多久。"

然后她把教室的门打开通风。她去她房间，我进入教室。我闻到桌子干燥木头的味道、粉笔的味道、铅笔里石墨的苦味、书架上睡着的本子的味道，这是教室暑假的味道。突然我想到我马德里的小学校。

我看见君君在院子里，她换了衣服，穿破运动衣和靴子，头发扎起来了。

“我是这么安排的，先把院子和教室整理一下，今天下午和明天要一家家通知我们后天开学。你帮不帮我？”

“当然帮你！”

太阳已经在山上。我们用工具除掉院子里的野草，修理花盆和凳子，打扫尘封的教室地板，刷窗户，整理储藏室。储藏室里有很多劳动工具、餐具和三个大黏土容器。院子的一个角落堆积着所有的树叶和野草。

做完了我问她：“学生的家在哪儿？”她指着青色的山坡，表示都在山上散着。

“我们要爬山去每一家。”她去房间拿学校的钥匙，我偷偷地看，朴素的装饰，一张桌子、一堆书、一张铺着蓝色被子的床……在后面的柜子上，有一个我辨认不出来的东西。

她出来，关门。“你看什么？”

“啊，啊，啊……”我结巴，指里面。

“你像刚刚看见鬼了。”

“差不多。”我都不敢说出来，“你……你房间里有一个棺材，被被子盖着？”

“你在说什么！”突然她开始笑，我第一次看到她笑，“真傻。走吧，去学生的家。”

我跟着她，刚才我看到了什么东西呢？

我以为这是一个小村，但是不是，每一户人家散在山坡上，我们走泥泞歪斜的小路联系每一家。

每到一家，主人会从木头和黏土搭建的房子和动物厩里出来，停下工作，擦汗，热情地拿出最新鲜的食物——胡萝卜、苹果，马上开始煮玉米。他们用最高的尊重对待君君，看得出来他们都尊敬她。小孩儿看到她会挺胸，像一个军人看他的长官一样，表情中透露出爱。我能感觉到她是一个严格的老师，而且在这个山坡上奉献了很大的爱心。大家都对这个神秘的女孩儿表示出大大的爱。

每户人家隐藏在苍翠繁茂的树林里。农民的生活不容易，辛苦劳作，皮肤都晒黑了，但是每一家都给我一种幸福的感觉。君君说这几年来他们的生活越来越好，通了电和水，有了学校，交通也越来越方便。我看到他们什么都不缺，尤其是幸福。

我陪着君君通知他们后天开学。虽然他们从来没见过外国人，但他们不会有任何激动的表现，君君说，是因为这边的少数民族情绪很淡定。他们用方言说话，我基本上不懂，但是我看懂了他们眼里对君君的认可和尊重。

一整天我绕在山上，大概去了十家。天快黑了，君君说："今天够了，明天继续，我们去虎家吃晚饭吧，他们家离学校不远。"她边走边吃一个苹果，继续说："虎家是傈僳族的家庭，我刚刚到这儿的时候跟他们住过一段时间，关系特别好。"

我们到的时候虎哥还在田里劳动。虎女儿在跟两只鸡玩，开心地在沙子上转圈，她的裤子破了，脸上也有点泥，看到君君，她乖乖地站起来说："老师好。"

君君用她最严肃的表情说："后天开学，你知道要干干净净来，要好好学习，天天向上。"

“是，老师。”小孩儿说。突然我明白了Echo曾经说的一句话的出处，我笑了。

牧场中有木头小屋，里面爷爷在切菜，虎老婆烧柴，屋子中间大铜锅里水开了。

虎哥进来，脸上是大大的笑容，皮焦齿黑，身体结实强壮。我不懂他的话，但是我喜欢他活泼的状态。外面漆黑，屋子中央的火和三支蜡烛照亮了我们。

突然虎哥对我说了一句话，君君翻译：“你吃不吃鸡肉？他很开心有客人，他想做最好的菜。”

“哦，我什么都吃！谢谢！”

他出去，我们在屋子里听到外面咯咯叫的声音，翅膀奋力扇动，一群鸡想逃跑。他回来，手上有一只大鸡。虎哥把鸡放在桌子上，爷爷很坚决地斩首了它。

君君对我说：“看你的表情，你是大城市的人。”

我看虎哥把鸡血积在桶里。

虎哥拿来一瓶透明的液体，倒了两杯。君君说：“他要跟你喝酒。”她看我很纠结，说：“他做最好的菜，跟你喝酒是一种尊敬，必须喝。”我想表达我对君君和虎哥一家人的感谢，我真觉得很幸运能到这种地方，但是我从来没喝过酒。我想“入乡随俗”，把一杯喝掉了。

君君说：“这里的每一家人都自己酿酒，这是玉米做的白酒，可能有点烈、有点辣。”

吞下酒后我把两只手放在脖子上，我装没事，但是我想喊，我两只眼睛斜了，我的抬头纹都出来了，冷汗在我的鬓角，我打了个哆嗦，像我受到了鞭打。但是我说：“好喝。再来一个！”

虎哥很开心，君君也干了一杯。

鸡肉非常香，锅里放了很多菜。后来那桶鸡血倒进锅里，外国人平时会觉得恶心，看着像一桶瀑布血倒进了锅里，但是西班牙人也吃血。所有的菜都味道鲜美，每一口汤都有大自然的味道。应该非常好吃，但我只记得屋子突然开始转圈。

虎哥为了表达对他儿子的爱，一直在他身旁，搂着他，把鸡肉放在他的小碗里。小孩儿最后在爸爸的怀里睡着了。

我很感动。

君君也喝了不少，但是她很强壮，我弱如玩具。

我们回学校，君君扶着我。我看着黑暗的山谷，感到非常幸福。我想快乐地唱、跳、喊，不过我的世界越转越快。

我感觉我在星星中飞舞，我庆幸我没在山谷中滚下去。我们到了学校，我两步往前、一步往后地进入院子，躺到了早上堆积的树叶上去。我听见君君说："去你房间里，这里会冷。"她尝试拉我，但是她的声音像来自遥远的地方。大醉，我感觉自己在星星中睡觉了。

第二天我醒来，头疼，就像从星星中掉了下去，头撞在地上。我脸朝下躺着，树叶贴在我脸上，嘴巴里有泥的味道，我像一具尸体浮在河里。我身上有一床厚被子，应该是晚上君君好心放的。

我转身朝天空躺着，东张西望。太阳很舒服。在院子的另外一边我看到了君君，她已经在干活了——修剪花儿。

"哦，你醒了！"她过来给我一碗粥和一个玉米饼。

虽然吃不下，头很疼，但我很感谢她，吃了一口，我说："真好吃！你做的吗？"

"不是，虎老婆早上带来的，他们担心你。"

我抓头发。

"今天你还要跟我去吗？"

我艰难地站起来，说："当然。"

每到一家她都说："明天要开学了！"

我在那个壮丽的山坡上，很快忘了我的头疼。我在玫瑰花丛中自顾自地唱，唱过来，唱过去。我开心的时候或者在一个很美丽的地方就会控制不住想唱歌。

君君说："晚上我们去李家吃饭。爸爸是傈僳族，妈妈是藏族，他们是这边最爱音乐的人。"

"我期待，只希望……不要喝酒。"我尴尬地说。

在山上碰到人时，他们都会说："老师好。"我对君君的故事非常感兴趣，不过她很少说。

我一边走一边问："你什么时候来到这儿的？"

"正好四年了。"

"你怎么找到这个地方的？"

"很多巧合。"

谈话完了。

晚上到李家又围着火吃饭。花瓣炒鸡蛋、烤猪皮、玉米、辣子鸡。

李老婆做酥油茶给我喝。密度大，味道浓，卡路里应该很高，适合冬天在山上喝。我在本子里尝试描述这个从来没尝过的味道：橄榄油、牛奶、盐和一点苦咖啡混在一起加热。我期待跟小蕾讲，我下一封信会有很多故事。

李家在一条小溪旁边，君君说李家不吃鱼，因为李老婆是藏族人，鱼是他们的神。

烤了洋芋后，李哥把酒拿出来。我一看到瓶子，胃就到我的嘴巴里了。

"必须喝一点。"君君说。

边喝边吃，我的头像晕车了一样。烤猪皮蘸腐乳、猪蹄、玉米饼和果酱。吃饱了。

李哥拿出来一个鼓，用手打，跟着节奏开始唱歌。他的声音很美，又粗又高。他老婆配合他，他们闭着眼睛，所有的能量都在嗓子里，悦耳的旋律我永远不会忘记。音乐是从心里出来的，不仅能听到它，还能感觉到它。李哥的声音像一朵云飘在黑坡上。

君君表情感动，歌声好像触动她了，我问她："你怎么了？"

"没事，这是一首傈僳族歌，我特别喜欢这首歌。"她平时的严肃变成了温柔而充满惆怅的表情。可能这就是我的病，我在她眼睛里看到了很多想写下来的故事。

没有其他的乐器，就三种声音：嗓音、鼓声和我们的心跳声。

我又喝了一口。

"明天要开学，我们要先回去。"我们缓慢地回学校，我脸蛋又红又热，但还好没上头。

我们坐在院子里看夜空。

君君说："我也酿了我自己的酒，你要尝一尝吗？"我们进入学校的储藏室，她在考虑打开哪一个黏土容器，我在一个角落里看到一把破吉他，脏得像古董一样，但是能用，我调音。君君把容器打开，倒了一点酒在两个碗里，点上一支蜡烛靠近我。虽然我不知道歌词，我边弹吉他边吹出来那首傈僳族歌的旋律。

她看着我，跟刚才在李家的表情一样。这首歌真有一种感动她的力量。

我们喝酒。这个酒香、烈，但是有一种甜的后味。

她微笑着说："哦，我给你看一个东西。"

她从房间里把那个大"棺材"抬出来，然后把盖着它的被子拿掉，君君说："这叫古筝。"

"等我五分钟。"她去换漂亮衣服。

“尊重乐器才能做音乐。”她弹琴。我不懂这个音乐，我只知道有中国味儿。真美。

突然她停了：“你的名字是什么？”

我诧异，这是第一次她对我的情况有兴趣。“大卫。”我笑了。

我弹吉他，她弹古筝。她问我从哪里来、我多大、在中国做什么。我开心地回答这些问题。

“帮我把容器拿过来。”我去拿，它很重，我拉着它。我试一试举一下。突然我的背很疼，我尽量让容器不掉在地上。很久没那么疼了，我马上坐下。“你怎么了？”她问。

我先深呼吸一分钟，然后讲了曾经我想成为运动员和我在加拿大的故事。

“后来呢？”

“有一天我用最高速度滑冰，我队友给我球，我避开一个对手，但是没看到第二个对手，他从后面猛烈地撞击我，响声跟爆炸一样……之后几个月我都不能走路，我没办法坚持，后来选择不再打冰球。”我看着星星，叹气，“如果那一天的事没发生，今天我也不会在这儿。”

君君说：“很疼吗？”

“这几年我的身体经常会因为那些年做剧烈运动而疼。背受伤之前我伤了几次肩膀，但依然坚持梦想。背受伤那次最疼的是心。我清楚地记得那一瞬间的画面，像电影慢放，我身体倒在冰上我就知道完蛋了。”

“‘塞翁失马’，你知道吗？我当时在上海上班，一个人来这座山走，几只野狗像狼一样进攻我，咬了我。虎哥帮了我，我在他家恢复了几天。我们聊了很多，他说这里的学校没有人管。于是我决定留下来。”

“后来呢？”我问。

“后来我回上海，找一些朋友捐钱，准备我需要的东西。我回这里了，第一年我教课，也帮着修建学校。现在我半年在这儿，半年在外地挣钱办学校。”

“你不教课吗？”

“现在不用，每年会有不同的义工来，我就安排一下。”

虽然我还有一万个问题，但我只选择一个，其他的我可以想象。

“你怎么会从上海一个人来到这座山？”

她考虑了一秒钟，表情跟听那首傈僳族歌时一样，慢慢地说：“因为一个诗人，这是我的秘密。”

我把那碗酒喝光。“没关系，我能理解。有时候秘密是一种……需要。”

我真觉得是音乐的魔力把我们的关系拉近了。

君君去睡觉了，我在房间里花了一个晚上写她的故事。

我还没睡觉，六点半君君敲我的门。她穿着旗袍，上面绣着白色和金色的花。

她特别漂亮，刚洗过头发，散发着香草洗发露的味道，头上插了一朵玫瑰花。

“马上小孩儿要来，赶紧洗澡换衣服，快点。”她的表情还是之前那样严肃。

我看表，自言自语地说：“这么早？”

跟着第一缕阳光，坡上出现了粉红色的小点，这些粉红色小点散布在草丛中，慢慢下来。

学生到学校后，先非常乖地说：“老师好！”然后进教室，打开书朗诵。

我们站在教室门口观察，太不可思议了，西班牙的小学里都是喊和跳，我从来没见过在一个没有老师的教室里，学生坐着朗诵。有一个学生读诗的第一句话，然后全班一起朗诵。我张大嘴，太了不起了！

这间教室里有三个不同的年级。开始三节课学生按年龄听君君说要做什么。

她看着我说："就因为他们来自这个地方，他们的机会比大城市的孩子少，所以我要求他们更多。我重视他们是否干净，不可以因为来自农村就缺乏对学校的尊重，所以这里的老师也要穿戴干净，当榜样。"

我说："他们都有一样的迪士尼粉红色的包，很可爱！"

"我在上海找人送的。"

根据学生住的距离和父母劳作的时间，他们在七点到八点间到学校。

我想，这里的师生和家长真和谐，大一点的学生帮最小的学生找地方坐和打开书。我真佩服君君和每一个学生。

我坐在后面听课，很享受这里的气氛。我想小蕾，她会非常喜欢这里，她会非常喜欢这些小孩儿。

两个小时后，学生在院子里休息。中午，一个藏族老太太煮米饭、炒菜给小孩儿吃。

"这些费用都是我在上海找人来承担的。"君君说。

我跟小孩儿聊了一些话，他们一开始有点害怕。吃完饭后他们在院子里玩，我拿出储藏室里的吉他，在院子的一个角落小声地唱西班牙的歌。

小孩儿用怀疑的目光看着我，后来逐渐靠近。我抬头的时候一群睁大眼睛的小孩儿迷醉地看着我。我继续唱所有会唱的西班牙歌曲，我看表，好像回教室的时间到了，君君站在后面，脸上带着一个大大的笑，跟我说："继续唱吧。"

后来小朋友回教室的时候都想给我看他们早上画的画和做的功课。

他们不怕我，而且好像开始喜欢我了。

放学的时候就跟早上一样，我们站在大门口，看着粉红色的小点沿着弯曲的小路向上爬。

“你唱歌很好听。”君君说。

我的脸应该红了。“谢谢！”我其实觉得很遗憾，这么多年唱得那么少，我不知道唱得好不好，但是我知道唱歌让我很快乐，而且我觉得这个快乐是可以传染的。

“你会在这里待多久？”君君问我。

我突然一惊，着急地问：“今天几号？”我都忘了时间，我应该回上海，还有领事馆的工作要做。“什么时候有车去昆明？”

“去昆明的车每天晚上会路过一次。”君君说。

天黑了，君君陪我到第一天下车的那条路旁。

“君君，谢谢，非常感谢。”我能想象在这里生活会怎么样，我想象自己住在这种地方，我会很快乐，我不需要很多，但是我知道现在不行，我还需要寻找。

“这个学校给了我一种无价的灵感和动力，我不太清楚是什么，但是我太感谢你了。”

“这么突然离开，小孩儿很喜欢你……”

我给她我的电话号码：“如果来上海，找我。”

那辆像一艘船的车出现了。我悄悄地上了车，里面的乘客都睡觉了，我跟司机买票，找我的地方躺下。我抱着装满书的包，看着外面的星星，睡着了。我梦到我去了一个山上的学校，当然梦里的学校不可能有真实的那个学校完美。

去昆明的路上，我旁边躺着一个比较胖的人，他还没睡醒。他在外套和被子下打呼噜，我只能看到一只手，他的皮肤特别白。我突然想到一个星期都没给爸爸妈妈发邮件了。我们驶过山谷间狭窄的小路，有时候感觉车要掉下去了。我不怕，生命本来就很脆弱。我在比利时的医院门诊部工作时，看过那么多人突然发生意外，我对“无常”这个概念了解得很清楚。我心里接受生活就是这样无常，但我嫌弃危险的行为，永远把安全放在第一位，不是为了自己，而是为了我父母。他们让我很自由，一直支持我，我不能想象如果这辆车被山谷吞掉，他们不知道我在哪里，会有多痛苦。我发现给他们打一个电话或者发一封邮件能让他们放心。虽然生活的意外不能控制，但我答应自己不会故意去找危险的事故。

在任何车上，系好安全带是我对父母的尊重。

我打算一到昆明就去机场给他们打电话，分享我在那个小学校找到的快乐。

天已经很亮，我旁边的人好像开始苏醒，把被子掀开，原来他也是一个老外。顶着大黑眼圈，看看右边，再看看左边，揉了揉眼睛，一看到我有一种亲切的感觉。

“Hello！”他说。

“Hello！”我微笑。

“你是哪个国家的人？”我在上海总是躲避外国人，我一直觉得把我的脑子变成英文系统会让我的中文退步。想要学好一门语言，就要让你的脑子用那门语言思考。

“我来自西班牙，你呢？”

“美国。”

“真没想到我会在这山里碰到外国人。”

“我也觉得。你在这里做什么？”他问我。

看着外面，我想，我的故事只有一个词能形容，我说：“寻找……”

他笑了，“我也是。”他指着车的最后一排，“那三个人是我们团的人。”

我看后面：“你们团？你们做什么？”

“寻找啊！”他用美国化的大动作比画着说，“我们在找一架飞机。这座山上连续很多年发生空难。”他看我很感兴趣，就继续讲，“第二次世界大战的时候，有百分之五十的飞机飞到这里遇到麻烦……”

我打断了他：“驼峰？”我们诧异地看着对方。我没想到我会再碰到这个故事，他也没想到他旁边坐着一个知道这件事情的人。就像弗拉基米尔说的，有时候我们跟一个故事有缘分，我们不可能躲避，那个时候听到这个故事已经觉得很了不起，没想到会再出现。

“我没碰到过外国人知道这个驼峰，你怎么知道？”他有点激动。

“很多巧合……”我说，“你怎么会找那些飞机？”

“哦，我不是在找‘那些’飞机，我找特殊的一个。”

我聆听，他继续讲：“这是历史上坠毁率最高的一个区域，我爷爷在其中一架飞机上遇难了，他是美国军人。就因为我爷爷的故事，我对这段历史很感兴趣，我研究了一下，找了对这件事感兴趣的人，组织了这个团。我还找了同样在这个航班上遇难的人的孙子。”

“太不可思议了。”我说。

“在美国安排好了，我们开始联系中国研究过这个故事的人，已经合作几年了。最后我把我在美国所有的财产卖掉，为了找到我爷爷的飞机。”

我问他：“那以前你做什么？”

“以前我是一名医生。”他回答，我笑了。

“怎么了？”

“没什么。”我温暖地说，“那……飞机在这座山上？你们知道具体的地方？”

弘文对我说：感到舒服的时候要离开，不然这个不叫旅行，叫逃跑。流浪，最难的一步是出发。

在大理，有一种回家的感觉。

我喜欢大灯刺眼、大声音让舞台震动，我喜欢面对年轻人充满激情地、疯狂地跳舞。人越多，我的摇滚的心越激动。但是我也喜欢围绕着篝火轻轻地歌唱，喜欢冷冷的风抚摩我的脸颊，喜欢一个刚下班的人站在我对面把疲劳忘掉，喜欢陌生人的友谊。

在鼓浪屿，城管等我唱完了一首歌才过来，他用手盖着他的嘴巴，像在讲一个秘密，对着我的耳朵小声说：“这个岛上，都不能卖唱。”

美女君君在位于云南和四川边界的乡村创办了一所学校。陪君君去学校的当晚，我们在虎哥家吃饭。虎哥做了最好的菜，请我喝了我这辈子的第一顿酒。

在君君的学校和孩子们一起。

你要选择最难的路，才能走到很少人去过的地方。

“哦，不，只是大概知道在哪儿，我们来到迪庆州是因为在我的研究中，我听了很多故事，看了很多照片，认识了很多人，这个州比较大。好像在维西，有一个人在我爷爷的照片中出现过很多次，也出现在我爷爷发过的信中。”他把一张黑白照片的复印件拿给我看，一个美国军人搂着一个中国人。“好像这个中国人曾经帮了我爷爷很多，从照片中可以看出他很年轻，所以我觉得他还活着。”

“你怎么会想到在维西找他？”

“噢，天哪！我研究了很多资料，问过很多人，所有的线索都指向那儿。不过，我没找到这个人。”

“那飞机在昆明？”

“不是，我们去昆明跟一些专家见面。飞机在苍山，我们上个月去了山上十四天，带去最高技术水平的雷达、金属探测器。”他叹气，“其实我们已经知道了具体的地方，不过那里1950年发生了大地震，很有可能飞机找不到了，需要很大的设备，把它运上山会很贵……”

“怎么办？”

“看昆明的专家说什么，如果只是钱的问题，我会继续找下去。”

“太棒了！”我激动得就像我自己要去探索森林，寻找失去的飞机。我看着他说：“生活里至少要有一次，为了一个故事疯狂。”

他笑了：“没错，很多人说我疯了。你的专业是什么？”

“我也是一名医生。”我们俩都笑了。

我说：“今年我在西班牙领事馆工作，讲西班牙文学和电影历史。不过我明年回西班牙当医生。”

“你的语气表明你不很确定……”他说。

“是的……”我有一点郁闷地说，“我感觉我还在寻找我必须做的事情。”

他说：“哦，朋友，生活是一种寻找，继续努力！”

突然我像分享一个秘密一样又激动又小声地说："我有一个……应该说'习惯'，当我非常喜欢一个故事，我就会闭关写下来，写到我累得睡在地上，这样能帮我寻找很多答案，帮我了解外面的世界。我准备写这座山给我的所有故事，这是一种……需要。"

我回到上海了，我的房子还有那个孤独的味道，没什么变化，每件小东西都有小蕾的回忆。我不要那么好的房子，我马上把它退掉了，搬到安福路，离领事馆的图书馆两分钟路程。我在老房子里租了一个小房间，里面那些张爱玲的故事还活着。

平时我会选择去找我的梦想，这一次我有点糊涂，除了做我领事馆的工作，其他没有什么具体的想法，我知道我想做很有意思的事，但是我不清楚是什么。我一直觉得即使不清楚要做什么，也要努力去找你的梦想。但是这一次我决定改变，我不会主动去找，我等，等我清楚了方向再去做，而且我等的时候有一件事可以做——写。

只需要等，消化这几年所有的想法、梦想、行动与雄心，这些会融合成一个新的我。

秋天那些在上海的日子我没有太多的回忆，除了做讲座，我几乎不出门。我一开始写那个夏天的故事，就停不下来。我翻我的笔记本，看了几遍君君和驼峰的故事。我承认这个女生很伟大，很吸引我。

我把这两个故事写在一起，变成一个我非常喜欢的小说。我用西班牙语写，越写越想写。有时候会觉得我在写一部不仅我会喜欢，而且在西班牙应该会有市场的书，有时候又会觉得我写的故事没有什么节奏，然后把一个晚上写的东西全扔掉。

特别是有些部分我需要用我的想象力来填充。君君的话那么少，想象空间很大，但是最让我伤脑筋的是她为什么离开上海，是哪些巧合让她找到了那座山。

其实我知道，所有的故事都是一样的。只有一个原因能让一个人真正地疯狂——爱。

而且她说了，是因为一个诗人。诗人是什么？喜欢写诗？我不知道他们是什么关系，这个诗人有什么故事，但是肯定在上海时他们在一起，然后他要回云南，君君就去找他了。

我给小蕾寄的下一封信就是这个诗人的故事。一个年轻小伙子边流浪边写诗，到大城市里认识了一个努力打工的合肥女孩儿，这个小伙子来自云南，他经常唱老家的歌，傈僳族的歌。有一天诗人说他要走了，继续他流浪写诗的生涯。我经常想起弗拉基米尔说的话，有些人注定写一种故事。诗人离开后女孩儿受不了，去云南找他。一个大城市，尽管有两千万人在里面，只要缺少心里那个人，就会是空的，像鬼城，会让人受不了。

我每个星期给小蕾打电话，她开始收到大理的故事。她经常问我："你真的去过那么漂亮的地方吗？"我说："我会带你去！"

我的讲座继续做。领导要我做一个星期关于"斗牛"的讲座。我是西班牙人，我能做。我知道斗牛是我们文化的一大部分，很多伟大的艺术家从斗牛的世界里得到最大的灵感。Lorca（洛尔迦）在西班牙的南方把这种生活当作灵感的源头。但是我个人跟很多我们那个年代的人一样，非常反对这个残忍的活动。我能接受它是我们祖国历史文化的一部分，但是我不能接受未来我的国家是一个野蛮、残忍、为了快乐虐待牛的国家。那个星期我们播放了跟斗牛有关的电影，也念洛尔迦的诗歌。我尽量用中文解释奔牛节和斗牛是两码事，奔牛节牛不受到任何虐待，斗牛是让很多西班牙人惭愧的文化之一。

活动很热闹，领事馆的领导越来越开心。

我天天都在写，一直想象这些人的生活：君君、诗人、寻找飞机的老外。我看我自己，我到底想要怎样的生活？我不知道，除了当医生，其他我都是业余的，我感觉自己什么都不能做。但是每一次我想象回西班牙当医生我就不舒服。突然我想，为什么要回去？其实没有什么原因逼我回去当医生，我也可以回去换个行业。有这个想法不是因为我不喜欢当医生，不是，医生是一个非常美的职业，需要用脑子解决每天的问题，每天都有挑战，我喜欢。但是这种生活，我知道跟二十年以后的生活差不多，让我有一种受不了的胃疼。

我需要不知道明天会发生什么。我想可能我更适合做生意，一天的生活可以完全改变方向，但是对我来说，钱不是一个大的动力，我不会成功。我需要回西班牙做一件让我激动的事：开办中文学校、电影公司，我可以翻译书……

要不我也可以什么都不做，带一千本书，去山上，买一头牛和几只鸡，看书到老。

10 月 25 日，我记得很清楚。第一次是在加拿大，第二次是在上海，我一个人过生日。我二十五岁了。领导给我打电话，说西班牙的经济危机很严重，很有可能西班牙政府不再给文化活动经费，可能从 1 月 1 号开始没有办法再安排我的讲座，他说欢迎我继续免费做。

平时我吃得很简单，每顿饭二十块人民币。那一天我二十五岁了，我找了一个可以看上海夜景的饭店。我买了一百多元人民币的寿司，慢慢吃，看外面。我从来没给过自己这种礼物。我看着金茂大厦，继续写我的小说。我不能说我孤独，我的小说人物陪着我。我闭上眼，想到我奶奶，我能看到她放蜡烛在蛋糕上，让我吹，让我许愿。我想象她又跟我说：“大卫，许愿。”

我想，如果我真的能许愿，我会许什么？当一个文化大师，在中国做文化交流？当一个摇滚歌手？背一台摄像机环游世界拍纪录片？去山上看一千本书？

“Have a dream, make it a big dream and dream it greatly.”这句话一直在我脑子里，一万个答案和清楚的想法涌上心头，我不仅知道了我想做什么，而且知道怎么做。突然我知道不需要选择，什么都可以做，我想当什么就能当什么。

我回家给小蕾打电话。

“生日快乐！”她说。

“谢谢。你这几天学得怎么样？”

“累，不过我相信会好。你给我打电话实在太好了，我有一件事跟你说！”她语气有点紧张。

我打断了她，“我也有一件事情跟你说。”我吸气，“我要环游中国，唱歌！”

“什么？”她喊，“今天你们都疯了？”

“我们？”我不太明白，我继续说，“是这样，那天离开大理，我在路上唱歌，产生了一种魔力，认识了本地人，从另外一个角度看了大理。而且那天我穿着拖鞋，坐在地上，歌还没学好。我想，如果我买一台音响和一支话筒，准备好一些歌，用心做一场演出，会怎么样。我能去中国的每一座城市，真正地了解这个国家。我也可以带着摄像机，满足我喜欢拍电影的爱好。我会认识很多人，可以边旅行边看书，边学新的歌边学中文。”她沉默，“我会在圣诞节那天从大理开始，然后环游中国，我需要好好准备演出。我会做一个另类的歌手，因为我的目的是跟各种各样的人交流，我会继续写故事给你看……”

“你小心一点。”我听到她的呼吸，然后她说，“我知道你做这个会非常幸福……那我考完试了，还可以去上海找你？”

“小蕾，当然！不过到时候要看我在哪个城市。”我突然想起来，“你刚刚说有一件事要跟我说，什么事？”

“我想问你，”她的口吻有一点严肃，“你发给我的故事，有多少是真的？”

我很诧异她突然这么问：“啊……你为什么这么问？”

她等了一秒钟，说：“因为我爸爸……辞职了！”

●◎

当医生的时候，我没想到我能有一种有足够的时间来看书的生活。

# 幸福，有时就在你出发的原点

你把自己当旅行家只有一个条件：不要怕分别。弘文说离开一个爱的地方才是流浪，才是冒险。

我还没离开大理，就已经开始想它了。最好的爱是，你出发了，有可能还会再回来。

圣诞节前几天我飞到昆明。我心里像有一群蝴蝶乱飞，又紧张又激动。

在飞机上我想起很多年前写的摇滚演唱会评论，不管我会在哪里唱歌，我的演出必须达到我当专栏记者的标准。我评论演唱会一直重视三方面：力量、跟观众的互动和音乐的质量。

不能表现出累和无聊，要享受自己的演出。要让观众忘记他们是观众，让他们觉得自己也在演出。声音的质量要保证，不能跑调，低音、高音要调好。当一个乐队做好这些，我写专栏会说是完美的演出。我那么清楚对别的乐队的要求是什么，肯定也要一样要求自己。

在大理我有一种回家的感觉，驼峰有很多常住的艺术家，我们都认识。十二月份的大理有完美的温度，太阳下能穿短袖，不会晒。夏天我从不站在太阳下，因为五分钟后我会像红番茄。晚上一件薄毛衣就够了。

我到院子的时候，一群年轻人在安安静静地练书法。西方文化中没有一个能让一群朋友一起安静地活动。比如我在西方没看过朋友一起画画。我觉得这是让灵魂健康的习惯。

冬天天空更蓝，晚上夜空像黑色玻璃球。

我想唱歌，想演出。我等不了了，我手痒！我真不知道会发生什么，但是我有一点感觉，圣诞节是开始这个新生活的好日子。这种不知道会发生什么的感觉是最让我舒服的，我当医生不会有。

从生日到圣诞节我一直在练歌，背歌词最难。我先把歌词的意思了解清楚，在家里用词典查每一个字，然后像念经一样，从静安寺到外滩漫步着背词。一个多月背了六首，然后用吉他慢慢琢磨发音，最后一步是把感情放进去。

放入感情是对每一首歌的尊重。不管是在路上，还是在北京工人体育馆，都要投入一样的力量、一样的表情、一样的激动和爱。这就是摇滚。

我等了几天，在院子里练歌，后院燃烧的篝火像我满怀梦想的心。我还没试过我在上海买的设备，这是第一次我不看价格，买了最好的音响和话筒。我感觉这是我第一次投资自己。我不喜欢在我的爱好上花钱，但是我妈妈一直说学习、增长智慧，都不是多余的。我这样安慰自己，花了三千多块钱买设备和机票。

其实在这方面我没有做好的计划，以后的路线一点都没想好。我所有的钱如果住驼峰这类的青旅和买硬座火车票，大概能环游中国。

圣诞节那一天到了，生活里你等待的都会到。傍晚铜色阳光的时候，我去人民路上段人最少的地方，把箱子里的音响、话筒架、吉他线拿出来。我非常害羞，我几年没用话筒唱歌了。我用音乐填补我没有自信的地方，但是我的手还是抖得像得了帕金森病一样。我的心跳得那么快，我都想不唱，回客栈了。我低头准备设备，都不敢抬头看。

我蹲着，开音响，插吉他，箱子放在我后面。我抬头一看，心差点爆炸，已经有二十多人围着我，满脸疑惑的表情，像是在说："这个老外要干吗？"我看着他们，深呼吸。

当我讲这个故事的时候，朋友们问我："你这么开放、这么勇敢，还害什么羞？"不，我原本的性格最适合闭关看书，那样我不害羞。我去加拿大的时候，发现害羞会让我失去很多机会。我记得第一次去找 T 医生的时候，我的手出汗，嘴干，不能说话；我第一次进入新的科工作的时候也很紧张；我在领事馆开讲座的时候，心像万马奔腾。不害羞、不害怕不是勇敢，而是神经病，勇敢是害怕却继续前进。

我站起来，开始弹一个 G 和弦，我的脑子空白，不记得旋律，不记得歌词。我看着周围开不了口，大家看着我，好像在说："他在等什么？"我闭上眼睛，想如果十四岁的我能看到现在的我会有多羡慕，会觉得多酷，会觉得我多幸运，我不能辜负那个十四岁的小孩儿。突然，《外面的世界》的第一句顺利唱出来了。

大家像看到了灿烂多彩的礼花，异口同声地喊："啊！"

大家开始跟着我唱，更多人围过来了，鼓掌和欢呼，我自己感觉是一个十四岁的小孩儿实现了他的梦想。十二月在路上唱歌，穿短袖，一群人配合，内心感到极大的满足，真幸福！

唱完每一首歌，大家都会问我："你是哪里人？""你在中国多久了？"各种各样的问题。音乐让陌生人相连。

我的箱子在身后，突然一个爷爷给他孙子二十块钱，小孩儿活泼地来到我身旁，把钱放在我后面的箱子里。

"哦，不用钱，不用钱！"

“当然要。”他把钱放进去。另外一个人把我的箱子打开，一些人开始放钱。

我继续唱歌。

这个问题我考虑过。我知道在路上唱歌，如果你前面放吉他盒子，大家会放一点钱。我要明确地表达我是为了交流，为了了解中国。我一直觉得一个艺术家必须是因为热爱才做他的艺术，而不是为了钱或者名气。这是艺术和摇滚的第一条。

所以当时我考虑好了，最好是不要钱。

可能是因为在我的成长过程中，在我的世界里，伟大的艺术家都很穷，我才有这个想法。

这是艺术一直让我心里很矛盾的问题，如果一个艺术家不要钱，那他怎么生活？怎么让他把所有的精力投入到艺术上？但是如果他挣钱了，他怎么才能表达是为了艺术而不是为了钱？

很多年我都把这个问题当作一个抽象的概念，当作艺术哲学的问题，突然这个问题发生在我身上，不抽象了。我选择了我认为对艺术最尊重的方式——不收钱。

在一些人的脸上我能看到诧异的表情——不要钱，那他要什么？

除了这些问题，其他我都感到很舒服。大理苍山一万种绿色慢慢变成黑色，我唱了我会唱的十二首歌，《弯弯的月亮》和邓丽君的歌让大家最享受，《飞得更高》让大家最 high。

我还需要进步很多，琢磨我的演出，我要让大家更 high，在两首歌中间说些更有意思的话。

我一直有点紧张，因为我不知道会发生什么，但是感觉非常好。

“这是最后一首。”

大家都开始呼唤：“不，不，再来一首。”

我很开心，我真的没有更多的歌了，我开始收摊。

三个跟我差不多年龄的人中有一个人说："我们要去吃饭，要不要跟我们一起？"

我看他们，他们脸上还停留着听音乐的快乐。

"四川菜，你喜欢吗？"

"四川省我知道，他们吃什么不知道，没吃过。"

他们笑，太好了。"一起呗。"

我把东西放在箱子里，拉着箱子，我们走进不远的饭店。

"你们是哪里人？"我问。

对面两个小伙子说："四川。"第三个小伙子坐在我旁边，说："我是云南人，不过不是大理。我叫弘文。"

他握了握我的手。

弘文很帅，身材结实，双眼皮，黑头发往后梳。

"你们住在大理吗？"

弘文说："我们在大理摆地摊，我居无定所，到一个地方想待多久待多久。然后继续流浪。"他的表情很有自信。

"你们一起流浪吗？"

他们异口同声："不。"

我对面的男孩儿说："我们有自己的路线。"

弘文说："我喜欢独自行走。"

菜来了，我开始吃鱼，味道十分奇怪。吃了三口我感觉像蚂蚁在我嘴巴里，有点痒，像要拔牙前注射的麻醉药给我的感觉。

"这个味道是什么？"我好奇地问。

"麻，没吃过吗？"

"马？"我睁大眼睛，"啊，马肉？"

他们笑。我拿出我的词典，让弘文帮我查一下。

"这个词典怎么这么破？"

我笑："我用得比较多。"

我看他指的那个"麻"：anesthetic。

这个词用在食物上并不是很好听。"翻译比味道还要恐怖。"他们都笑。

对面的男孩儿说："这是我们四川菜的特色。"

我又吃了一口，很香，我继续吃，我应该只需要多吃几次就会适应。

在大理待久的人都会形成一种风格，穿宽松的衣服、棉裤子和拖鞋。不过弘文不像摆地摊的，他的穿着帅气，而且优雅。

"晚上还唱吗？你会很脏。"对面的男孩儿说。

"我为什么会脏？"

"因为今天圣诞节，大家都出来喷雪。"他说。我没太懂他的意思，不过没有打算再唱，我只要每天演出一场，唱太多会失去感觉。

"要不要喝酒？"弘文问我。

听到这句话，我拘谨了。"不用，不用。"我紧张地说。他们看我害怕的表情，大笑。

"我想问你，"弘文说，"今天你唱了一首歌，你知不知道是我们云南的传统歌曲？"

"你是说那首傈僳族歌吗？"

弘文很诧异，"对，是的！你一个老外怎么会唱这首歌？"他的眼神有一点激动，"我是傈僳族人，你知道吗，这首歌对我很有意义。你唱的我觉得挺有意思。"

"哦，谢谢。"我说，"这首歌对我也很有意义，我去过……"

突然一个人打断了我们，从后面把他的手放在我肩膀上。

"不好意思，打扰你们了。"我转身，他继续说，"你是不是刚才在人民路唱歌的那个老外？"

我笑："我好像是'那个老外'，我叫捞大卫。"

他的表情有一点紧张："我想问你，你今晚要不要在我的酒店唱歌？我们的歌手生病了，我们有很重要的客人要来，我们有很大的舞台……会给你钱。"

我在他的话中迷醉了，流口水，自言自语地说："大舞台。"

我说："可以！"

"那你要多少钱？"

我在想象大舞台，想象我自己跳、弹吉他，我开开心心地说："随便。"

他像在等一个更具体的答案，那我随便说："一百。"

那位先生惊讶地说："对不起，几百？"

弘文站起来，一边握那个人的手一边对他说："不要听大卫的，他是第一次吃川菜，脑子绝对麻了。他的意思是七百。"我张口看弘文，好像他在抢劫那位先生。

先生说："好，没问题，七百。"他把一张名片递给我。"我的酒店就在路口那儿。九点开始，唱一个小时。"

先生走了。我看着弘文，我想说："啊！你刚刚做了什么？"但是一个字都说不出口。

"别这样看着我。"他笑，"你不了解这里。歌手经常挣一两百块钱一个小时。今天是特殊日子，他那里是酒店，我说的价格很合理。"

我从来没一个小时挣过那么多钱，突然觉得压力很大，我的腿在抖。

在谈钱方面我真没有什么能力，我说"谢谢"，觉得自己在做梦。

埋单，一百块，弘文付钱。我拿出二十五块给弘文。

他笑，"你在骂我吗？"他们都笑了，"在中国，我叫你吃饭的意思是我请你吃饭。你们老外 AA 制是什么呀？"我把钱放回我钱包里。

现在我回想起这件事我都会笑自己，真没面子。

我去找那位先生的酒店。大理那天晚上很热闹，我懂了，这里圣诞节的习惯是在街头卖泡沫喷瓶，喷朋友和陌生人。那么多人在喷泡沫，真像大理在下雪，但是我还是穿短袖。

我突然觉得很有意思，这个习俗很像七月份我看过的白族火把节，大家都出来，左手拿着火把，右手拿着一种粉，这种粉碰到火会变成火花，大家开开心心地把粉扔到别人的火把上。火把节时，整条街都充满火花，像圣诞节时充满泡沫。

当然我更喜欢泡沫，泡沫会让你湿掉，但是不危险。

火把节都是火，都是火花，我从医生的角度来看觉得很危险。特别是对外国人来说，因为我们毛太多!

我在酒店里唱了我会唱的十二首中文歌，还唱了我会唱的所有西班牙语歌曲和法国歌曲。我享受大舞台，不过感觉跟在街头唱不一样。在街头人家看你是因为他们选择留下来，是真想听你唱，在酒店他们不一定想听。几个月后我更清楚地明白了这个道理。

不管怎么样，上一次我在舞台上唱歌是十七岁时在冰球场跟我的哥们儿自己搭的一个舞台。虽然紧张又害羞，但我非常享受舞台上的每一刻。

我回到客栈，院子里都是被泡沫弄湿的背包客，这一天过得太充实了。回到房间我把音响拿出来充电，明天要继续唱歌。我看到箱子里的钱，因为唱歌的时候箱子在我后面，我没看到多少人放了钱，很多一块和十块的。我很惊讶，拿出钱来，一共两百多块人民币。我没唱多久，真不可思议，比我当医生好!

突然一种很矛盾的感觉侵入我的心，我的想象力开始奔跑。如果我每天能挣两百块，一年不仅能游遍中国，而且还会有钱拍一部微电影。我一面想要这个钱，一面觉得我背叛了最单纯的艺术。我无意找理由说服自己，可是一个艺术家也需要钱来生活，只要钱不是艺术的目的就可以。我会用钱做更好的艺术，让艺术在西班牙和中国之间交流。我依然会坐硬座和住二十人间的客栈。

很难拒绝这个钱，我问自己是不是我的心不够纯洁。可能就是一种自我安慰，我决定放箱子，但是会一直说我不要钱。我这样做是不是太矛盾了？

我去后院篝火处暖和了一下。有些背包客说他们刚刚从丽江过来。我突然想我可以去任何地方，想去哪儿就去哪儿，拉着我的箱子和我的吉他。我要流浪！

☆ ☆ ☆

我经常去古城走一走。古城是方形的，人民路是古城的脊柱，从城墙靠苍山斜下到洱海门。那一年只有最上段才比较热闹，有很多人。这条步行街上段的三百米比较繁华，向下走不远处都是本地人的小店和来大理以后不想走的游客。我的感觉是这条路上没有专门来做大生意的人。

中段有一些摆地摊的人，很多流浪者卖从西藏带过来的石头、菩提子和手串。他们晒太阳、看书、聊天，气氛让游客很安心。他们是那么潇洒，那么会享受生活。

圣诞节的第二天，我在这里看到了弘文的朋友，他们在卖手工皮具。

“我可以来这里唱歌吗？”

“来，来。”他们搬开地摊，给我让出空间。

我一打开箱子拿出东西，我的心跳就会加快。我把每一次演出都当成一件大事，我不知道我怕什么，跑调？忘记歌词？打扰附近的店家？我对自己说，什么都不重要，开心就好。但是心里那颗摇滚的心还是要求我做一场完美的演出。为了让自己放松一点，我跟他们聊天。

“你们打算留在大理多久？”

“谁知道，第一天在大理，第二天在远方，顺其自然。”

“弘文在哪儿？”

“在下面摆摊。”他们自言自语，“那里没什么人，卖什么呀？”

我开始唱歌。我需要闭着眼睛唱，几秒钟以后任何紧张都消失了。在十二月的太阳下，我天天去那里唱歌，一直有新来的人，一直有人围着我的话筒，每天会认识不同的人。

可能是因为音乐，因为唱他们会唱的歌，大家会觉得亲切，唱完了会坐在路上聊天。厦门、北京、东北、长沙、四川，我听每个人说他们的家乡，那些地方我曾经在地图上看过，我慢慢开始分清不同的地方和他们的口音，我开始知道南方和北方的习惯。

我在大理那么舒服，我需要做心理准备，去亲眼看、亲身感受这些地方。我心里觉得我的演出不够好，还需要多练习。而且我环游中国的打算还缺少一点，我不知道是什么。

我的目的是把我所有的快乐放在每一个音符里，留下来听我唱歌的人会很享受。但是我想，不留下来的人的感受是什么？为了更了解中国，我希望知道经过我身旁却没有停下来的人在想什么。

天黑了，演出后我买了一打啤酒，和留下来的人聊天。

“你也喝吧。”弘文的朋友说。

“只要不是白酒，我能喝一点。”我自己笑。我的手机是最老的黑白款式，我看他在用最新的 iPhone。

“你在玩什么？”我问。

“这叫微博，我可以看到我的朋友们在做什么。有很多朋友在流浪，通过这个我能看到很多地方发生的事情。”

“哦，我有！”我听说微博越来越红，几个月前我开了一个账户，但是我不知道关注谁，也没有关注我的人，我觉得无聊。

他说：“关注我吧。”

我把我的黑白手机拿出来，顺便说了一句：“回家加你。”我在我的本子上写下他的微博账号。

我们对面有一家小店，老板娘带来吃的给我们，我们给她一瓶啤酒。

她用英文说："这是我们做的法国饼。"她的英文口音非常有法国味道，"我叫 Jenny。"

"你是哪里人？"我好奇地问。

她用中文回答："我是西藏的，我的老公是法国人。"

我跟她说了几句法语。她挺有意思，说中文有少数民族的口音，说英语有法国口音，说法语有一种说不出从哪里来的口音。

弘文出现了。

"坐吧。"我说，给他一瓶啤酒。

Jenny 对弘文说："你是人民路下段卖诗的那个人，是吗？那里还能做生意吗？"

"对我来说，重要的是安静。"他说。

有时候两个中国人说中文，说得太快我不明白，但是我很喜欢那种感觉，在人民路，大家都是朋友。

音响"勾引"着我，"我再唱几首吧。"我说。

"好啊，好啊。"大家说。

"我真喜欢唱歌。"

不管多晚，人民路都会有人凑热闹，气氛特别好。

突然我想到，我每次演出的时候可以放一个牌子："关注新浪微博：搂大卫。"

我每天晚上回家看各种各样的评论，有人表扬我，有人指出我发音不对的地方，有人问我西班牙的事，还有人介绍他们的家乡，说"有机会去我们那里唱"。

很多人一边听我唱歌，一边查我的微博 ID，我就知道这是个好主意，有这个交流软件会让我环游中国更有意思。不过我没想到会带来一个大奇迹，会找到我以为永远消失了的人。

我在演出时会说我爱文学，会讲故事，会用我的话筒练习讲中文。有一天晚上，在一堆零钱中，我看到一个更宝贵的东西，一个人在我的箱子里放了一本书，第一页有一句手写的话："我不给你钱，我给你钱锺书的书，你会喜欢这份礼物。"

我非常感动，而且是一种了不起的感觉，在一个离我故乡那么远的地方能碰到这种默契，给我一种有人了解我的感觉。我太开心了。

第二天我打电话给 Ivan，问他可不可以快递西班牙语版本的《围城》给我。我觉得太难了，我需要边看中文版边看西班牙语版才能明白。这是第一次我看的中文书不是小孩子版本的。

我的中文水平差太远了，不过我还是希望有一天会看得明白。

我们顺便安排了下一个活动，还好还有一个多月，我都不想离开大理了。

白天我在驼峰躺着看书，背新的歌。文学可以影响灵魂到这种程度：我能记得那些看过的作家，就跟记得那些一起经历岁月的朋友一样清楚。下一个领事馆的活动是关于胡利奥·科塔萨尔的，这个阿根廷作家在巴黎写了他最有名的书——《跳房子》。这个故事有一个特点，不按章节顺序看也能理解故事。

同时看《围城》。文学的魔力，有时候我会忘记我在大理。

很多年后我听到胡利奥·科塔萨尔的名字，我还会把他跟钱锺书连在一起，我听到钱锺书的名字就会感受到大理十二月的阳光。

我很开心发现以前没看过的作家。除了他高尚的文学修养、机智幽默、丰富和真正史诗气概的描述之外，我还欣赏他这个人。按我的习惯，我上网研究了他的生活、他的妻子和他幸福的家庭，我觉得他是文化人的榜样。突然，我知道了杨绛是第一个把我最爱的《堂吉诃德》翻译成中文的人。

我经常需要找到这些小巧合，把一个作家当作朋友。

我发了一条微博，感谢那个陌生人给我这份美好的礼物。

过了几天，我又发现不知道什么时候，出现了另外一本书——《我们仨》，第一页手写的字很好看："不用谢！"

我特别感动。

小蕾回西班牙快七个月了。正好有一个月她考试，所以我寄过去最后一封信。

一个月真的是很长时间，每隔三四天寄一封信，我大概寄了五十封信，讲我每天的故事，把它们连上就像是一部小说。我喜欢想象这些信的路程，在一艘大船上，被一万份其他的文件包围着：情书、礼物、官方文件……一个月要过东海、南海、印度洋、红海、苏伊士运河，最后到达地中海。我寄最后那封信的时候很开心自己坚持下来了，我想小蕾还有八封信没收到，如果我在地图上把这些信连起来，就像在小蕾和我之间画了一条线。不是信的内容，而是这条线，就是文学。

我穿着薄毛衣，在户外的米线店写了最后一封信的最后一页。"我希望你享受这些故事。你收到这封信的时候，可能第二天是你考试，可能前一天你已经考过了。不管怎样，我知道你成功了。很快你就能到中国几个星期，我会带你去很多地方，我会在路上唱歌，我们会在一起。"

这几天在大理，只跟中国人交流，我觉得我的中文提高了，第一次我感觉我的脑子开始用中文思考。虽然她不会懂，但我觉得表达这几个月我不是白过的最好的方式，就是用中文写几句话，而且是有意义的最后一段话。学一门语言最重要的是不害怕犯错，犯错没关系。我写了一首诗：

我如何写好
夜空为水墨
星星为标点
把微风起浪
当抑扬顿挫
我才能写好
这张白纸上
的你

很幸运我有机会学不同的语言。有时候我会觉得法语能把一个想法表达得更美，有时候西班牙语会表达得更清楚。内心需要表达一种感情，脑子倾向用什么语言，是学不同语言的魅力。

唱歌是用心而不是嗓子，不过嗓音的技巧很重要。那么多年我只在房间里唱歌，这几天我每天只唱一个小时嗓子就哑了。我想起曾经跟加拿大教合唱的老师学过的唱歌技术，不是为了更好听，而是为了保护我的嗓子。

这几天歌曲越唱越顺利，不需要想太多歌词，可以享受的东西越来越多。

我一直说最难的是背歌词。有人问我为什么不用谱架，能读歌词和吉他谱。我笑，就像我不会坐着唱歌，我也不会边看谱边唱，这是对观众的一种尊重。

一个星期唱了七天，嗓子累，但是非常开心。

这是我歌手生涯的开始，我要慢慢了解自己，了解自己的能力。我很快就知道自己最多能唱三天，第四天我的嗓子就会很不舒服。可能我的技术不够好，我告诉自己我会慢慢进步。就像运动员要知道自己能承受的强度，过了个人的极限就会受伤，一个人参与任何活动都要知道自己的极限在哪儿。

已经在人民路中段唱了几天，我选择去找别的地方。我的嗓子很疼，所以我对自己说今天唱一个小时，然后休息几天恢复嗓子。我去哪儿唱歌？还是白天，比较早，我去人最多的地方，南门吧！

我把东西拉到南门，是一个旅游景点，游客拍照、喊、推。我去一个路口把音响拿出来，我不看周围，低头弄音响和吉他。很多人好奇地围观。“来，来，你看金头发的老外。”“他在干吗？”“外国人。”……

这是接下来几个月都会陪着我的问题，第一个影响是我是外国人，对我来说，这是一个挑战，因为我要留下来的前提是我的演出好。当然我知道中国人对外国人很友好，我有这个有利条件，我还没开始唱，就已经有很多人看着，不辜负他们是对我的挑战。

如果在西班牙，我就没有这个优势，要想办法吸引人们的注意。就像我上大学之前唯一一次跟我的西班牙冰球队朋友开演唱会，我们想了很多，最后做了一张海报，拍我的朋友们在厕所里的裸体，只有吉他挡着他们的身体，上面写着一句话：“我们没有排练厅。”然后写了演出的日期。

市场营销其实有很大的创意空间，是一种文学。一张照片或者一句话，能够在对方的脑子里激起一个故事。

我的外形是营销，我的责任是用好它。

在南门旁边我打开音响，从来没对着那么多人，我想象这是大型演唱会。

我开始唱歌，大家惊讶于我用中文唱，他们开始欢呼。

我继续弹吉他。“朋友们，我叫搂大卫，来自西班牙。谢谢你们的热情，接下来这首歌是西班牙老歌……”

有一个人问：“哪一个‘搂’？”

我在话筒里大声、激动、开心地说：“哦！是搂大卫。‘搂抱’的‘搂’！‘大象’的‘大’！‘卫生间’的‘卫’！”

那群人哈哈大笑，吓了我一跳。我习惯了说到“‘搂抱’的‘搂’”时人们会笑，但是这一次太夸张了。我真不明白。

有一个人在拍照，边笑边说：“应该是‘保卫’的‘卫’吧？”

我继续弹，我的表情是认真思考的样子，突然有所感悟地说：“啊？不是一样的‘卫’吗？”

大家又笑了。

我的名字越来越好玩！

我开始唱第二首西班牙的歌，还没唱几句，后面的观众就开始吵，一些人像游泳时划水一样拨开人群，想到第一排来。一个声音在喊：“No，no，no！”到我对面，我的脸都白了，大个子的警察。

我的手开始抖，警察继续说：“Out，out，out.”我麻木了。“Go，go，go.”

我马上把设备放进箱子里。我紧张地说：“对不起。”

他回复：“Now，now，now. Go，go，go.”凶得跟熊一样。

我听到有人对他说：“让他唱一会儿吧。”但是我已经走远，我不想麻烦谁。

我拉着箱子，在古城里绕到人民路最下段。我碰到弘文，他依然帅气，梳好的头发，坐在台阶上摆地摊。

“你干吗这副郁闷的样子？”他问。

“没什么，刚才我在唱歌，警察来了，吓死我了！”

弘文说："不是警察，应该是城管。"

这是我第一次听到这个词，以后这个词会一直陪着我。

我突然想到我没有考虑过的问题——在中国能不能在路上唱歌？突然我想，如果弘文说不可以，我的计划就完全破碎了。

还好他说了我想听的："如果你不添麻烦，应该没问题。"

"我要添快乐。"我们俩笑，"哦，我可以在这里唱吗？"

"可以啊，不过这里人少。"

"我都喜欢。"我说，"人多，我的脑海里就像一个大演唱会一样。人少，我可以享受跟观众更亲密的关系。两种感觉，同一种感情。"我深呼吸，看着人民路另一边翠绿的苍山，太美了。"那你呢？"

"我怎么了？"

我说："你卖东西为什么来这个没有人的地方？"我到那儿的时候没太注意到他的摊儿。

"因为卖不卖东西我无所谓。"我看他在地上放的毯子，上面有很多卡片，没有照片，每一张卡片上只有手写的字。"我最重视的生活是安安静静地看我喜欢的风景，写诗。"

"写诗？"我诧异地问。他把一张卡片拿给我看，他的字很特别，字体秀丽。每一张卡片都不一样，上面写的诗歌，对称、漂亮。

弘文这个人，他说卖不卖东西不重要真不是开玩笑的。我坐在他旁边一段时间，有游客过来问价钱，他会说："还没看就问多少钱，不卖了。"有时候他说："多少钱？那要看您喜不喜欢。"如果一个人仔细地看他的诗歌，说很美，然后问多少钱，他就会送给他。

我跟他说："你知道吗？我曾经有一个朋友，也摆摊卖文学书，有一点像你，但他是一个老头。"我笑，其实弘文有一点成熟，像老头，他的眼神像一个爸爸一样。我准备去的地方他都去过，都在那里卖过诗，我感觉如果我有什么问题，可以问他。而且我喜欢他的独立，他很热情，会帮助任何人，但是也会保持一种距离。

我在人民路下段很惬意，人不多，但是马上又有一些人围着我。他们一直说："再来一首，再来一首。"后来我没有更多歌了，也发不出声音，我的嗓子沙哑了。

我幸福地走在人民路上，回客栈。

路上，到了人民路中段时，我看见 Jenny 从法国饼店出来，激动地说："搂大卫，搂大卫，今天怎么这么晚才来唱歌？"

我之前一个星期都是天天到他们那儿，很早就开始唱。

"哦，我今天换地方了，已经唱完了，一个音都唱不出来了。"

"你看，有一个人想听你唱歌。"Jenny 指着她店门口，"她坐在那个凳子上等了你几个小时了。"

"啊？"我又诧异又感动。Jenny 说有一个九十三岁的白族老太太，每天从她家听我唱歌，今天因为我没来，她出门问路边摆地摊的人和店里的服务员，知不知道"那个唱歌的老外"什么时候来。Jenny 对她说应该不会很久，结果她等了几个小时。

我真的感动了，忘记了我嗓子疼。我马上把音响拿出来，开始唱歌。

我又开始唱，一阵风吹过，一个摆地摊的姑娘开始跳舞，有人跟我合唱。我小学的时候学弹吉他，经常会想象演出，但是在我最美丽的梦里都没想到过这么好的气氛，在这么漂亮的风景中。有时候生活比我们的梦想更精彩，生活像一条明亮的彩虹。

☆ ☆ ☆

我坐在驼峰客栈的院子里，每天早上都会有人在冬天的太阳下练习弹吉他。

我发了一条微博讲老太太的故事。第一次点开"摇滚乐"文件夹，听到《再见杰克》这首歌时，我有一种潇洒又惆怅的感觉。我觉得真有意思，我唱这首摇滚歌曲，老太太会说："再来一遍。"我唱了三四遍，她还要听。

我把她的话当作对我演出的表扬，但最重要的是一种希望。这个老太太会享受一首摇滚的歌是非常酷的事情。

还有一件事很有意思。这首歌是一个北京的乐队"痛苦的信仰"的作品。我喜欢他们的音乐，因为是我的菜。后来我去研究他们是怎样的态度，我发现这是一个真正爱音乐的乐队，他们唱得很纯洁，并且很爱摇滚，他们相信梦想。摇滚是一种信仰，有梦想是一种信仰，我不知道他们起名字是不是这么想的，我觉得乐队的名字很有诗意。对我来说，爱一个少数人喜欢的东西并把它当作自己的信仰很痛苦。

流行歌曲是大家最喜欢的，但是你要做摇滚，这是痛苦的信仰；你爱打冰球，但是你旁边的人只了解足球，这是痛苦的信仰；大家都去酒吧喝酒，但是你要留在家里通过一本小说看世界，这是痛苦的信仰；你有一个梦想，大家觉得你是一个疯子，这是痛苦的信仰。

有一个痛苦的信仰是一件美好的事，会让自己突破，找出心里爱什么，如果能坚持，就会做真正的自己。

几个小时后，我看到我的微博开始被疯狂地转发。

我找原因，我非常诧异，这个乐队转发了老太太的故事，而且主唱加了一句话："最酷的是，我站在你对面。"

我着迷了，这种巧合是小说里面才会有的。我在上海听了一首歌，住在四千公里远的一个老太太让我唱了好几次，然而写这首歌的人正好从北京到大理休假，正好路过我唱歌的地方。这个叫不叫缘分？

微博会带来很多奇迹，最大的我还没想到会发生。

我的手机响了。

“谁？”我问。

“喂，您好，我们是 ×× 上海电影公司。”我没听明白公司的名字，“我们需要一个外国人演一个群众角色，明天早上，您感兴趣吗？”

我不是不懂那个声音说的话，而是觉得太不可思议了，我不相信。在我的世界里，这种事应该不会发生，突然有一个人叫你参演一部电影。我谨慎而怀疑地说：“嗯，我感兴趣。”

我自言自语：“她怎么会有我的电话？她怎么找到我的？”

“那明天早上六点在上海体育馆集合。”

我突然发现我不在上海：“啊？”

“好不好？”她问。

一瞬间我脑子里像流星划过，出现很多回忆。关于电影的世界，我都是自己看书而学到一点东西，我一直觉得那是遥远的世界，如果我要学，就要自己创造机会，所以我开始拍自己的东西。突然有一个机会出现，让我感觉这个世界非常不可思议。

在西班牙，电影这个行业有一点神秘。我曾经有一天跟鹏游讨论过这个问题：西班牙有几个电影学院，不过有名的导演和演员很少是从那里出来的。鹏游说：“我真不知道这些很厉害的西班牙导演是从哪里出来的，应该是自己家。”

“好不好？”那位从上海打来电话的女士问。

我真不想失去这个机会，想看一看一部真正的电影是怎么做出来的。我的脑子考虑很快，但是真找不到办法，明天早上六点不可能到上海，就算现在跑去机场也来不及了。我这辈子只有一件事非常清楚，当一个你想要的机会经过你面前，你要抓住它，像是它最后一次发生，我绞尽脑汁，但是真找不到办法。

“喂，听得到吗？”她又问。

“嗯，嗯……只有一个问题，我在云南。”“云”这个音对外国人来说很难发。

“越南？”

“不，不，大理古城，云……南。”我慢慢说。

“哦，好，没关系，那……下次吧。”

她挂了，我叹气。“下次吧。”

突然我想到是小蕾发了我的联系方式给一些公司，我马上去客栈的公共电脑上给她发邮件。

我知道她会跟我说：“没关系，会有很多机会学。”

她经常说，我是同一个时间既乐观又悲观的人。我乐观，相信任何事，只要想做，并且努力，就一定会成功。不过我一直觉得不会有机会主动找来，从来都要自己努力争取。

我在写邮件，我的手机又响了。

“你好。”我说。

“我是刚才那个人……您说您在大理吗？”

“是的。”我好奇地说。

“哦，我们其实有另外一个项目是在云南拍的，您感不感兴趣？”

“感兴趣，感兴趣！”

“那好，等一下我云南的同事会给您打电话。”

她挂了。我发呆了一分钟，我的手机又响了。

“喂，你好，我的同事刚才给你打了电话。”

“是的，是的。”我说。

“我们在拍一部电视剧，在云南，我们需要一个外国人，你在云南哪里？”

“大理。”

“太好了。”她说，“我们就是在大理拍的。那这样，明年早上五点我们剧组的人去接你，我们是一天两百块人民币。可以吗？”

我想，哇！我不仅有机会去看真正拍电视剧的过程，而且还有钱！

“好！”我跟她说。我给了她我的地址。

第二天，一听到闹钟响，我的眼睛就像猫头鹰一样睁开。天还没亮，早上灰色的雾挡着苍山，橙色的路灯和银色的星星照亮睡着的古城。我走到东门，一辆十座中巴车准时来接我。

昨天给我打电话的那个负责人坐在司机旁边，她说她姓徐，她严肃到一种不友好的地步。我们去三四个地方，接了更多的人，之后我们去往苍山。

“徐小姐，我们是在苍山上拍吗？”苍山是我最爱的地方。

“对，大理电影制片厂。”

“哇！我才知道在大理有……”

她打断我：“很多电影都是在这里拍的，而且快要变成一个电影游乐场了。”

“那……我们今天拍什么？我有台词吗？我要好好准备我的角色！”

她冷笑：“你知道你演什么吗？”

我激动：“我的角色是不是毛泽东主席所说的无产阶级革命群众，这是英雄啊！”

她又冷笑：“你知道花瓶是什么吗？”

我没懂。后来我知道了，我只是一个群众演员，而不是去演一个人民群众，我的戏比一个花瓶还要少。

我们到了。我们坐在电影棚外面，徐小姐让我们等。从苍山上能看到古城，能看到蓝色的洱海在它的脚下流，我激动得跟一个小孩儿一样。我们等着，我没带书，我最讨厌浪费时间。

“徐小姐……”我问了她很多关于戏的细节的问题，她要么回答“不知道”，要么说“不关你的事”，我太好奇了，又怕烦她。

“徐小姐，我能进去看一看吗？”我问。

“不可以！”

我想象棚里，一个真正的场景是怎样的，摄像机是怎么放置的，幕后的每一个任务我都想了解，这对我以后拍自己的东西有帮助。

我受不了了。

“徐小姐，我进去上厕所可以吗？”

“不可以！这外面也有厕所。”她有一点凶。

我无奈地往外面的厕所走。我想，没关系，探索一下吧！我绕一绕，看一看棚外面。我到了棚后面，那里有一辆载重车正在卸场景设备。我自言自语地说：“后门！太好了！嘻嘻！”

我快乐地往后门走。门边出现了一个保安，他喊：“您好！您是剧组的吗？”

我没停，那个时候我还不知道我演一个花瓶，一边走一边开开心心地很认真地回答：“当然，演员！无产阶级革命家！”

他蒙了，看着我进去。

我就像进入了一部时光机，突然到了20世纪初：会议室、长桌子、皮椅子，天花板上吊着一盏很大的灯，像一只巨大的玻璃蜘蛛。房间一边的墙上有孙中山的画像，另外一边有三台摄像机。

我仔细观察其中一台摄像机，跟我曾经用过的技术一样，只是这台比我用的那台贵一百倍。

我转身，吓了一跳！我旁边一个人在抽烟。

“蒋介石！”我大声说。

他笑：“一个老外能认出我的角色，不错！”

我靠近一点，他的妆画得太棒了，我都怀疑他不是演员。

“你是……”他问。

“我叫大卫，演员。”那天每一次说我的名字，我都会加“演员”这个词，怕万一有人怀疑我不是。

他盯着我说："我们是不是见过面？你的脸好熟。"他抓下巴思考着，"我们是不是曾经一起拍过戏？"

其实我很遗憾，知道不可能，我也抓我的下巴，也摆出沉思者的姿势，装作想一想，说："我不清楚，有可能吧！"我笑。

他耸耸肩说："我不知道。"他笑，"你抽烟吗？""蒋介石"递给我一根烟。

"我不抽烟，谢谢！"

"你是哪里人？"

"西班牙。"我说。

突然他想起来了，"啊！我知道了！"他开始笑，"几天前我拍完戏去古城溜达……"他笑得更痛快了，"你是不是那个'大象'的'大'，'卫生间'的'卫'，那个卖唱的西班牙人？"

我脸红了。虽然我想解释我不卖唱，我演出，这个概念的区别对我来说很重要，但我只是笑了笑。"蒋介石"认出来我是谁，听他说我的名字，是一幅从来没想到会发生的画面。我又得意又认真地回答："对，是我。"

我们俩笑了。

我们在 20 世纪初的房间里，我问他很多关于他的行业的问题，他热情地回答，我们聊天，一直到剧组员工叫他继续化妆。

我从后门出去，绕过摄影棚找徐小姐。

"你去哪儿了？"她凶凶地问。

"大便，我拉肚子了。"

我承认，有时候对不友好的人我不是很注意礼貌。

服装师来了，给我们在外面等着的外国人美国兵的服装。这是当演员的魅力，一秒钟能变成另外一个人，你要用另外一个人的思维考虑事情，心有多灵活，就能演多少戏。

一穿上美国军服，我就开始准备我的角色。

又等了一个小时。

我们这几个外国人在外面吃盒饭，我不假思索地蹲着吃。其他的外国人用异样的眼光看着我。这么多个月跟中国人在一起相处，突然我发现我是一个比较中国化的美国兵。

终于，我们进去了，副导演安排我们在那张老桌子的一边站着。后来三个人从另外一个房间出来：蒋介石、一个穿着漂亮旗袍的中国女人和一个四十岁左右的老外。

我的任务是挺胸，站着，看着对面。我明白了什么是群众演员，我没有什么不高兴，本来这些都是意外，几天前我最大的希望是在这方面继续做我自己的小片子，片子越来越大，学得越来越多。

我珍惜这个机会，能一边站着，一边斜眼观察剧组的工作。

导演喊："安静！"全剧组都沉默了。"Action！"开始拍。

那天最大的惊喜马上就要发生了！他们开始演，我发现这个镜头是蒋介石和美军领导讨论建立驼峰航线！我都想疯了，这个故事我已经听到过三次了。为什么我跟这个故事这么有缘分？

我觉得演这个亲切的故事非常快乐，哪怕我像一只花瓶一样演无聊的角色。我心里像碰到一个老朋友一样，我站着，听他们讨论安排多少歼击机，我就能想到这些飞机会经过什么山，驾驶员怎样驾驶飞机。

突然我觉得我的角色很丰富。

我想，生活里没有任何事情有或者没有意义，而是我们的态度和想法让它们有意义。

这个镜头拍了很久，拍完了我很激动，我想跟大家说，太了不起了，我又碰到这个故事，但是我知道这个是我的事，我应该少说，多享受这个美好的巧合。

晚上我们又在外面等着。大理古城在苍山和洱海中发光。我们的盒饭已经凉了。

“徐小姐，我们能不能去里面跟其他的演员吃饭？”

“不可以！”

“为什么？”

“因为他们是专业演员，你们是业余的！”

我叹气。她说：“你叹什么气？你本来就是啊！”

我不想不礼貌，所以我不开口，向后倾斜看云南依然明亮的夜空。我想，你哪儿知道我心里想的是什么！

我加拿大的教练曾经跟我说的话突然涌上心头：“你是什么不是别人说了算，而是你的心。”

☆ ☆ ☆

兔年快结束了。

天天唱歌都会认识各种各样的人。

一天在人民路唱歌后，我在客栈的公共电脑上看到了我的微博。我的账号疯了，粉丝数在增长，非常快。

好像一个很有名的人经过我唱歌的地方，发了一条微博表扬我，还拍了我的照片。

客栈的朋友说：“你出名了！”

我知道听起来很矛盾，我说我不要出名，可是我唱歌的时候又把一个写有我名字和微博 ID 的牌子放在旁边。我最怕对自己不诚实，我只想有一个新的方式跟没有停下来的人沟通，然后我发现也会通过微博认识其他跟我有同样兴趣的人。越多人知道我，我的机会越多，我可以去做我想做的事。

肯定很多歌手想出名，因为会被崇拜，会有人表扬他们，等等。但是，我相信大部分想出名的歌手，是因为成名可以给他们提供更好的条件，来做他们想做的事情。

在我的成语书中，我看到了一句话叫“人怕出名猪怕壮”，我赞同。

有时候我希望自己是一个隐形人，或者能在一个房间里闭关，只要房间有洞，能看到外面。有时候我像《麦田里的守望者》里的男主人公，但守的不是麦田。我能当一个书店仓库的守望者，守望着书，安安静静地过日子。但是，人的魅力是跟人打交道与分享。有时候我想闭关，这样生活会免去很多烦恼，但是这种选择像拒绝做人。所以我一直逼自己不要害羞，不要害怕，在社会里生活。

我想去找那个人，感谢他转了我的微博。我开心，不是因为更多人认识我，而是我能认识更多人。这很不一样。

我“百度百科”了那个人，我看到是一个有名的漫画家。我发了一条信息，感谢她表扬我的演出。如果在大理，我希望有机会跟她一起喝杯咖啡。虽然我不懂漫画，但漫画也是一种文学，我觉得我们肯定有一些能聊。她回复我说：“我一直在工作，很少出门。一个艺术家要保持精神集中。”

这是我这辈子最佩服的一个拒绝。

过了几天，她给我发了另外一条信息：“我和我老公还有一些朋友会在除夕一起吃晚饭，如果你没有地方去，可以来我们家过年。”

就这样，我认识了寂地。这是我第一次跟中国人过年，看“春晚”节目，吃丰盛的中国年夜饭。

新年了！

太阳下，我靠在城墙最安静的地方，坐在地上复习我记在本子上的汉语。每一页都在我的脑海里浮现出很多故事。我看我的笔记本，我差不多记得每一个字是谁写的。记住字很难，但是记住每一个字的故事很容易。我看一些成语，能想起是上海哪一个老板写的；我看一些小城市的名字，能够知道是驼峰的哪一个背包客写的。但是如果我要自己写，经常会提笔忘字，脑中空白。中文怎么这么难？我看那个“麻”，是人民路的诗人写的。

我自己笑。如果有一天我再写君君的故事，那个弘文太适合这个故事了，有时候我都怀疑他们是不是有什么关系。

翻本子的时候，弘文从我后面的一个角落出来了。

“说曹操，曹操就到！”我说。

他看我，摇头。“这句话不是这么用的，当你跟别人在说一个人……”

我打断他：“我知道，我刚才在自言自语说你，你就出来了。”

他笑，“好吧，应该可以这么用。”他坐在我旁边，“你打算留在这里多久？”

“不知道。本来我打算在大理待几天，唱歌，然后环游中国，边唱边旅行，但是我在大理太舒服了。”

“那就对了！舒服的时候，要离开，要不然这个不叫出去旅行，叫逃跑。”

“没错。”我点头，“其实我期待去很多地方。”

“流浪，最难的一步是出发……我陪你吧，你想去哪里？”

“都可以。”我说。

“为了选择去哪儿，我把一个小石头扔到一张地图上，石头落在哪儿，我就去哪儿。”

我笑：“我第一次来到大理差不多就是这么弄的。我去机场买最近一班的机票。”

他笑：“对，一样的意思。”

我考虑了一秒钟："我要去广州。"

他看我，惊讶地问："为什么？"

"没有为什么！"

"那就对了！"他说，"明天走！"

"啊！明天？"我抓我的头发，看他，"好吧，一言为定！"

他笑，我们握手。"一言为定！反正我在哪儿都可以卖我的诗歌。"他看我，"不过，我很独立，一到广州我走我的路，你走你的。"

"没问题。其实本来我没想到跟别人走，但这是一次好玩的尝试。"我仰望天空，大理的云彩那么白、那么明亮，我会想念这片满是棉花糖的天空。"其实我去广州有一些原因。"我说，"听说那里的美食非常丰富。"

"是的！"弘文说。

"还有，两个星期后我的女朋友会来上海，我八个月没看到她了，到时候从广州去上海方便。"

他又笑，"你应该还有一个原因。"他把手放在我肩膀上，"别忘了，一月份南方还可以，北方很冷！你不是路上要唱歌吗？"

我们俩笑。

我回客栈准备我的东西。其实我的东西很少，离开大理之前我得做一件事情——整理钱。

西方也有这样一句话，"钱不是问题，没有钱才是问题。"

其实这一次钱真的是问题。我唱了一个月，每天把箱子里的钱放在一个大包里。我有好几千块人民币是一元和五毛的钞票。带这个旅行不方便，我拿着大包去古城的银行存钱。

我走人民路，经过 Jenny 的法国饼店，我要跟平时在那边摆地摊的人告别。在店里我碰到 Jenny 的老公。

我用英文问他："今天怎么没有人摆摊？"

“走了。”

“走了？”我有点意外。

“昨天有些人去了尼泊尔，有些去了印度……我不知道。”

“好吧。”我说，“我明天也走了，不知道什么时候回来，但是肯定会回来！”

我跟他抱一抱，“再见！”

我往银行走，突然我很激动，旅行、唱歌，继续探索外面的世界，继续探索我自己。

我的手机响了，屏幕没显示号码。

“喂？”有杂音，“喂？”什么都听不见，终于我听到像来自很远地方的一个“喂”。

电话挂了。我想，广告吧，垃圾电话。但是一种说不清的感觉进入我心里，像暴风雨前开始起微风的感觉。

我到银行，先取号。我前面有一个白族农民、两个游客和一个老太太，坐在我旁边的一个晒黑的小伙子在整理发票。

到我的时候，窗口的工作人员一看到我，表情就非常无奈。我说：“您好，我要存钱。”她一听到我能说中文就放松多了。我朝她微笑。

她也微笑：“钱呢？”

“啊，对！”我把包打开，把所有的零钱倒出来。

“哦，天哪！”她的表情像一个小孩儿早上突然想到没做完功课，一脸的无辜和茫然。

我的包里像有倒不完的钱，无数的零钱一直在向外跑。她看我，再看钱，然后深呼吸。

“对不起。”我真不好意思，我不喜欢麻烦别人，她开始按面额整理钞票，分别把折叠的纸币打开，再把褶皱压平。

手机响了，又没有显示号码。

“喂？”我边说边看着钞票慢慢变成一堆。“喂？”我又说。我知道电话的另外一边有人，我等着，我感觉全银行都沉默了，等着一个答案，就像一部电影在悬疑高峰静止了片刻。

一个清脆的声音用法语说：“大卫，你好，是我。”一个很多年没听到的声音像鞭子抽打我的心，我怔住了，她用中文说：“是我。”

银行和我周围的事物全都消失了。

我小了七岁，时间倒流，我还是一个医学院的学生。

“你好。”我说，似乎在另外一个时代。

“你知道我是谁吗？”虽然当时我们是用法语讲话，我还是能辨认出她的声音。

我拿着手机慢慢地说：“语兰？”

她怎么会有我的电话号码？她怎么过了这么多年还能找到我？她怎么会知道我能接到电话？

“对，是我。”她用中文说话有点奇怪，我不适应，她的声音像是在一个盒子里沉睡多年然后突然苏醒了。

我有那么多问题却问不出来，我对面那位女士还在辛辛苦苦地数钱。

“我后天去中国，我知道你在大理。”她停顿了一下，“你要来看我吗？”

我大惊，呼吸，“你……你……怎么会知道？”

我七年里都想把关于她的回忆忘掉，突然她的声音像在那个屋顶小房子里一样清楚，像我们讨论书时一样清楚。

“现在我在法国，我在这里工作，要去中国出差。”她继续说，“我只会在中国待三天，不过我想见到你。”

就像你小时候最喜欢的一本书里的角色活起来给你打电话。

“你怎么知道我在大理？”

电话又断了，我像一尊雕像看着堆得很高的钞票，手机响了第三次，我马上接。

“喂？”我紧张地说。

“巧合。我偶然看到一条微博，照片上的人非常像你。大卫是David的翻译，在中国路上唱歌是我相信你会做的事情，我看到你的主页，有一些微博说文学的事情，我就知道是你。”

我无话可说。

“我看到你发了驼峰客栈的故事，我就找客栈电话，我问他们认不认识你，我就有了你的电话号码，就这么简单！”

七年后，好像我们又有缘分了。

“好，好，好！”我快速地说，“你做什么工作？我去哪里找你？”

“我会飞到北京，开会一两天，然后去我老家。”我都不知道曾经她跟我说过她老家在哪儿，可能她说过，我不记得了，那个时候我对中国什么都不知道。她继续说：“我家在新乡，河南。我们可以在郑州见面，一起去新乡一趟，不远。”

“好。”其实我的脑子不好用，空白了。

“工作完了我给你打电话，好吗？”

我们俩举着电话，一直不说话，沉默。银行里发生的事情好像非常慢，我头晕乎乎的，像喝了白酒一样。

“好。”

静默了几秒钟后，她温柔地说：“拜拜。”

挂了。

我看着绿色的钞票在工作人员的手上翻过来、调过去，巴黎的回忆不断地撞击着我。塞纳河的雾、湿润的老书、米色的建筑、弗拉基米尔看着“巴黎之饼”。很多问题涌上来：她还一直带着一本书吗？她上过哈佛大学吗？她为什么在我们最幸福的时候离开了巴黎？

窗后的女士在跟我说话，但是我没发现，她已经数完了。“卡呢？”

她问。

“Oh，sorry.”我不知道为什么我说出来的是英语。她拿着我的卡，我想到语兰在爆米花摊收钱的场景。

“这个卡是上海的，有手续费。”

“没办法。”我说。我的心思不在这儿，我看这位女士的眼神，也有一点像曾经满怀梦想的语兰的眼神。“对不起，给你添麻烦了。”

她的同事经过她后面，看着那么多小额的钞票，表情像是在说：“这个老外是乞丐吗？”

我说：“谢谢你。”我能看到一种梦想的渴望在她的眼睛里。

她说：“不麻烦。”慢慢地加了一句话，“谢谢你每个晚上的歌声。”

我的脸红了，生活是最精彩的小说。

☆ ☆ ☆

你把自己当旅行家，只有一个条件：不要怕分别。弘文说离开一个爱的地方才是流浪，才是冒险。

我还没离开大理，就已经开始想它了。最好的爱是，你出发了，有可能还会再回来。

我很少爱过一个地方，我能爱那里的人，爱那里的生活习惯，我能说一个地方漂亮、舒服。但是大理，我只需要在人民路中间看洱海和苍山就能感觉到，是一种从来没对一个地方有过的特殊感觉。但是我还是觉得碰到的人才是来这个地方的最大价值。

第二天很早跟弘文在城墙集合。我们上了去昆明的第一列火车，打算换车再往广州去。

弘文的行李很少，一个小背包和一个盒子。盒子里有五千张卡片，每一张卡片上都是手写的字。背包里他还带着空白卡片，他用任何时间写新的诗歌或者把他曾经写的作品抄在卡片上。

我们在火车站的外面，左边是永远绿色的苍山，右边是长长的洱海。

“今天你有一点不太对，是不是离开大理太难过了？”弘文说。

“没有。”我说，“昨天发生了一件……让我非常惊讶的事情。”

他把一个小本子给我：“我发现你的本子快用完了，这个本子大一点，你可以好好记笔记。”

我拿着，翻它的空白页。“谢谢。”

他严肃地说：“你多学中文，看书，多旅游，多唱歌。不要管别的！”他一边说，一边看遥远的洱海。

有时候我碰到这种人，会莫名其妙给我灵感，会不计回报地帮助我。是这种人让陌生人感觉很亲切，让他们周围的人去寻找梦想。我觉得很伟大，他们追求艺术的心是纯洁的。我哪儿能像他那么潇洒？我有太多烦恼藏在心里，我知道快要回西班牙了，我知道生活不可以一直这么完美。

我看着他，其实每个人都会有烦恼。谁知道弘文心里有没有一个让他很心疼的君君？谁知道每个人心里有什么？

快乐是自己的责任，我们能做的只是对别人提供一些帮助，让他们自己去寻找属于自己的快乐。

小蕾是这种人，她会一直支持我追求我的梦想，不管我的梦想多抽象、多难，她都支持。每天我都想她，我应该想办法在她身旁，但是我也知道，如果我不去完成我内心需要做的事情，如果我一辈子压下对这些梦想的渴望，我也没法好好爱她。

火车站，坐在外面的台阶上，为了跟她分享大理给我的快乐，我开始写这首歌，我的第一首中文歌曲。

**最美的回忆**

一阵风飘荡，我的声音在飞舞
摆摊的姑娘，在人民路开始跳舞
今天我们所有的梦想
像一道明亮的彩虹

这一条路一直这么繁华
再一次仰望着月亮
你是否明白我是因为你歌唱
因为你歌唱

漫步在白云下，该走的路就像闪电
摆地摊的姑娘已经跑到了远方
今夜布满星星的夜空
又点缀了你的笑容

这一条路一直这么繁华
再一次仰望着月亮
你是否明白我是因为你歌唱
因为你歌唱

站在火车站，洱海像苍山的眼泪

何时再回来，我的心如篝火在燃烧
今天我把最美的回忆放在这些音符里
献给你

弘文躺在上铺，我在中铺，我们还有无数个小时才能到广州。西班牙最长的火车路程是从东北巴塞罗那到吉他手帕科·德卢西亚的家乡加的斯。从东北到西南，一共九百三十公里。昆明到广州并不是中国最长的铁路，可是已经将近是西班牙最长铁路的两倍。

我只坐过一次长途火车，经过欧洲到乌克兰，快到欧洲和亚洲的交界了。

七年前，语兰启发我去欧洲寻找弗拉基米尔的故事，她突然出现在我的生活里，我当然想见到她，可我从来没有跟小蕾说起语兰，因为她是我的过去，而且我在努力地忘掉她。我突然想要不要去看她？语兰是我生活里发生过的很深刻但是太快走过的一个故事，这么多年我自己想，她是不是我梦到的？

“你的女朋友什么时候到？”我吓了一跳，弘文从上铺伸出头，像老鼠从洞里伸出头张望，他看着我。

“还没确定时间，过几个星期。”

“那到广州后你要去上海吗？”

我的表情表达了我的矛盾：“我会先去郑州。”

他热情地说：“如果你在上海，需要什么可以问我，我很熟。”

“我在那里的房子还租着，上海我也很熟。”突然我反应过来，“你在上海住过吗？”

“是的，四年前我跟我的女朋友住在上海。”

这些巧合太可怕了：“你有女朋友吗？”

他躺在床上，我听到他的声音。“我太爱我的自由，我们分手了。”

他叹气。

我激动地说："她在哪儿？"

"我不知道，我只知道我离开上海后她也离开了，她消失了。"他充满惆怅地说，"其实我很爱她。"

我把他送给我的本子放在他的床上。我说："万一在上海我需要帮助，写下你的电话号码。"我决定了，到时候我会让他跟君君见面。

他写完把本子还给我："你去郑州干吗？"

"我要找一个……梦。"

☆ ☆ ☆

我不知道他接下来的打算是什么，他没说。他拿着那个诗歌盒子，背着背包，戴一副大墨镜，有一种明星的帅气。弘文冷静地说："再见！"然后在广州火车站的人群中消失了。

我连续几个小时躺着看书，写一些笔记，大理好像是一个遥远的回忆。广州比大理冷，但还是很舒服。

我之前在大理一直穿拖鞋和宽棉衣，到大城市需要一分钟适应。人群活跃，像一群蚂蚁，火车站像巢。我看玻璃和水泥怪物，还有上面的灰色天空，真需要再多一分钟适应。

我本是大城市的人，这个节奏和压力是一种动力，我能适应。其实最可怕的是我给自己的压力和烦恼。但是现在我没有任何烦恼，我从现在开始尝试，用艺术家的眼睛看生活，我感觉这次旅行会显露一个新的我，我要发现我有没有艺术家的心。

地铁线路图是任何一座大城市的指纹，它的形状会印在我的脑海里。如果隔一段时间去同一座城市，地铁线路图会像一棵树的年轮，通过它我能感觉到我们的苍老。

地铁一直是我出行的第一选择，它给我一种安全感，停靠站一直在同一个地方，而且每一站都会停。我讨厌城市里的公共汽车，尤其在陌生城市，我会看有几站，谨慎地数一下，后来因为某一站没人想上车也没有人叫下车，我的数学乱七八糟，就错过了我想下车的地方。

而且地铁安静，以前马德里的地铁一直有坐着的乘客看书，我喜欢向一边倾斜，偷偷地看别人在看什么书。

我拉着我的箱子，背着我的吉他，箱子里有音响、话筒、吉他线、话筒架和一些衣服。我渴望唱歌，但是我不要在火车站附近唱。

先找地方住。

离开大理之前，我用公共电脑找了最便宜而且离地铁站不远的酒店。我坐了半个小时的地铁，到了一家门面很破的酒店，房间不到一百块人民币一晚。当一个穷人所有的东西都在行李里，他就能在最丑里找到美丽。我觉得那个房间是完美的。我拿出护照，办理入住。

我想快点出去唱歌，新的舞台！可惜酒店里没有网络，我的老款手机也不能上网，要不然我会发微博问大家，推荐地方唱歌，没办法。

我去前台买了一张广州地图，只能自己出去随便找。我在房间的桌子上摆好地图，用眼睛搜索这个大城市。

大城市没有一个“大理人民路”，所以我想一想我应该找什么样的地方。

“我应该去……”我仔细地看着地图。

弗拉基米尔曾经说：“火车站是大城市的门口，当新来的人不能适应这个地方，他们的灵魂会逃跑，会疯狂地去火车站找出口。”我不信鬼魂，但是弗拉基米尔的口气有种真实，他讲故事能让最理智的人怀疑。他说：“在欧洲的每一个大火车站，你能看到江湖骗子、疯子、小女巫、乞丐、算命老人，他们都在自言自语，为什么？”当时我边笑边回答：

“因为他们是神经病！”弗拉基米尔盯着我，表情像他讲经典书时一样严肃，他说：“因为孤独，找鬼魂陪他们聊天。孤独是最可怕的感觉。”当时，我只有在加拿大看着外面零下三十摄氏度的风景感到过孤独，那个时候我用吉他和狄更斯的小说对抗孤独。孤独真是最可怕的感觉。

不管怎么样，在世界上任何城市旅行，在火车站都要特别谨慎，容易被偷东西。之后我发现，中国比欧洲安全多了。在大城市的火车站，我经常会想到弗拉基米尔，会得到一种灵感，让我把本子拿出来写故事，不过火车站是我不太想去唱歌的地方。

我在酒店的房间里看地图，我的手慢慢地摸着每一条路，寻找一个合适的地方。我看到中山大学中山医学院，有种亲切的感觉，突然有了方向。我把箱子里的衣服放在床上，坐地铁去那边。

我依照地图在离它不远的地方下了车，我走了走，不是在找一个具体的地方，而是在找一个对的感觉。

冷，但还是受得了。我看到一个公园，门口有年轻人走来走去，带着书，大学应该不远。

广州的喧闹声、高楼大厦、汽车和霓虹灯广告绝对不像大理古城。我想，新的舞台、新的挑战，而且从现在开始，我演出的环境应该就是这样的。

我低头弄我的设备，抬头的时候已经有几个人在好奇地等，他们想知道我要做什么。大部分人刚刚下班，在人行道上快速地走着。一开唱我就忘记了这些，我万分享受。观众慢慢多了起来。

我也看每个人的反应，这样我能分析我的演出质量。在大城市要唱得更好。一个音、一个调不对都能让观众走开，因为大家都很忙。我释放出所有的力量唱歌，我喜欢这种压力。

慢慢地，人更多了，气氛很好。有人看我的牌子，有人拍照片，跟我合唱的人逐渐多了。我觉得在这种地方唱歌能让大家忘记他们刚刚下班，我要让他们觉得突然是周末，而且似乎进入了一个真正的演唱会。

我唱的歌里最打动我内心的是《大约在冬季》。这几天越来越冷，这首歌的每一句歌词都让我想起小蕾。

突然，一个陌生人拿起我的吉他，我的音乐停了。我转身，一个城管皱着眉，摇头，说广东话。我一个字都听不懂，但是他的意思我明白，很清楚：走！

我没想到在那里会打扰谁，我说对不起，把音响关掉。“让他唱！”一个老人喊。“对，让他唱。”一个小孩儿喊。城管开始跟他们吵架，更多人开始喊，我把东西放到箱子里，越来越吵闹。

我跟观众说：“没关系，这里不行，我可以去别的地方。”

但是他们已经不听我说话了，就跟城管吵架。我非常委屈。我相信音乐是和平而友好的，没想到突然这么矛盾。“我不唱了，我不唱了！”我喊，大家开始散开。

我拉着箱子准备去别的地方唱，天黑了，有一对男女在我和路灯中间。我看他们的影子，他们走近，路灯照亮他们，很年轻的脸。

女孩儿说：“我刚刚看了你的微博，你是医生！”

男孩儿说：“我们也是学医的学生！”

医学是国际的，因为人类是无国界的。我看着他充满激情地说他学医，就像看一面镜子，能看到曾经的我，我马上有了一种情结。他们问：“要不要一起吃点东西？”

我们去一个他们说学生经常去吃饭的地方，吃又地道又便宜的粤菜。

“我们学习很辛苦。”女孩儿说。我非常理解。

“但是我们很喜欢学习。”男孩儿说。每一次为了听明白他说话，我都需要集中精力。

女孩儿对男孩儿说：“你的广东口音太重了，为了我们的外国朋友，你能不能好好讲普通话？”

我笑，他们太客气了。我们点了干炒牛河和鸡爪。

我们聊上课的方式，他们是大一学生，前面还有很长的路。

“那你不当医生吗？”他们问。

“我很矛盾。”我说，“我觉得为了帮助别人，先要让自己快乐，我需要找我真正爱的是什么，这样以后我才能当一个更好的医生。”我把自己当师哥，给他们一点建议：“你们还要很努力地学习，多学习知识，才可以一秒钟救别人的命，不过别忘记你爱什么。”

那个女孩儿说：“我爱看诗歌。”她有一点害羞，“我看你的微博，你也喜欢看书。”她把一本书从她的包里拿出来，“这本给你，你会喜欢。”她脸红了。是《中国现代诗歌》。

“非常感谢！”我说。

吃完了。“我们先走了，明天早上有胚胎学的课。”男孩儿说。

“我非常心疼你们，加油。你们会成功的！”我笑了。我记得曾经我对小蕾说我不会通过那门课。

不是很晚，八九点，我开始无方向地走路。虽然没唱多少歌，但碰到这两个人让我很开心。

我的手机收到短信：“我到北京了，开会很顺利，明天就能去郑州。”

这么快！那我就明天早上去机场买票，我不能用我的卡在网上买东西，我也不是太懂网银，我宁愿现场买。

我有很多话想说，却只回复了：“明天见！”

我走到一个小广场，没有人，头上也没有星星，只有小说里的大城市才会有星星。一些关了灯的公司、大楼围着我，小广场像一个大舞台，大厦黑玻璃的每一个小窗都像远处观众的头。黑暗的广场中间，有一盏路灯。这一天唱得太少了，我的内心有唱歌的需要。黄色灯光下，我拿出我的设备，开始唱。我想象自己面对着几千个人。我疯狂地唱、跳、弹，打开我的心，感受晚上的冷风，感受生活。歌里的每一句话使我克服心里每一件困难的事，我和我的话筒，还有我的吉他，非常幸福。西方人会说，这是大写的幸福、深深的幸福。

幸福真的那么简单吗？我只需要一台简单的设备和我的想象力就能满足我自己？是的！这几年很多人听我这么说会讲："那你医学不是白学了吗？"十八岁的时候也可以买一支话筒，不浪费六年时间辛苦学习，去一个广场幸福地唱歌。不！幸福有时候就在你出发的原点，但是必须走一段长路才知道。

西班牙有一个神话，伟大诗人博尔赫斯和很多作家都曾经写过。小时候我妈妈跟我讲：

> 几百年前，西班牙南方住着一个牧羊人，他的家在绿色草地的山冈中。他的木头小屋很简单，羊厩和小屋中间有一口古老的大理石井。
>
> 他经常会觉得这不是他的命运，他听他的心说，他的幸福不在这个山冈上。
>
> 有一天，他受不了这平凡的生活，去找小镇上的吉卜赛女巫算命。女巫看他的手相，说："没错！有一个大珍宝在等着你。"牧羊人激动地问："在哪儿？在哪儿？"吉卜赛女巫说："如果我跟你说，你找到后，要给我百分之六。"
>
> 牧羊人同意了。女巫说："就在埃及，最大的金字塔对面，最大的沙丘上，在一棵棕榈树下，你会找到你的珍宝。"
>
> 牧羊人生气了。"那么远？骗子！还要百分之六！"他回家了。考虑了几个月，突然有一天他出发了，听从他的心声，把他的羊群卖掉，去寻找他的幸福。

去埃及的路上遇到很多艰难险阻，差点在地中海中淹死；在亚历山大市被骗了所有的钱；在开罗附近被偷了所有的衣服，只能用树叶遮挡自己；在沙漠中几乎脱水死掉……最后只能喘息着、哭着拖着自己的身体缓慢地走到沙丘上，拼死地继续向上爬。

到沙丘顶峰他抬头，看见金字塔就开始哭。不是因为累，不是因为快死了，而是因为他从来没看过那么美丽和宏伟的风景。他的旁边只有一棵大棕榈树，他在树影下一边歇息，一边迷醉地看着金色的风景。

不久后，还没开始挖他的珍宝，一个土匪从后面开始打可怜的牧羊人。“饶命！饶命！我什么都没有！”土匪听后，打得更厉害了：“那你在这里干吗？这是我的地盘！”牧羊人太绝望了，一边哭一边挡着自己，说：“我来自远方，一个吉卜赛女巫说在埃及，最大的金字塔对面，最大的沙丘上，就是在这棵树下，有一个大珍宝！”

土匪开始大笑，不再打了。“你太傻了！你真傻！你怎么会相信？你可以挖！你什么都不会找到。”他继续笑，“就像有一次，法老的男巫跟我说在西班牙南方，绿色草地的山冈上，有一个木头小屋和羊厩。羊厩和小屋中间的古老大理石井旁有一个大珍宝等着我。你觉得我会那么傻去找吗？”

土匪很怜悯牧羊人，给了他一枚硬币，说：“拿这个钱回家。别再傻了！”

他又看了一眼美丽的金字塔，回家了。

回到家后，他真的按照土匪说的，竟然在他自己家的井旁找到了一万元罗马金币，然后他诚心诚意地去找吉卜赛女巫，把百分之六的金币给了她。

牧羊人跟女巫说：“当时你知不知道珍宝在井旁？”

“知道！”她说。

牧羊人生气了："那你为什么不直接告诉我？我会免受很多困难！"

女巫说："如果我那么说，你一辈子都不会见到金字塔。"她看着他的眼睛，说："告诉我，它们是不是很美？"

当时我妈妈问我："这个故事教给你什么？"我说："女巫提成太高了，不要跟她们合作！而且一个埃及的土匪怎么会跟西班牙的牧羊人沟通？"我妈妈笑了，说我还需要很多年才能理解这个故事。

我十八岁时有弹吉他的机会，那个机会一直在那儿，没学医就没办法发现幸福在身边，没办法知道这个简单的东西会让我幸福，最重要的是，如果没学医，我就看不到美丽的金字塔。

我在广州的小广场上幸福地唱歌，虽然围着我的大厦是沉默的，但是我闭上眼，我心里能听到观众狮子般的喊叫。远处有两个人影向我走来，站在我对面。

"你在干吗？"一个深沉的声音问我。

我眯起眼睛，那两个影子变成两个城管，他们站着，像两尊冷漠的青铜雕塑。

我慢慢停止我脑海里的演唱会。

"对不起。"我失望地把音响关掉。

"你在干吗？"其中一个城管又生气地问。

我还在幻想，有一点得意的口气："摇滚。"

他看他的同伴，又诧异又生气地跟他说："他要我滚？"

我的心狂跳，"不不不！"我紧张得像一个小孩儿一样。我保证我这辈子不要主动找麻烦。"不是我的意思！"我让一步，解释一下我只是在唱歌，自娱自乐。

他们看看对方，很疑惑，就像看到一个神经病一样。

我没发现我对面有一个小城管局。“你是专门来打扰的吗？”他说，“赶快给我看看你的护照。”

我又说对不起，翻口袋找护照。“啊？怎么不在呢？”我傻了。我的护照一直在我身上，我的钱包和护照一直在我身上，我特别谨慎，在酒店里洗澡的时候都带进浴室，怕万一有人进入房间。我都觉得我的防备心太重，像精神分裂症患者，但是这两件东西是我的所有。

我把我的口袋翻过来。我快崩溃了，脑子里只有一个念头：没有护照，明天怎么去郑州？

我紧张得都不知道该做什么，我蹲着翻我的箱子，可是我知道不可能在里面，护照一直在我口袋里。我的表情非常悲剧，我想了想，我都不记得最后一次用它是什么时候，应该是在酒店登记的时候，不过我记得不清楚。

“你在干吗？”

因为紧张，我跟他们说话很快，而且中文很不标准，我的额头一直在流汗，我觉得我一个字都说不清楚。

他们又无奈又生气地说：“你太啰唆了！什么巴黎，什么电影院，什么郑州？你赶快收东西回家，不带护照不要再出来！”

我放弃我的解释。

我听他们的话，往路边走，打车回酒店。地铁已经停运了，出租车风驰电掣般地飞驰，让我看到夜间窗外的广州非常模糊。我有点感觉司机在绕路多收钱，我对这座城市不熟，但是我相信我的方向感。我心情不好，也不想说什么，我一直在想怎么去郑州。

到酒店我跑到前台，问我的护照在不在那儿。

前台很乱，都是一堆发票、广告、地图、笔记……我真是找了最差的一家酒店。

他们都不知道，我的护照无影无踪。

我失望地回房间翻箱倒柜。

我想办法，语兰要在中国待三天，我真想见她。没有护照，上飞机和火车是不可能的。我不知道会不会有长途汽车直接去，肯定需要很多个小时。我看地图，我想想，从广州到郑州估计有两千公里，两个西班牙！我突然想到可以给弘文打电话，他肯定会帮我。如果有网络，我能发微博，问大家最方便的方式。

已经很晚了，我必须等明天再问。

桌子上有墙上油漆剥落的粉。为了放松，我把《中国现代诗歌》翻了翻。我看海子、顾城和席慕蓉看了一个晚上，一本书能带来很多安慰。

发现以前不知道的作家，就像认识了新的朋友。最后我睡着了，我的脸压着徐志摩的“轻轻的我走了，正如我轻轻的来”。以后每次结束一场演出，我都会轻轻地说这两句。我觉得表达旅行者最简单的想法就是：去，看，走。这两句诗满含着流浪者的孤独和寻找新地方的渴望。诗歌是用几句话来表达，而一部小说需要两百页。

早上有人来敲门。我还睡在我的书上。

“谁？”我在半睡半醒中喊。

我打开门。第一天时在前台的服务员拿着我的护照。“昨天您没拿好。”

“噢，耶！”我跳起来，好像我刚在世界杯进了球。“谢谢，谢谢！”

我立马开始收拾东西，退房。

我坐地铁往机场方向走，我的心跳不断加快。

在飞机上虽然累，但没办法睡觉。我问自己在广州怎么这么开心，音乐怎么能让我有那种感觉？

音乐真是一个很神奇的东西。我依然想更清楚地了解，音乐对我来说是什么。我自己也不知道。我觉得背着这把吉他环游这个国家，不仅会让我更了解中国，而且我对我爱的东西也会有更深的了解。

我想到一支西班牙经典摇滚乐队，是西班牙的 Beyond，他们有一首歌讲音乐的力量，我叫它《活着》，把它翻译成中文。我希望自己的表演越来越丰富，音乐和故事是同一件事，我希望能把它变成一种文化交流。

我唱歌，我可以忘记
所有不好的回忆
战胜所有害怕的事情

话筒上克服困难
解放我心底的秘密
才发现这无界限的世界

一首歌，一次拥抱，谁需要沉重的行李
生活里只要做自己

你唱歌，你可以安慰
我最不安的心灵
让它发生不可思议的事情

每首歌里都有眼泪，有微笑
有伤痛，有喜悦
它们证明我们活着

一首歌，一次拥抱，谁需要沉重的行李
生活里只要做自己

一首歌，一次拥抱，谁需要沉重的行李
生活里只要做自己

话筒上克服困难
解放我心底的秘密
才感觉我们活着

☆ ☆ ☆

我把所有的衣服放在箱子里，箱子托运。登机的时候我穿短袖和短裤，我的脑子忙着想别的，没想到郑州只有零摄氏度。飞机滑行到机场中间，我拿着吉他，在拥挤的走廊里慢慢走到飞机前面。这次没有那个方便的登机桥可以直接进入航站楼，要通过移动的台阶下飞机，然后上有着浓重汽油味道的摆渡汽车。

一站到移动的台阶上，郑州的冷空气就打到我身上，我后面有一个妈妈帮她五六岁的儿子穿外套。

小孩儿调皮地不想穿衣服，突然看到了我，“妈妈，你看！一个老外！”

我额头碰到了雪，滑行道上结了霜，机场工作人员穿着厚衣服，戴着帽子。

“妈妈，老外穿短袖不冷吗？”

妈妈认真地回答：“他那么多毛，怎么会冷？”

小孩儿乖乖地穿上了外套。我笑了，不过我冷死了，想快点到航站楼里。

我启动手机的时候收到新的短信：“你能去郑州火车站吗？晚一点我们在那里见面。”

我等着我的箱子，外面挡住太阳的云彩开始消散。我上了一辆去火车站的大巴。

我一边听音乐，一边看着外面。我尝试想起来，在那些给老外看的讲中国文化的书里，关于河南省，我曾经看了什么。除了简称“豫”，有龙门石窟和少林寺以外，我只知道语兰在等我。

我从箱子里拿出衣服穿上。

在火车站附近，我下了大巴。我好好摸了摸我的口袋，确认护照还在，以后我会更小心。看着箱子和吉他，我给语兰打电话问具体的情况。她关机了！

没关系，她肯定会联系我。我的心情很好，天气没有下飞机时冷，就像天空在给我一个明媚的微笑。太阳不晒，但是没有云，我想，在这里唱歌怎么样？

其实音乐是唯一能让我安静等待的东西。

我不要犯以前的错误，我走了走，拉着箱子，找城管。

不远，在一个工地旁边，两个城管在看一个路口。他们的表情非常友好，我有好的预感。

“叔叔好，请问……”我突然犹豫，是不是我不够礼貌？我纠正自己：“领导好，请问我能不能在这里唱歌？”

他们俩笑了，非常热情地说：“这么冷想唱歌？卖唱吗？”

我说：“不是卖唱，是演出！”我说每一个字的时候都会喷出白色的哈气。

城管大笑，说：“没问题，那边，都可以。”

我觉得这样跟城管安排我的演出很安全。拿出设备时还是很紧张，我开始唱《外面的世界》，这是我最有自信唱的一首歌，那两个城管看着我，就像从来没看过人唱歌一样。

唱完第一首歌，我的手指开始变成白色和蓝色中间的那种颜色，我把手放在嘴巴前吹一吹，继续唱。

下午大家还没下班，不是一个很多人会停下来听的时间，尤其在大城市里。

我觉得最多能再唱两首，我突然感觉特别冷。

最近我天天在学习新的歌，我从开始学一首歌到能有自信唱出来，需要一个多月，没有自信让我感到害羞。我觉得我应该试一试唱新的歌，我已经到了这么远的地方，我对自己说，害什么羞！

突然，一个经过的人问我："你会不会唱汪峰的《春天里》？"

我正要准备唱这首歌，觉得非常神奇。每一阵风吹到我手上，都疼如刀割。施工人员在看，他们叫同事来看我，我开始唱。我们都是在一砖一瓦地建立我们的梦想，我看他们没戴手套的手拎起一块砖，给我很大的动力。不管有什么能力或者梦想，出来工作和寻找就是成功。

还没唱完，一个人拿着同事们的钞票，走到我面前，放进我的箱子，我边弹边说："不用钱！"在大理偶尔会有人放一百块钱的钞票，我感到快乐，因为这表示认可，但是我从来没这么感动过，这些工人虽然只放几块钱，但在我心里是无价的。

这首歌对我来说音调太高，我知道我不能唱到汪峰那个调，但是我想，一首歌能把两个人之间的距离缩短，它的使命就完成了。

我对自己说："必须继续唱歌。"我又给我的双手输送热气，用我自己的嘴巴。

我弹了几段和弦，准备开口唱第三首，围着我的人越来越多，我看观众的眼睛就有力量继续。突然我的手弹不了了，我飞到了另外一个世界，一双眼睛比两颗星星还亮，那两只眼睛一点都没变，她的微笑还是一样美，而且带来一样的不快乐或者累的感觉。

我都不敢眨眼，怕她会消失，我把吉他放在地上，慢慢往观众中走。“不唱了吗？”有人说，但是我听不见。我走到语兰面前，她站在观众后面，我看着她，她看着我。时间像是静止了。那么多年只在我的脑海里存在的语兰突然出现在我面前。

我不知道我们互相看了多长时间，观众散了，只有城管和一些工人看着我们。

我微笑，慢慢说：“好久不见。”

她也微笑着说：“对，好久不见。”

我收回东西，放到箱子里。突然我想到一件事，“你看着我的东西，我马上回来。”我开始跑。

“你去哪儿？”她喊，她肯定觉得有一点奇怪，七年没见面，见面后我做的第一件事是逃跑！

一分钟后我回来了，怀里能容纳多少瓶啤酒我就买了多少瓶。我把啤酒放在工地旁，我喊：“你们下班后喝啤酒吧，祝你们健康！”

语兰笑了，我拉着箱子，看着她有一种非常奇怪的感觉。

“我们坐长途汽车去我老家。”

“你要不要留在郑州一天，明天去你那儿？”我这么说是因为我们可以聊天，顺便看看这个城市。不过我无所谓，只要有机会跟她聊天，在哪儿都可以。

“不行！”她说，“我跟我妈妈说我来郑州接一个男性朋友，如果我留在这里一个晚上，她会疯的。”

我笑了，我没有什么流氓的想法，我只是觉得奇怪，她这么独立的姑娘，她的父母应该习惯了。

“都可以。”我说。

“而且，我跟我父母说起你了，他们准备好了地方给你睡，我妈妈很保守，你能留在我家已经很不错了。”

我们用中文交流很奇怪，她的声音像有另外一种味道，但还是跟七年前一样甜美温柔。

我跟着她走，她边走边说：“我本来在火车站正准备给你打电话，就碰到你了，我们真有……”

我打断她：“缘分！”

我们上了一辆破长途汽车，她坐我旁边，几分钟以后，黄河像一个大怪物碰到我们，应该是我们的车经过了它。它慢慢地流，像不动一样，但是我能感觉到它的力量和冷静，看着它，我的眼睛像要结冰。黄河在这一段没有我想的那么黄，它的颜色更像上海路上能买到的板栗、一个从土下被挖出来的柠檬、一个马上要变黑的太阳。

“这是黄河对吗？”我问语兰。

“是的。”

“为什么不黄？”

她笑：“一条河跟生活一样，在不同的地方有不同的颜色，在不同的时间有不同的光辉。”

那个时候我不知道下一次我碰到黄河是一年多以后，在兰州，它会非常黄，而且我的生活跟现在也很不一样。“你记得吗？在巴黎，你说你喜欢塞纳河，对你来说，塞纳河是欧洲文化的母亲河，我说我家在中国的母亲河旁。”其实我没有印象，我们那个时候分享过那么多故事，我分不清什么是她说的，什么是我说的，什么是萨特或者雨果说的。听语兰提巴黎的事，我又疼痛又幸福。

车窗外郑州郊外的景象飞快闪过。

沉默一瞬间，我不敢看她，说：“我以为这辈子不会再遇到你了。”

她转身对着我，慢慢说：“我一直知道会碰到你。”

“对不起。”我低头说，“对不起，我没去找你。”

她叹气，“一开始我很生气。”她也不看我，“我不明白为什么你都不联系我了。”她停了一下，“不过，已经很多年了……过去了，我只保留好的回忆。”

我什么都不说，她的语气有点愤怒：“我们从来没吵过架，今天有机会再看见你是一件快乐的事……其实，我想知道当时你到底是怎么想的。”

我深呼吸，“如果你在巴黎，那还有机会，但是中国……那个时候我都没想到这辈子会到中国来！”我认真地说，“听起来很傻，你写了你的邮件地址，那天晚上被雨淋湿了，字母也模糊了。”我看外面，“可能我在找借口，我这几年经常不能原谅自己，我肯定能找你的学校、大使馆、电影院……如果努力找，肯定能找到你的联系方式，但是我没有。”她看我，好像这些她都已经知道了。“在西班牙，我有我的学业，还有五年的疯狂学习……”

我们俩都有点要哭了，她说：“没关系，已经过去了。”

我叹气。“那你呢？”我温柔地问她。

“我怎么了？”她说。

“你为什么离开法国？我从来没搞清楚。”一万个问题涌上心头，突然我说话变得非常快，问了她非常多的问题。“你后来做了什么？你什么时候又回法国了？现在你做什么工作？你在哈佛大学实现读博士的梦想了吗？”

“你记得我妈妈非常反对我在国外学习吗？”我点头，“她越来越生气，都生病了。那一天我爸爸联系我，说我如果不回去，我妈妈会死。”她讲这个时牙关咬得很紧，“我当时很生气，我以为她不要我追求自己的幸福，我没办法，我回去后她很快恢复了健康。我开始在一所学校教英语，下班后还去学生家里教法语。新乡没有太多人想学法语，幸亏有一家法国人在这儿做生意，勒布朗先生请我教他的儿子和女儿。一次，他要出差，他公司里的翻译没来，叫我帮他忙，我跟他去洛阳谈一个合同，好像我让他挣了很多钱！”她大笑，“之后我就在他的公司里做翻译，公司做化学工程设备，我开始看这方面的书，很快就不仅做翻译，也帮勒布朗先生找到了更好的合作方式。”

我突然笑，“你一点都没变！”她说话，我愣愣地听。“然后呢？”我问。

“然后勒布朗先生要回法国，请我跟他们回去，给了我一个不错的职位，我做这个已经三年了。”

“那……你住在巴黎吗？”

“不，公司在里尔，法国和比利时国境旁，比巴黎安静得多。”她看我。

“你妈妈这次没反对你去？”

“本来我们的关系不是很好，那次我们吵了这辈子最大的一场架，她说了很难听的话，我也说了很多让她生气的话。”语兰的表情像一个法国人一样，“我说我妈妈不乐意让我实现我的梦想，她就不会再看到我了。时间过了很久，我每个月都会给他们我大部分的工资，到了现在我们的关系也一般，但她接受了。”她叹气。

“你的哈佛大学梦呢？”

她犹豫，小声地说：“我做这个能挣很多钱。”有一种无奈的语气，“没办法。”

这不是七年前的语兰会说的话，生活就是这样，会让我们改变。

长途汽车继续驶过农田。

“而且幸亏有这份工作，让我今天在中国能再看见你。”

我们到新乡时天黑了，非常冷。我们还没吃饭，我激动得都忘记了我的胃在叫我。我们走进一家小饭店吃烤鱼。

“你喜欢里尔吗？”我问。

“嗯。”她说，“我不需要新的工作机会，我很满意，我不需要住在巴黎，我觉得里尔很舒服。我想热闹的大城市时，可以去巴黎和布鲁塞尔——比利时的首都。”她边吃边说，“你知道吗？刚回法国的时候，我都不想去巴黎，我觉得我会哭。我一到欧洲……”这么多年过去了，我们说话还能像以前一样直接和诚实。“一到欧洲我非常想你，周末本来勒布朗家都去巴黎玩，我不想去，这让我很痛苦，所以我去了布鲁塞尔。突然有一天我在散步，我觉得看到你在一家二手书店，你出来，笑着，开心得跟你在巴黎买二手小说一样。”她停了下来，看着我，“那一天我发现我并没忘记你，在路上都幻想看见了你，你搂着一个漂亮的黑头发的女孩儿，你看着书，那个女孩儿看着你。应该是因为太热了，我疯了，那一天我决定不再想你。”

我非常诧异：“那你怎么没去打招呼？”

“是我想象的！怎么可能真的是你？应该是我脑子坏了！”她说。

我没有告诉语兰，其实那个人应该就是我，因为三年前，正好是我在比利时实习的时候。小蕾来看过我几次，每一次都买了很多二手书，比利时是二手书店的天堂。

“你看了我的微博为什么又联系我了？”我又问她。

她放松地说：“现在不一样，现在的我比过去的我强。”她微笑，“我想问你……你有女朋友吗？”

“有。”我看着她，“你有男朋友吗？”

“有。”她说。

我们看着对方，虽然很正常，但我们都有一种尴尬。

“他对你好吗？”我问。

她一动不动，突然说：“我们换个话题吧……服务员，埋单！”

我拉着我的箱子，走在不平坦的路上，我们快走到她家了，一层的老房子。

“你怎么没有行李？”我问她。

“最近每个月都来中国一次。哦，快到了，这个家属院是我爷爷那个年代的，是他年轻时一砖一瓦建起来的。”

“我是不是应该买一点水果？”

她笑，“没关系，现在没有地方买。”她又笑，“你真变成中国通了。”

“不敢当，不敢当。”我笑。

她的家虽然墙很厚，但是里面没有暖气，跟外面差不多冷，我们进去。“妈妈，我回来了！”

她妈妈坐在沙发上看电视、嗑瓜子，穿着羽绒服。

“这是我朋友大卫。”

“阿姨好！”

她点头说：“坐，坐！”

我坐在她旁边。“吃！”阿姨指着瓜子。语兰倒了三杯热水。在西班牙，我们的文化是搂搂抱抱，女儿从国外回来肯定会被吻一百次。

她继续嗑瓜子，盯着电视。

“爸呢？”

“还在上班。”

我们仨坐在沙发上，妈妈在中间，只有电视和瓜子的声音，我还有很多话想跟语兰聊。我有一点尴尬。

语兰和她妈好像没有什么话要说。

突然她爸爸开门进来了。

“爸！”她跳下沙发，过去抱他。

“好想你！”

她妈妈都不动。我站起来说："叔叔好！"

语兰的爸爸微笑着点头："我先睡觉了，今天很累，你们肯定有很多话要聊，你进来的时候可以开灯，没关系，不会打扰我。"

我没太懂。

"啊，对了，你的房间就是这间。你跟我爸爸住，可以吗？"语兰问。

"没问题！"我把我的箱子放进去，"叔叔，我非常感谢你们今天收留我，太麻烦你们了。"我看见里面只有一张床。

语兰看看我的表情，边笑边用法语说："对，我说你跟我爸爸住同一个房间的意思是你们睡同一张床。"

我也笑。语兰又加了一句话："你这个流浪者，不会觉得不好意思吧？"

情况这样，我就只能笑："那我也睡了，不要等一会儿吵醒你爸，明天我们可以聊一整天。"

她关上门，她爸把三条睡裤穿上，我发现这个房间比客厅还冷。入乡随俗，我打开我的箱子，穿上几件 T 恤。我把厚被子从头到脚裹在身上，我的鼻子马上跟冰块一样凉了。

语兰爸爸看着我笑："我关灯了哦。"

他像是一个很友好的人。"晚安。"我说。

房间完全黑了，他还说了一句话："我很开心你来看语兰，你对她很重要，几年前她跟我说起过你……"他叹气，几秒钟后他打呼噜了。他真的很累。

我睡不着，睁着眼睛盯着黑暗的天花板，我以为我会像在巴黎的时候一样一整晚跟语兰聊天，结果却跟她爸爸睡在同一张床上。我的睫毛准备挂冰柱了，我都想笑，一点不觉得糟糕，突然我觉得我的生活很充实、很幸福。

☆ ☆ ☆

我醒了，还保持着晚上的姿势，我都没动。被子盖到嘴巴的位置，身体像尸体一样。

我睁开眼睛，慢慢看我左边，语兰爸爸不在了，应该早就出去上班了。

我伸胳膊拿我的裤子，好像它整晚都在吸收冷气，一穿上我就清醒了，像洗了冷水澡一样。我赶快穿上其他的衣服，跳了几下，让身体热一热。

我走出来，客厅里也没人。我找厕所，昨天晚上情况特殊，我都忘了问厕所在哪儿。我开了所有的门，怎么可能没有厕所？我憋不住了。而且我想，语兰在哪儿？

门锁响了，语兰进来了。

"你已经起床了？"她说。

"嗯，厕所在哪儿？"我问。

"外面，那个门就是。"她指着外面一个小屋。我跑了十米，来解决这个生理需求。

语兰买了油条和豆浆，我们在客厅吃。

"我觉得你的衣服不够厚，等一下我给你穿我爸的外套。"

"谢谢，他们在哪儿？"

"我爸妈在工厂，上班去了。"

我仔细地观察她，我说："你有一点不一样。"

"当然。"她叹气，"很多年了。"

当然年龄比以前大，当然外表更成熟，我不太清楚哪儿不一样，好像她的眼神比以前累，或者是现在真的不快乐？

“你还是那样！”她笑着说。

“不可能！”我说，“我们认识的时候我刚刚结束运动员的生涯，那个时候我还像一个运动员。后来我坐了七年，学习。我的肌肉消失了……有时候我背很疼。”

她说：“对，你瘦得很。我不是这个意思！我的意思是……你说话，你的眼睛……”她凑近一点看我，说：“你的头发一样少，你的毛一样多！”她大笑，“开玩笑！开玩笑！”

她继续讲：“真的，我最近觉得我老了。不过你，你拉着这个箱子，充满希望，我感觉你还跟以前一样年轻。”

我慢慢回答：“我曾经跟你说过，我只有一个希望，保持这颗年轻的心。”我把油条吃掉，换话题说：“你跟你妈妈关系不是很好，是吗？”

她耸耸肩，“其实，那一次她让我从法国回来，我不相信她真的生病了，我在心里不能原谅她……反正我们本来就不一样。”语兰的动作很有法国味，“勒布朗先生给我那份工作她也反对，我没办法，我已经不会到哈佛学习，我已经失去了很多，我不想再听她的话。”她的眼睛充满愤怒，她擦眼睛，“我在法国寄钱给她。我在这里，我对她热情，她是我妈妈。她安排相亲我都不抱怨。但是，我的生活重要的选择是我做的。”

语兰借给我她爸爸的外套，我们出去散步，冰冷的太阳照亮我们。

“那你这几年过得怎么样？我离开巴黎后你做了什么？”

我想起语兰的出租车在巴黎的雨中消失，“你记得弗拉基米尔吗？”语兰点头，“我去了乌克兰，找他曾经爱过的女人。”

“你疯了！”语兰说。

“有可能。”

“那……你找到了吗？”

我笑，“当然没有。我到托尔斯泰家，坐在托尔斯泰曾经待过的院子里，我感觉到我的使命结束了，不要再疯狂了。我给我妈妈打电话，然后回去了，我那个人不现实。后来我在西班牙，想你的时候我就会写。”

“写什么？”

“故事、小说、情书……这是我找到的把你忘掉的唯一方式，把你变成字母，放进一个永远打不开的文件夹。”

她有点生气：“为什么没去找我？”

我喊：“因为不现实！”然后又小声地说：“我怕像弗拉基米尔一样，一辈子等着，一辈子不安心。一个人不可以因为别人放弃自己内心的路。”

“那……你后悔吗？”

我看着语兰说：“现在我有女朋友，如果我这么说，对她是不是一种伤害和不尊重？”

她沉默了。

“我看到你的微博，我问自己，你在中国是不是跟我有什么关系。”

“这个……真的没有，你在我的心里一直跟巴黎连在一起。我选择来中国是因为文化，因为东方文学、电影会让我的心敞开，能让我从不同的角度看世界。”

“你怎么把中文学得这么快？”

“你问我？”我边笑边说，“你学法语的故事依然是我的榜样。”她脸红了。我继续讲：“我本来打算在中国待一年，一开始我的目标是学五百个字，我没回国，我已经学了大概一千五百个字，现在我希望能认识三千个。”

语兰笑了，“你一点没变！”她笑得更开心了，“让我猜一猜，学了三千个字后，你会往四千个走，四千个学好了，你的目标会变成五千个……然后你会写一本中文书。”我也大笑。她说：“你什么时候休息，好好享受生活？”

“我也希望没有新的目标，但这就是我，控制不了。”我认真地看着她，“而且这是一种保持我年轻的新方式。Never stop dreaming！（从不停止梦想！）”

我们继续走，我说：“我现在在努力找一种平衡，旅游、学习、创作……”

新乡不像上海，空气里没有大城市的污染，但有小城市的灰尘。“这个城市在欧洲算大城市。”语兰说，“不过在中国是很小的。”她笑，“以后肯定会有人八卦我跟一个老外约会。”她继续笑。

我喜欢小城市。

她的手机经常响，她认真而严肃地接电话，用法语命令和吵架。“哇，你是大 boss。”她无奈地说：“就是职业女性吧。”我看着她，想象如果当时我去找她，会发生什么。

我跟她走进公园，聊了一天，晚上回到她家。

她的邻居在跟她爸妈打麻将，他们让我唱一首歌，我不好意思。“你还会不好意思？”语兰讽刺我。

“好吧。”我把吉他拿出来，轻轻歌唱，“你问我爱你有多深，我爱你有……”

“好！”邻居大声说，他们都很开心，继续打麻将。

我跟语兰坐在沙发上。“你什么时候走？”我问她。

“后天早上。”

“那……我明天晚上就走了。”

“你下一站是哪里？”她问我。

我还没想好。“我记得你在巴黎跟我说你的大学在最冷的地方，那个时候我都不知道你是在哪里上的学。”

“东北。”

我耸耸肩：“好吧。”

“好吧什么？”

“我决定了，下一站东北。”

她笑：“我不知道你是跟着你的心还是跟着你的神经病做决定。”

我也笑：“我想环游中国，我觉得去最北的地方很有意思，然后可以慢慢往南走。不过，可能在东北的路上唱不了歌。”

“哈哈哈，不是‘可能’，而是‘绝对’在路上唱不了歌，二月份嘛！”她看着我，“其实我觉得很酷，我很羡慕你，我明天跟你去火车站买票。”

邻居突然喊：“和了！”他转身跟我说：“再来几首！庆祝一下。”

我唱了几首邓丽君的歌，邓丽君的歌是那种莫名其妙能让不同国籍、不同年龄的人都喜欢的歌曲。

我去睡觉的时候他们还在打，我跟语兰爸妈告别，明天他们上班，可能我不会有机会对他们表达感谢和说再见，我把白天买的一些小礼物拿出来给他们。

第二天我们又散步、闲聊、笑，买晚上的票。

“晚上你想吃什么？我请你。”

“你已经太中国化了。”她笑，“你跟我妈让我相亲的男孩儿一样。”

“那你请我吧！”我说。

“哈哈哈，我想吃肯德基！”

“啊？你喜欢肯德基？我才知道。”

她说：“在欧洲太贵了，而且没有中国的好吃。”

我们告别的时候她说：“我爸爸跟我说你可以带走这件衣服，他怕你会冻死。”

“谢谢他。”

“还给了你这双鞋子，东北很冷！”

我没有说很多话，只是拥抱她。我闻到曾经在巴黎迷醉过我的那种香味。

我转身，拉起箱子，这次是我在城市的云烟中消失了。

Chapter 07

# 照着想象去生活

我一直相信一句话："如果你能梦到，你就能做到。"有时候我们都不敢相信这美好的事情会发生在我们普通人身上。

其实没有人普通，我们都特别，我们都了不起，我们只需要有自信，相信我们值得拥有不平凡的生活。

车晚点了。我上车的时候里面很黑，只有地上的小红灯像睡着的萤火虫，微微照亮车厢的通道。我想找地方放我的箱子，都满了。最后箱子放在了前面一点，不过吉他跟我上床。外面又黑又冷，幸亏空调车里面的温度舒适。

我抱着黑色吉他包，躺着看窗外的黑夜。外面的风景像厚幕布，天空稠密，像黑石油，火车慢慢穿过黑云黑雪。我闭眼，入梦，眼球变成黑珍珠。

火车的魔力：我醒后所有的黑已成为白，在山海关，我睁开眼睛，白色被子盖着我，外面太阳还在没有颜色的那个时间，一条霜雪像框子一样围着窗户，农田被白雪覆盖了，天空的云彩又白又银。

石家庄和天津是在睡觉的时候路过的，第一次到北方，还有一整天的路程，还要经过沈阳、长春，晚上七点才能到哈尔滨。我伸懒腰、揉眼睛、打哈欠，然后活泼地从上铺跳下去。在火车里精神能不好吗？

半醒半睡，我坐在车厢边可折叠的座位上。头发乱糟糟的，我用手梳了一下，拉一下满是褶皱的衣服。我不是很注意这些，但是我感觉我非常邋遢。我旁边坐着一个人，五十岁左右，又高又帅，头发往后梳，胡子刮得很干净。很有可能他也是刚刚睡醒，不过他像是那种不管什么时候都带着帅气的人。尤其跟我对比，我们像马克·吐温小说中的乞丐与王子。

他背挺得很直，郑重地看着一本书，像办公室里老板在看合同一样认真。

我拿着我的成语书，也投入地看，又认真又开心，我的书是我最喜欢的早饭。

我讲故事的时候，不管是在篝火旁，还是在朋友聚会中，一直有人问我，为什么总有人坐在你旁边看书？其实，我也经常问自己这个问题。我研究了很多，分析了很久，从科学的角度来说，我得到了三个结论。

第一，人是一种磁铁，一直会有对同一种人的吸引力，个人的无意识行为决定我们会碰到什么人。一个经常去流浪的人会碰到很多有故事的人，一个待在大城市里的人会碰到有钱的人。

第二，我们关注自己感兴趣的人。就像有一天你去散步，你碰到一个人跟你穿一模一样的外套，回家有可能你会记得这个和你穿一模一样衣服的人，而不是从你身边走过的其他的千千万万的人。

第三，根据心里爱的东西，我们莫名其妙发展各种各样的习惯。我有一个习惯，我很好奇，喜欢看别人看的书的封面，为了看封面，我会往前偷偷地俯身，这往往会导致发生故事。

不管怎样，在这列通往哈尔滨的火车上，坐在我旁边的这个人也在看书。

他的姿势和帅气让我想起弘文，不过，弘文皮肤黑，眼睛小，这个人白，眼睛像混血的。

中国人经常说老外长得都差不多，我们看亚洲人也有这种感觉，我说这个人跟弘文像不是乱说的。是一种距离的问题，外国人一到中国这种感觉就会逐渐消失，不久后也会分清不同亚洲国家的人，而且只要在中国时间长一些，就会慢慢觉得我们外国人都长得挺像。

他在看契诃夫的书，双语版本。这一次不是我着手展开谈话，他好奇地看我的成语书。

"'亡羊补牢，未为迟也'，你知道什么意思吗？"他热情地问。我看我的成语书时经常会有陌生人考我，我是这么理解这件事情的：一是他们好奇，想知道我是不是真的在读一本成语书；二是他们想帮助我，如果我不理解，他们会热情地教我，反正在中国学中文，我很清楚"三人行，都是我师"。

"我还没看到那儿。"我回答。我看那一页最后一条成语"亡羊补牢，未为迟也"的意思，他给了我简单而清楚的解释，像老师一样。

他的口音我不适应，我有一点不懂，好像每一个字后他失去对舌头的控制，发出一个很奇怪的嘈杂声，后来我知道了，这是东北"儿化音"。

我们聊一些成语，我问他："您是哪里人？"

"离哈尔滨不远，不过今天我去长春。"

"那您应该习惯了这种天气，是吗？"

"土生土长的东北人，当然习惯了。你是哪里人？"

"西班牙。"

“哈哈哈，你确定你能接受这种天气？”

我笑：“没问题。您去长春出差？”

“差不多，我去开讲座。”

“哦！什么方面的讲座？”

“我是一个俄语老师，我研究俄罗斯文学。”

认识弗拉基米尔后的一段时间，我看的都是俄罗斯文学，世界上最精彩的文学之一。对这些作家，我有一个特别的印象，我看外面白色的风景，正好在想这件事情。

“你知道布尔加科夫吗？”我问。

“当然！”他诧异我提的问题。

“他写了一个故事，关于一名医生，因为他成绩很好，毕业后被派去西伯利亚当诊所所长，基本上没实践经验，他很害怕。一到那里他发现自己是唯一的医生，每次一辆四轮马车经过他的诊所，他的腿都会颤抖，怕一个病入膏肓的病人来找他。为了控制恐惧，他一直看书，学习新的技术，让他更有自信面对他的病人。”

他说：“我们中国有句古话说‘读万卷书，不如行万里路’。”

我看着窗外：“西伯利亚的风景应该像这个风景。”

先生说：“我最欣赏的是他著名的作品《大师与玛格丽特》。”

“我喜欢医生的故事。”我说。

“布尔加科夫本人是一名医生。医生都有一点精神病，我怕医生。”先生笑着说，“你的专业是什么？”

我笑：“医生。”

他也笑：“哦，对不起，我的意思是……”

“没关系。”我把我的成语书合上，“您看的书，这个契诃夫，他也是医生。”先生点头，“他是我的榜样，他一辈子没放弃医学，虽然他作家的工作也很丰富。”我抓抓我的头，“现代医生好像不可能这样，科学进步太快，一个医生需要花大部分时间更新他的知识。”

先生像是同意我的话：“契诃夫跟一个朋友说，‘医学是我的老婆，文学是我的情人’。”

“我觉得很了不起，他能满足她们俩。”

我们笑了。

我不是俄罗斯人，先生也不是俄罗斯人，两个陌生人聊跟我们本来没有关系的文化让我感觉我去哪儿都不是外国人。

我们一路聊到长春。我听他讲契诃夫、布尔加科夫、托尔斯泰、陀思妥耶夫斯基、高尔基、果戈理，等等。时间过得飞快，他的知识面很广。

我问他为什么当时对俄语感兴趣，他说在东北学俄语比较常见，而且他爸爸曾经在苏联当过兵，小时候就教他了。

他给我他的名片，我的“楼大卫医生”名片快没了，我在箱子里找了找，终于找到一张，给了他。

到哈尔滨了。火车站的温度计显示零下二十五摄氏度。谢天谢地谢语兰爸爸，我的衣服和鞋子够用。

火车站门口有人拿着住宿的广告，我喜欢到一个城市之前搜一搜住的地方，但是已经几天没办法上网，我到哈尔滨的时候，就只有一个选择——跟着火车站提供住宿的人走。

其实没有多功能电话的时代一直在我的脑海里，我把它当作一种魅力。

我讨价还价，砍到一百五十块一个晚上，包括包车到招待所的费用。

开车的人和前台服务员都发出那个“发动机”的声音，我什么都听不清楚：“儿儿儿……”

在房间里放好东西之后，我出去买吃的。身体好好地被外套裹着，我边走边思考，虽然我感觉自己的中文进步了，但我感觉声调是一个会让我挣扎一辈子的难题，就像不管多努力，我讲英语一辈子都会带着西班牙口音。

说中文，声调太重要了，我天天都能感觉到！

我进了一家水饺店吃饭，对服务员说："美女，睡觉多少钱一碗？"

她表情十分茫然！突然她说："免费吧，但水饺需要付费。"我没听懂，然后她大笑。

我拿着打包的水饺，回酒店的路上我想了想，突然狂笑，女孩儿真幽默，我太尴尬了。

第二天我起床的时候，窗外太阳很做作，明亮，但是一点不暖和，零下二十三摄氏度。

一个星期前我还在穿短袖短裤，中国真大！

我想出去逛一逛这座城市。透过酒店的窗户看着外面，我考虑带不带箱子和吉他，我想可能有隧道、商场门口，或者其他没想到的地方可以唱歌。

我犹豫了很长时间，后来理智的我打败了摇滚的我，东西留在酒店，手放在外套里，我去看看哈尔滨。我给自己放个假，当游客。

我想我还有另外一个使命，我必须找地方上网，我都不知道小蕾考试怎么样，不知道她什么时候来，而且我应该给我父母发消息。网吧不是一个好选择，因为需要身份证，老外没有身份证，好像护照也不行。

我喜欢这座城市，寒气碰到我的脸让我很精神，但是我很久没在这么冷的天气中活动了，每过五分钟我就想进商场暖和一下。

路上有人卖冰棒，草莓、香草、可乐味都有。我问自己，二月份谁会买？在西班牙，"冰棒"和"炎热的夏天"这两个概念是不能分开的。

我继续走，看到无数人又买又吃。

很多的家庭，全家在路上走和玩，我喜欢看东北人用很多棉袄包裹宝宝，像巨大的蚕茧。

卖东西的人想抓住我的注意力跟我讲俄语，在上海他们都跟我讲英语，我问自己，中国有没有一个地方，卖东西的人会直接用西班牙语跟客户说话?

我买了热汤和香肠，火车上的那位先生说香肠是哈尔滨的特产。

路边有冰雕。冰雕有一些很大，可以从台阶上去，滑雪橇下来。冰雕里，冷阳光变成彩虹。

我走过步行街，来到一条河边，河上有人滑冰、打冰球、散步，不少人在漫步过河到另外一边。

我看到一个穿厚衣服的城管，我去问他："领导好！请问，河那一边有什么？"

他很冷漠，像冰雕般回答："雪雕。"

"哦！更多冰雕！"我激动地说。

"雪雕和冰雕不一样！"

我怕我在打扰他，我过河，因为我的脚冷得开始发麻。很多人在河上玩，开心的感觉进入我心里。我想，如果我住在这座城市里，我会很幸福。

要看小蕾什么时候来中国，然后决定我会留在哈尔滨多久。

我犹豫要不要进雪雕公园，因为要门票。我觉得旅行不仅是一个了解世界的方式，更是了解自己的方式。我发现我对"东西"不是很感兴趣。我可以去一个博物馆或者一个雪雕展，感觉跟看照片一样。我的想象力够丰富，能通过照片看到现实，这就是为什么我经常避开旅游景点的原因，这些东西可以在书上看到。但是我不排斥旅行，因为"东西"的周围会很有意思。我喜欢看博物馆里面的参观者和员工，"东西"和这些人的互动交流才让一个地方特别。

最后我决定进去，给自己花钱让我不太舒服，尽管我经常下决心要对自己好一点。雪雕巨大，惊人地漂亮。但是最值得买那张票的原因是后来启发出新的想法。这是为什么我要一直走的原因，不知道什么时候会有新的感悟。

所有的雪雕都弄完了，但是有一个还在雕刻的过程中，非常大，一些人用铲子谨慎地雕刻，还有一些人用大雪块补雪不多的地方。那么多人一起默契地工作，像瑞士手表的齿轮，这群人真是艺术家。

这个画面就像葡萄，放在脑海里，慢慢酿成葡萄酒。

西班牙人是一个喜欢热闹的民族，我们看话剧或者演唱会，最期待的是能鼓掌的那个时刻。有时候最西班牙的我会冒出来，我有这种控制不住的感觉，我喊："加油！你们太厉害了！噢噢噢！"

他们看我，做了一个加油的手势，有些人笑了，然后开开心心地继续工作，好像零下的温度一点都不影响他们的快乐。

我过河回到酒店，太阳变成一个红色的火球，往地平线慢慢滚下去。我在河中看雪变成紫色，地平线上一对男女相互拥抱，他们的影子被斜照的阳光拉长，我想小蕾，突然我的手机响了。

"喂？"

"我是昨天在火车上那个……"

他从长春开车，等一会儿要经过哈尔滨，他想邀请我去他老家吃饭。

"我希望你能见见我爸爸，他很喜欢跟外国人交流，不过他老了，很少出去，你来我们家吃饭他会很开心。我们家离哈尔滨四十五分钟车程，已经有点晚了，我可以去接你，然后你留在我们家，空房间很多，你也可以了解一下哈尔滨的郊外。"

我一直很注意安全，我问我的心能不能信任这个人，我们在火车上真诚地聊了很多，我没犹豫，快乐地同意了，能信任陌生人是一种魅力。

我退房，在酒店等他。见面后我把吉他和箱子放在吉普车后面，他边开车边说他在考虑写一本历史小说，我让他讲小说的故事给我听，他说：“我想写苏联时期，一个中国军人在莫斯科爱上了一个莫斯科女孩儿……”

我打断了他：“让我猜猜……后来那个中国人回国，一辈子忘不了那个女人，为了把她忘记，所以想写一本书，是不是？”

他万分惊讶，“嗯！”慢慢说，“你怎么会猜到？”

我觉得太不可思议了，不过我已经习惯了，边笑边给他神秘的眼神，说：“我跟这种故事有一种……缘分。”

路上他买了很多菜，我们来到他家，美丽的别墅。他爸爸在院子的灯下整理柴火，穿绿色军大衣，戴皮帽子。

“爸！”

他爸爸没听到，我们走过去。

“我爸爸耳朵不好，跟他说话要大声一点。”他又喊：“爸！”

他爸爸转身，满是皱纹的皮肤框着有爱的眼神，他扶他爸爸进屋，我拿着菜。

他爸爸一看到我，表情非常快乐。家里温暖、舒服，家具有东欧的感觉，黑木头书架、大桌子和几张像床头柜的小桌。我跟他爸爸坐在桌子边喝茶，他准备饭。他爸爸对我热情地说话。

我不好意思地说：“爷爷，我听不懂。”他也听不清我说什么，他尝试说一句俄文，我并不懂，通过语言沟通不了，但是我觉得我们互相欣赏，一起喝茶。

先生叫我们吃饭，客厅大桌子上摆满了菜，客厅的墙像一个图书馆，都是书架，我想在这种客厅里养老。

我们坐下，先生给我看一瓶伏特加。

“要不要？”他给他爸爸倒完，然后问我。

我的表情无意中表现出一种害怕，我快速说：“婉言谢绝！”一想到君君的学校，我就胃疼。

他笑：“这个词不是这么用的。你可以说‘不用，谢谢’，这就是婉言谢绝，你不可以用它表达你的拒绝，懂吗？”

我不是很清楚。我笑：“只要你们不觉得我不礼貌就行。”

“我们两个人住在这里很安静。我研究的书都在这儿，我爸爸一辈子的收藏，我们有同样的爱好。”

我看这一对父子非常幸福。

我们吃完饭，坐在客厅的沙发上。

我问他：“你们有电脑可以上网吗？我需要看邮件。”

想到我的手机没有网络和微信，我感觉自己老了，有一种置身于石器时代的感觉，既然现在是在冬天的哈尔滨，一个更准确的比喻应该是冰川时代。

他让我用电脑，我打开我的邮件，当然收件箱里有小蕾的信息。

“我考试非常好。你这几天为什么不写邮件？你在哪里？我买了一张票，下个星期来上海。你来机场接我吗？还是在别的城市见？非常想你。小蕾。”

先生说：“你唱一首歌吧。”

我们感觉像被一万本俄罗斯书围着，突然我想弹《莫斯科郊外的晚上》。我不会念歌词，但可以吹口哨。我诧异的是爷爷突然跟着我唱，而且他唱的是俄语，第二段先生也跟着我们唱，他唱中文版本，三个年代的人在不同的地方学的同一个旋律。

先生的眼睛大，他爸爸的小；先生白，他爸爸黑。我想了想他是不是混血，我没有问，我看着爷爷的眼睛，我宁愿想象湿湿的眼睛是因为这首歌让他想起了他在莫斯科河曾经告别的女人。

☆ ☆ ☆

第二天我走了，先生送我去火车站，我要慢慢回上海。

对流浪我有了更深的理解，我感觉流浪的含义是，缓慢前进，快速离开。后来的几个月我更深地体会到这个道理。一则，不要着急去往下一站，要逍遥游，享受路程，走越慢，观察能力越强，要当最缓慢的旅行者，感受每一个瞬间，这也是生活的好态度，因为生活是现在，不是下一站，不是上一站，而且生活是最精彩的旅行；二则，要一直往前走，到一个地方感到幸福的时候也可能是离开的时刻，不要耽误时间，快速离开，这样会一直有美好的回忆。

我设计了我的路线：坐火车到大连，再乘船到烟台，然后坐火车到青岛，我会从青岛飞上海，直接去机场接小蕾。

从哈尔滨到青岛还是要经过一段寒冷的旅程。在每一座城市，我最少唱两首歌，这足够让我的手结冰，不过这么做我感觉是一种固执，那么冷，没有任何文化交流的效果，没有人听。但是我对自己说，既然到了一个城市就必须唱歌，不管情况怎样，不管多长时间。我决定接下来的几个月往南走，要不然在东北的城市安置我的话筒架，会有一种在珠穆朗玛峰插旗子的感觉。

因为冷，在大连除了那些小演出，我都在看书，还有一些领事馆的活动要准备。

大连很干净，路很宽，老百姓的心好像不受大城市的张力影响。

从我的酒店能看到一个苏联时期建立的剧场，建筑很美，是俄罗斯风格，我想象契诃夫是否曾经路过这个剧场，我想象有多少演员经过这个剧场。我对中国的话剧好像没有怎么了解过。我突然想到西班牙的伟大诗人洛尔迦的话：“话剧是最纯洁的文学，通过某个国家的话剧能看到那个国家的心。”

我去附近的一家书店，我跟服务员说我想买中国话剧方面的书，他推荐老舍的《茶馆》。

旅行的收获不仅是你看到的东西，还有看不到的东西，这些都能成为启发想象力的源泉。

旅行的时候可以满足你的好奇心，也能激发你的好奇心。旅行的意义不仅是增长知识，更是让我们对知识的渴望苏醒。

这两年一直有人跟我说去青岛不喝啤酒就等于去意大利不吃意面。没错，不过我不是一个游客，天气不让我唱歌，我没有办法认识本地人，我就宁愿待在酒店里看我新买的书。我感到很孤单，我期待回上海接小蕾。

我们同时间飞到浦东机场，分别从相对的两个航站楼往对方走，我们相拥在两座航站楼中间。

我们回那所从圣诞节开始就没开过门的上海房子。

小蕾之前不胖不瘦，现在她很瘦，我认识她以来，从来没见她这么瘦。

“八个月学习，每天只有心情吃一点点，我瘦了十公斤。不过，接下来的三个星期要好好吃中国菜，马上就能胖回来了。”她笑。

“你的成绩出来了没有？”

“出来了……第五百名。”

“哇！太棒了！”意思是在一万个考生里，她排第五百名，基本上她能选择任何专业，一共有两千份工作，有八千个人不能得到工作。我在想，比她成绩好的那四百九十九个人，瘦了多少。

她打开箱子，我妈妈给小蕾很多西班牙美食：香肠、火腿、饼干……

“那我们有什么计划？”小蕾开开心心地问。

“你要待三个星期，首先我想带你去云南，信里我经常提起那儿，非常漂亮。云南有一个地方我还没去，丽江古城，这样我们可以一起去，这个对我们来说是新的地方。之后我想带你去中国最南边，中国的加勒比，然后慢慢往上海走。”

“真的？”

“当然是真的！”我说。

她忧郁了：“有一个问题，我从西班牙到上海来回的机票……花了不少钱。我们在这里剩了多少？”

“别担心，我在每个城市都会唱歌！”

她怀疑：“但是在路上唱歌不能挣多少钱，对吗？”

我笑，“够旅行！”我抱着她，“你不用管，你八个月学习太累了，只要享受就好！”

我让她好好休息，我去旅行社买机票。她很累，半睡半醒，我看着她的眼睛，都不想出去，她的眼睛是世界上最美的诗歌。

第二天我喊：“小蕾，快起床，我们出发了！”我把两个人的衣服跟音响放在一起。

在飞机上她说：“大卫，你记得我跟你说过，我爸爸辞职了。当时我妈妈、我姐姐还有我，我们都以为他在开玩笑，后来他跟我们解释，说他很久以前就开始考虑了。他开了一家公司，一开始只有他一个人，他做了很多市场调查，花了很多钱。他生产了很多样品，第一批产品正好这几天要到西班牙，很快医院会卖他设计的东西。我问我爸爸这批货是哪里生产的，他说中国。”小蕾看着我，“我开始想，那些你发给我的故事，跟工厂老板吃饭、谈价格、检查生产过程……我一直很惊讶你写得那么真实，一直在问自己大卫是医生，怎么会写那么多关于工厂的事。大卫，我想问你，你跟我爸爸到底有什么秘密？”

我笑了：“几年前，大学的时候，我在你家看了所有的发明。我们经常讨论，我给他我的建议，他继续开发，因为好玩。巧合的是，我们到中国的时候进行调查，发现理论上这个东西有用，所以应该有市场，我就……”

“你什么？”小蕾好奇地问。

“我找一些能生产这种东西的塑料工厂，按你爸爸给我的设计图，工厂给我价格单，你爸爸决定跟哪一家合作。你爸爸不会中文，我做中介，然后我经常去工厂检查生产过程。”

“那你对生意或者工厂什么都不了解？”

“对。我发现生活就是这样，关于任何事情，第一天什么都不知道，一天会比一天知道得多。”我继续解释，“当时你爸爸说最好不要跟你说，因为他怕你妈妈会担心，他花了很多钱开发这种东西。”

“那……我爸爸给你钱了？”

我笑，“没有！他花的钱都是做调查、开发样品、生产第一批产品。”我抱着小蕾，“说实话，他跟我说他真要生产，我不太相信他会卖出一个，但这是他的梦想，我肯定要支持他，反正我买音响去流浪一样是为了梦想的投资。”我笑，“当然，我花了两千块人民币，他花了两百万。”

小蕾看我，像看到鬼似的：“多少？”

“两千，我没买最便宜的，可是我觉得……”

“不！我说我爸爸！”

“哦，哦……”我卖萌，“可能这就是为什么他不让我多说的原因。”

小蕾看着自己的手，像是在算钱，“我才知道我们有那么多钱！”她吃惊地说。

“我希望他可以赚回来！他工作太多了。我在这边一直忙着监督生产过程，天天给工厂打电话，他在西班牙更忙，寻找投资人，准备进出口的事，找医院买他设计的产品，并且还要继续设计更好的东西。我们都是医生，这些都是从零开始学习的。我早知道如果想保持这个节奏，他肯定得辞去医生的工作。我们做了非常多的工作，不过重要的是他实现了发明的梦想，我也有很多收获，比如帮助他的成就感，学了做生意，我的中文也进步了……”

小蕾抱着我说：“对，你很富，你有我。”

丽江古城跟大理不一样。

丽江没有大理那种文艺的感觉，不过丽江古城更像我来中国之前想象的中国古城的模样，它是一座青石板窄小路的迷宫，木头墙瓦顶的房子都是酒吧、小店或者客栈，我第一个感觉是古城里没有本地人住。

丽江有玉龙雪山，像一个爸爸守望着他的儿子，玉龙雪山看着古城。

小蕾一直抱着我，我们都不考虑三个星期后要再分开的事。

我拉着箱子找客栈，已经习惯了，我的手拉着这个箱子就像能摸到梦想一样。

房间都比大理贵，游客类型不一样，大理背包客多，丽江有钱人多。常住大理的人穿宽松的嬉皮士衣服，丽江的人穿得也比较休闲，但是更优雅。

“快，我期待去唱歌。”我跟小蕾说。

下午，在官门口，我开始了自己在丽江的第一场演出。没有大理亲切，但是也没有大城市冷漠，四五首歌后，那里像一个小广场一样热闹。

小蕾看着我，这是第一次她在房间以外的地方看我演出，虽然我在信里说了，我能让我所有的快乐感染观众，她以为我说得夸张了。

她带着惊喜，享受地看我表演。

突然，她的旁边站着一个熟人，戴着墨镜，表情半是严肃半是冷笑，他应该是在想，我们真有缘分。

我边唱边暗示小蕾看她旁边，她看了我发给她的山上学校的小说，她觉得最有意思的是那个诗人。我要让她发现弘文，我唱完几首决定休息一下，大家疯狂地鼓掌。

我走到小蕾身边，说："小蕾，这是弘文。"我指着小蕾，"她是我的女朋友。"

"你好。"他们互相问候。

弘文说："大卫，你怎么会在丽江？不久前我不是陪你去广州了吗？"

我笑："回来了！那你呢？"

"我跟风一样自由，别诧异我在这儿！"他看着我的箱子，"哇，今天丽江游客大方哦！"我又笑。他说："你还唱吗？我对丽江很熟，可以给你介绍一些人……"

"等一会儿！我要唱！"我激动得不得了。

我唱到累得唱不下去的时候，弘文带我们去古城里最高的地方。我们坐在他朋友的咖啡店里，抬头能看到宏伟的玉龙雪山，低头能看到那个到处是人、迷宫般的古城。

咖啡店里有一个歌手来自新疆，他弹奏古典吉他比我见过的任何西班牙人都好。他叫阿布。他的长头发散在吉他上，让我觉得他像一个西班牙吉卜赛人。弘文说他在唱新疆歌曲，小蕾跟我说很好听。

阿布到丽江不久，他热情地跟我说："这里这么多酒吧和咖啡店，当音乐人，不管什么水平，都是可以的。如果你想在丽江待着，我能帮你找工作。"

"谢谢阿布，我不太感兴趣，我不喜欢在酒吧唱歌。"

弘文说："真的，如果你留在丽江，你能找到很多工作。"

"我宁愿在路上唱，我不要很多工作，我要有意义的工作。"

弘文的手机响了，挂了后他说："嘿，大卫，我有另外一个朋友要认识你。"

小蕾留在咖啡店听阿布唱歌、休息、喝咖啡，我跟她说马上回来。

我们穿过很多小路和溪水，我的方向感完全没有了，如果要我一个人回去，我肯定会迷路一整天。我边走边听弘文说丽江的故事，“丽江比大理复杂。”

“哪里复杂？”我问。

“慢慢了解吧。”他说。

我们进入一家黑暗的酒吧，后面坐着一个胖胖的秃子，脖子上挂着大玉块和珠子，手上戴着金链子和金戒指。

“我要你在这里上班，我今天路过你唱歌的地方，觉得你很特别，我也要我的酒吧变得特别。”

我看了看四周，酒吧很大，但歌手唱歌的地方只有一张凳子。

“我喜欢在路上唱，我喜欢跳、喊和快乐，我怕这个地方不适合我。”

他冷笑：“我有钱。”

我也笑：“拜拜。”我走了。

“我能给的报酬比丽江任何酒吧都多。”他生气地喊。

晚上我跟小蕾听阿布唱歌，从那个高的地方看风景，之后还有其他来自中国不同地方的歌手唱歌，每个地方的歌都有自己的味道，傈傈族、新疆、北京。我觉得丽江很有意思，那么多人被一个梦连在一起——音乐。

回到客栈，小蕾跟我说：“今天我看到的你的样子，是我永远想看的样子，快乐！我从来没看到你这么快乐。”我们躺在客栈的屋顶，她说：“我没想到路上的人会有那种反应，你真能传递你的快乐。”

那天晚上还发生了一件事让我们俩感到非常幸福。有时候你做一件事情，希望得到一种收获，同时意外地得到另外一种收获。我打开箱子，里面装满了钱，那个时候我不知道，那一天是我这两年得到钱最多的一次。小蕾带来好运，两个小时三千元人民币。

回客栈的时候月亮特别大，古城陷入沉默，一只猫在我身旁喵喵叫。猫是一种很特别的动物，夜晚之王，优雅而独立。我跟小蕾坐在台阶上看月亮，两个女孩儿站在我们对面，突然走过来，一个女孩儿说：“啊！你是那个唱歌的。”她有一点激动，“你明天在哪里唱？非常想再听！你唱得很好听。”我很感动，也很害羞，我说：“我自己也不知道明天在哪里唱，我没有具体的地方，看感觉吧。”那只猫在对面的屋顶上，说不清它怎么从我们旁边突然去了对面的屋顶，猫有点神秘，它静静地看着月亮。

突然那个女孩儿说：“你就像那只猫，在任何城市的任何角落出现，希望明天能碰到你。”

“看缘分吧，你是一只逍遥游小猫。”另外一个女孩儿说，然后笑了。

“拜拜。”

她们走了，我跟小蕾分享：“那个女孩儿说的真有意思，其实，一个流浪歌手就像一只猫。”

我们又看上面，那只猫在另外一个屋顶上。它还看着月亮。它的旁边躺着另外一只猫。它们真像是一对儿，一只在睡，一只守望着月亮。

“唱歌的初衷是在陌生的路上让心情保持快乐。”

那天晚上我开始写我很喜欢的歌，写完后不管去哪儿，我都会唱出来，因为它对我有非常重要的意义。

**逍遥游小猫**

我会不会今天晚上
找到一条路到你身边
爱情就是最使人上瘾的
一种酒精，一种理想

我会突然地出现
如逍遥游小猫
在城市屋顶整夜晚
照顾照顾你的月亮
巡逻黑暗的街道
免你的心逃跑

我会不会今天晚上
找到一条路到你身边
你的眼睛是我最爱看的
一种文学，一种幻想

我会突然地出现
如逍遥游小猫
在城市屋顶整夜晚
照顾照顾你的月亮
巡逻黑暗的街道
免你的心逃跑

第二天开始唱歌的时候弘文又出现了，十分钟以后城管来了，他们让所有的观众散开，然后跟我说："古城里只能在酒吧里唱，听懂了没有？下一次我把你的东西砸掉！"

弘文跑过来："嘿，小和。"

城管看他："哦！弘哥，好久不见！"我感觉弘文谁都认识。城管继续跟他说："你最近在哪儿？"

“大理。”他指着我，“他是我的朋友，马上走，不要担心。”

我赶快把所有的东西收好。

弘文带我们去吃纳西菜。

“我昨天跟你说了，酒吧很多，在路上唱歌更容易打扰别人，你明白我的意思吗？”

“你觉得是有人叫城管过来？”

“有可能，丽江很复杂，和大理不一样，嗯……”他叹气，“不过，城管处理问题的方式很严肃，但是他们都是好人，我有一些朋友做这个工作。”

我们把这件事情忘掉，弘文讲故事，我翻译给小蕾听。

他讲大理国和南诏的历史，解释为什么丽江是中国唯一一座没有城墙的古城，还讲为什么大部分本地的纳西族人姓“和”或者“木”。他拿着一张纸给我们解释，挺有意思。

我们吃腊排骨。虽然西班牙菜是咸的，但小蕾觉得腊排骨还是太咸了，我们没法吃光所有的肉。平时小蕾不挑食，我觉得她还是太累了，身心还没恢复过来。

“你们下一站去哪里？”弘文问。

“我想带小蕾去三亚。”

“对，你要唱歌的话，就去游客多的地方，我推荐你去鼓浪屿、阳朔、凤凰……”

我激动地说：“对，对，这些地方都想去。”我一直在想，三个星期的时间太少了，一两个地方可以跟小蕾一起去，以后就剩我一个人。

晚上我跟小蕾去找一家旅行社，太麻烦，每次想买机票都要这样。

我们站着看中国地图，“小蕾，你想去哪里？”

真是一个了不起的国家，那么大的土地，感觉只要想去，就可以去。她看地图的样子就像一个胖子看三层巧克力蛋糕。“我们去弘文说的那个地方吧。”

第二天我们飞到了厦门。

有时候，要把一个名字翻译成另外一种语言才能感觉到有多诗意——drums and waves island，鼓浪屿。我在飞机上梦到鼓浪屿，把我的音响打开，一万个鼓的声音响起来配合我的音乐，海开始动，十米高的大浪沸腾了。

一到厦门，我们就直接去了鼓浪屿。

我觉得中国游客喜欢鼓浪屿，是因为他们感觉像到了欧洲；欧洲人喜欢鼓浪屿，是因为他们能感受到20世纪初的欧洲。当我走在这里的每一条街道，我觉得自己似乎在狄更斯的小说里散步，小别墅，温暖的颜色，安静的空气。

我说：“其实我第一次听说鼓浪屿是在书里，狄更斯死后四年，一个叫威廉·萨默塞特·毛姆的作家出生了。他是在巴黎出生的英国人。1919年，他已经是欧洲有名的作家，他还去中国旅行，在黄河的船上，他碰到了另外一个英国人。毛姆说这个人有世界上最丰富的旅行故事：从英国去南美，跟巴西少数民族混了几年，当海员到菲律宾和中国，在中国当海员三年，后来因为学了一点中文改行了——卖药，挣了钱之后继续在中国旅行，到他花完最后一毛钱的时候，他碰到了毛姆。”

有人说旅行很酷，有人说我准备继续环游中国很棒。不是！很多人做过，而且一百年前做这个才厉害。

这个故事虽然激发我的想象力，但重要的是毛姆对这个人的判断。毛姆说：“认识他之前，我已经听说过他的故事，我以为他外表强壮，我以为一个人经历过那么多事情，肯定会带来明显的痕迹，可能会有一个特别的眼神，不过这个人看起来比普通人还要普通。”毛姆听了他的故事，明白了旅行的意义：有人是用眼睛感受风景，有人是用灵魂。毛姆说：“这个人看到了这么多，却没有一个画面能影响他的灵魂，这个人说的话就像墨汁、油漆、大理石，能变成艺术的原料，但那不是艺术。”

旅行很容易，只要买一张票就行，旅行变成一件有意义的事要靠我们的态度，我们看外面的世界的态度。

我看这本书的时候，对这个没有名字的人很感兴趣，研究了他的故事才知道，他在鼓浪屿当海员。

小蕾喜欢旅游攻略的书，在机场买了一本关于厦门的英文书。跟着它，我们找鼓浪屿最便宜的青旅，不是住不起更好的，而是习惯了。给自己更好的东西不会让我更开心，谨慎是一种习惯，我已经知道旅游城市能挣够钱旅行，但是谁知道在接下来的每座城市会不会挣到一块钱。

我们反复办理各种手续，在青旅登记入住，把箱子里的衣服拿出来，拉箱子到外面，散步找地方唱歌。

“这个岛太安静了，我觉得马上会有城管制止你唱歌。”小蕾说。

“今天我感觉会是非常精彩的演唱会。”我一手拉着箱子，一手拉着小蕾。

“一百年以前去探索南美的热带雨林，就像现在去月球旅行一样有难度。”她说。

“我会带你登上月亮，你等着。”我说。

“我相信。”她突然有一点不开心，“有时候我害怕，我真相信你会一直产生新的想法、新的想去的地方和新的梦想。”她擦眼睛，“现在不要说这个。”突然她抬头说：“那儿！你看，那个小广场你可以唱。”

游客不少，不过我看不到任何城管，我希望先得到城管的允许再唱。

我打开箱子，把音响拿出来，安装话筒架。我的心跳得很快。天气不是很冷，但是需要穿外套，抵挡海岸潮湿的风。我抬头，像在大理一样，一群游客已经在好奇地猜测这个老外要干吗了。

我闭上眼睛，忘掉有人在看我，开始弹吉他，当我的想象力带我到了一个巨大的舞台时，我就开始唱。

大家听到我唱他们会唱的歌，无比惊讶和快乐。

并没有一万个鼓的声音配合我的音乐，也没有十米的浪飞起来，不过感觉很好。箱子上“搂大卫”的牌子像命令，很多人来搂我拍照片，然后我说我要唱我自己写的歌《最美的回忆》。

没唱多久，从远处慢慢往我这边走来一个城管。气氛那么好，观众都在跟我互动，突然我发现那个城管站在最后一排，并没过来跟我说什么，我紧张地继续唱。

城管等我唱完这首歌才过来，他用手盖着他的嘴巴，像在讲一个秘密，对着我的耳朵小声说：“这个岛上，都不能卖唱。”

我看着他：“我又要被赶走了，对吗？”

“对！”他认真地说。

我还存有一点希望，心里非常想唱：“我不要钱，我可以把箱子合上，也不行？”

“不行。”他又严肃又热情，“鼓浪屿任何地方都不可以在路上唱，ok？”

我对着话筒说：“朋友们，演出结束了，对不起。”观众叹气，失望地说：“哦！”我感到一种让我感动的认可。

城管看着我收拾东西，我失望地折叠好话筒架，放回箱子里。

我站起来对那个年轻的城管说：“谢谢。”

他看我：“为什么谢谢我？”

我跟他说：“因为你等我唱完了才跟我说。”

他说："这是对音乐的一种尊重，我也喜欢音乐，我也有乐队。我希望能让你唱一整天，不过我的工作不允许。"

我有点感动。"谢谢！"我转身往小蕾那边走，一个女孩儿站在我对面，她伸手说："给我打电话。"她手上有一张名片，我没太明白，我拿着名片，还没反应过来，那个女孩儿就走了。

我们回到房间。黄昏的太阳开始褪色，把鼓浪屿染成金橙色。我躺在床上看着那张名片，小蕾打开箱子。

"哇！不错！你唱了多久？二十分钟？"

"差不多。"我失望地说。

"大概有三百元人民币。"小蕾说，我叹气。

"那是什么？"她问。

"我跟城管说完话的时候，一个女人给我的，说'打电话'，你看到了没有？"

"我没有发现，她要什么？"

"不知道，她像是找我谈工作的。"

"那给她打电话呗。"

我打了电话："您好，我是唱歌的那个外国人……"我的预感没错。

她很直接，说："啊，对！我想让你在我的餐厅里唱。"

餐厅并不是一个让我想唱歌的地方，我是一个在路上唱歌的人，我在每座城市选择一个让我舒服的地方唱歌，我喜欢感到风碰到我的脸，喜欢感到我的自由。在餐厅唱歌是降格自己。鼓浪屿遍布着海鲜店，地上不同的塑料桶里是最新鲜的海鲜。我想象自己唱，大家享受着他们的龙虾，不理我，不是一个我喜欢的画面。

那个女人感到了我的纠结，她说："我会给你钱，两个小时一百人民币！"

有一个很少人觉得你应该去追的梦想是一件美好的事，会让自己突破，找出心里爱什么，如果能坚持，就会做真正的自己。

放入感情是对每一首歌的尊重。不管是在路上，还是在北京工人体育馆，都要投入一样的力量、一样的表情、一样的激动和爱。这就是摇滚。

梦想的意义不在于实现，而在于让我们一步一步地前行。

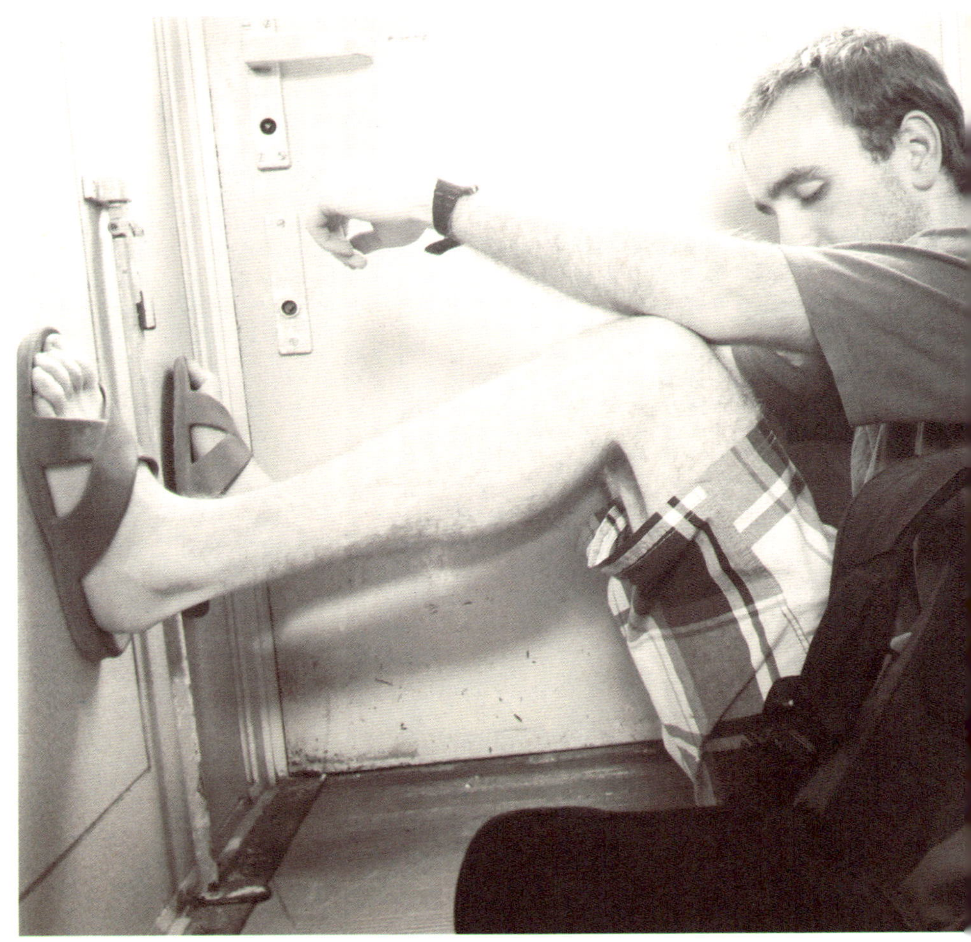

售票处
A2-26
爱心
儿童乐园
DALI
HUMP
A PLACE TO BE
CREATIVE

聽不懂
重庆北
CHONG QING BEI
西安
XI AN

幸福有时候就在你出发的原点，但是必须走一段长路才知道。

我突然觉得挺有意思，要么这个人从来没雇过歌手，要么她的店比我想象的还要差，有时候我的逻辑，我自己都觉得奇怪。突然我很感兴趣，我已经想象出最差的海鲜店，这是一种探索，也是一种挑战。

我激动地说："我免费唱。"

她诧异："好吧！"然后她给我解释怎么找她的地方。

挂了电话，我跟小蕾说我的想法："我觉得她不是很会做生意，我觉得可以帮她一点。这样挺有意思。"

我拉着箱子，按女人说的地址找她的店。我们穿过鼓浪屿，经过曾经的美国领事馆，经过纪念品店，走过一个广场，走了十分钟，直到能看到海岸。

"应该是这里。"我对小蕾说。

"但是这里没有什么破餐厅。"

我耸耸肩，"我应该给她打个电话。"我拨号，等着。电话没接，后面一个人喊："这里哦！"

我们转身，这一次我的预感没中奖，完全没猜对，我们对着的不是鼓浪屿最破的餐厅，应该说是最高级的酒店。我们朝她走去。

"谢谢你来了！先请你吃饭！"

我看菜单，都非常贵，西餐、日本餐混合。"你要吃什么？"

我很久没吃牛排了，菜单的照片让我想起我妈妈做的牛排，厚厚的、香香的、血血的、咸咸的。我都流口水了，来中国后都没吃过西餐。

"两个牛排。"我指着照片，点那么贵的菜，我有点不好意思。

"我不吃，我不吃。"小蕾跟我小声说。

"为什么？"

"她说请你吃饭，我不要点那么贵的菜。"小蕾怕按欧洲的习惯，那个女人只会请我吃饭，她以为她的那一份是我们自己付钱。

我说："在中国应该不会只请我，不过，万一是这样，两百块我们付得起。"

"两个牛排。"我跟那个女人确认。

"马上来。"女人说。

"这个地方很好！你开的吗？"我问。

"我跟我老公开的。"

我看周围布置得很优雅，"关于唱歌，我是这样想的，"我说，"店里我觉得没有太多意思……"

牛排来了，我这个吃货，一看到牛排，就算她让我在厨房里唱歌我都愿意。我继续讲我的想法："我可以在你们门口唱歌，最近很多人拍照片发微博，对你们能起到很好的宣传作用。"而且我想这样她不用给我钱，我放我的箱子就可以了。

吃完了我开始在门口唱歌，他们从来没看到那么多人，我唱得非常开心。

唱完了老板娘说："你们可以住在我们酒店。没关系，你们可以明天搬过来，今天给你们钥匙。"

我们太尴尬了，不过我们不拒绝去看一看。

"不要有压力，如果你们喜欢，想待多久就待多久……只要你晚上去门口唱歌。"我们来到酒店的最高一层楼，她开门，我们两个人张大了嘴，说不出话。

我用西班牙语跟小蕾说："不要表现得太激动了。"不过我们进入那个房间时想喊，大屏幕电视的房间，从窗户能看到海岸，套房跟我住的那个大理青旅二十人间一样大。

"最近你经常发呆，在想什么？"小蕾问我。

"我怎么能让这个环游中国的事情更有意义。"我说。

我发了一条微博，说在那个门口明天会有演出，没想到那么多人专门过来。我开始想是不是应该买新的手机。

“这是对这个项目的一种投资，你可以随时管理你的微博，现在微博是你的工作工具。”小蕾说，“而且，这样不管你在哪里，都可以发邮件给我，我不要像来中国之前一星期那样，都没有你的消息。”

第二天起床，我坐在阳台上看书，晴天能看到台湾。“你在想什么？”我问小蕾。

“毛姆本来是一名医生。”她说。

我们到餐厅吃早饭，老板也在吃，热情地让我们过去喝咖啡。他是一个三十五岁的厦门本地的商人。这家酒店只是他几个项目中的其中一个。每天早上，他坐私人小船过海，从鼓浪屿去厦门，一辆保时捷在码头等他，他去管理他的公司和其他店，傍晚再回酒店。

“我要走了。”他说，“晚上你在门口唱歌好吗？我们真的很开心，你让我们的酒店有这些有意义的活动。”

在路上唱歌会引发各种各样的故事，这就是我想要的，音乐是一把可以进入不同世界的钥匙。当我没有办法使用这把钥匙时，比如在烟台、青岛，等等，我看中国就像在看一本旅行指南。音乐让我认识从最穷到最富的人，让我走进不同于我、不属于我的世界。

我们待了五天，然后离开了。

“我们很幸福，为什么要离开？”小蕾问我。

我看着她的眼睛说：“缓慢前进，快速离开。”

☆ ☆ ☆

我们飞到上海，在领事馆介绍了一部墨西哥电影。第二天，我买了两张机票，又准备出发了。

“晚上我们就出发了。”我跟小蕾说。她都不问去哪儿，她说惊喜更让人激动。

我们飞到桂林，然后坐大巴到阳朔，这就是外国人脑海里中国山水的景象。这些小山的形状和颜色是外国人来中国之前想象中的样子，绿色尖尖的山景看着像心电图。

阳朔的外国人很多，特别是便宜的青旅里，但我依然回避他们。

我喜欢在青旅的屋顶酒吧喝一杯咖啡，认识一些中国背包客和青旅的老板，我怕小蕾因为听不懂会无聊，但是小蕾一直带着微笑，耐心地看着，我们开心，她也开心。

一个背包客问我做什么工作，我说我是一个改了行的医生。

他仔细看我：“啊！我在网上看到一个外国医生在路上唱歌，难道是你？”

我害羞，我的脸红了。

我在公共电脑上发了一条微博，说我今天晚上会在阳朔演出。

刚刚学会“天时、地利、人和”这句话，几年以后我会发现我开始唱歌的时候真符合这些条件。那个时候一万个粉丝就像现在2015年一百万粉丝那么有感染力。那个时候没有微信，微博是最流行的网络互动工具，当我公开我唱歌的地方的时候，很多人会分享这个消息。突然我有一种成就感，不是因为有很多粉丝或者出名，出名这个概念是无常和肤浅的，就像因为漂亮而爱一个人，一个人有意思才漂亮又有价值。

我的成就感来自对文化交流的渴望，我这几个月一直用“交流”这个词，我对中国绝对感兴趣，发现有人对我的音乐、我的故事或者我的态度感兴趣，我就觉得我们在分享。

我宁愿当一个隐形的人，做心里想做的事情，也不想当明星做没有意义的事。

那天晚上在最繁华的一条路上，我找城管问能不能唱，他简单地说可以，我非常开心有他的允许，就在微博里宣布的地方开始唱，那天专门来的人很多。

我唱了很久，不仅人多，而且大家非常活泼，还跟我合唱、欢笑。我出了很多汗，我把每一次演唱会都当作最重要的演出，就像一个医生会把每个病人当成最重要的治疗对象。阳朔之夜布满了星星，我的心满含快乐，我的箱子装满了十块钱的钞票。

我知道小蕾在努力融入我的新生活。当我问她："我怎么才能让这个环游中国的事情更有意义？"她忧郁地说不知道。我自己也不太清楚具体想做什么。

我知道她非常聪明，在医院里她会一直有创造性的主意，我也知道她不是不想帮助我，她真的只能说"不知道"。后来我了解了，每个人做事的意义和概念不一样，而且这个概念很抽象，需要有一个标注。每个人用最有意义的事情来对比生活里其他的事。"有意义"是一个方向，小蕾觉得世界上最有意义的事是组建一个幸福的家庭，所以我这么问对她来说没有道理，而我觉得挑战越大越有意义。

回青旅的时候我碰到老板和前台女孩儿，已经很晚了。

"我们去河边散步，你们要不要来？"他们拿着手电筒问。

我翻译给小蕾听，她想去，"等我们五分钟。"我把箱子放回房间里。跟着他们，河边还有五个人在等着我们，包括两个美国女孩儿。

漓江倒映着锥形山的影子，地平线像一百个冰激凌从天空掉了下去。

一共九个人沿着漓江走，三个手电筒、一万颗星星和一半月亮照亮我们的路。安静、完美。

那两个美国女孩儿在北京读工商管理硕士，每走一步都有话说，"这条路不够亮……”“这条路不安全……”“虫子很多……”“几点回去……”而且用那种刺耳的美剧的腔调。

青旅的老板看起来不喜欢她们，用英文说：“我可以陪你们回去，然后我再回来。”

她们笑：“不用，谢谢，我们喜欢冒险。”

另外一个朋友说：“你们那么喜欢冒险，就不要抱怨哦。”

她们说：“不是，不是，我们不抱怨，就是在美国，我们注意安全，在美国路会好好地标示，路好走……”

我想把任何东西当耳塞，小蕾看我就笑，知道我也很讨厌她们这样。小蕾小声说：“不要在意，她们是小孩儿。”

我突然转身用英语问：“你们不会中文吗？”

“我们不需要！如果我们在这里生活，那肯定会学，但是北京，国际城市，真不需要，大家都会英文！”

“哎哟……”我叹气，真没办法。

走了一个小时，河边很多树，我们到了一片空地，青旅老板说：“我们可以在这里休息。”他朋友从包里拿出啤酒，另外一个人收集了一些树枝生火，转瞬间那片空地上变出了一场非常舒服的篝火晚会。

老板的朋友都是在阳朔打工的。

知了的声音和火花让我们发呆，大家都沉默了。看着那两个美国人，我想起跟小蕾去美国实习的日子，在纽约最好的脑科。虽然有时候我受不了美国人总觉得他们是第一，但是我承认他们的工作能力是在医院里我见过的第一。我记得我的纽约脑科主任，白天看病人，晚上研究，他的唯一目标是变成世界第一。生活都靠选择，突然我在想，如果当时选择回纽约工作，我的生活会怎样。有高工资，把我接下来的五十年奉献给脑科，是一种选择。不过我今天搂着小蕾，靠着这个火堆，感觉我选择对了，这是我要找的地方。

“你在想什么？”小蕾问。

“没什么。”我笑着抱她。

第二天，我们去了二十元人民币钞票上画的地方，唱歌。

没有刺又不辣的鱼是最适合小蕾口味的中国菜。我们天天吃阳朔特产啤酒鱼，中午吃，晚上还吃。

这两天我开始说我想把这个项目做大。

“你回西班牙后，我打算退掉上海的房子。”

“那你住哪儿？”

“我去哪儿就住哪儿。”

每天我们埋单的时候，用一堆一块钱的钞票，服务员都快疯了。

客栈老板正好路过饭店，他说晚上要开车到龙胜梯田，问我们要不要去。

跟着一个本地人旅行是最有意义的，我们同意了，那里是农村，不能像在这里这样唱歌，我觉得这样我可以一心一意关心小蕾。我发现我的脑子都在想以后去哪儿、明天去哪里唱、怎么走、学什么新的歌……我对自己说，这是一种艺术，不可以计划得像学科学，要让我的心自由，不可以完全快节奏地拼命，要逍遥。

我们四个人去了龙胜梯田，老板、前台女孩儿、小蕾和我。我们在晚上他们下班后出发，开了一个晚上的车，日出的时候到达。我坐在前面跟老板说话，他以前是做生意的，摆地摊、开酒店，慢慢生活。

我问他们是不是一对，老板说：“不，我吸取教训，以前我有公司，我只管钱，对我的员工不太好，没有时间给自己。我改行了，开了这家青旅，但是最重要的是我改变了我的生活方式，管理酒店只是我生活的一部分，我的员工下班后我带他们一起玩，带他们吃饭，顺便我也享受我的生活。”

“你没结婚？”

“离了，我以前不管我身边的人，一直在工作……我很后悔。”

车停在山脚，我们爬到山顶的一家客栈，看着安静的山谷，日出的时候梯田像大海变成了巨大的台阶，梯田的水映射着天空。一个苗族老太太欢迎我们进入她的客栈。我们登记入住，放东西，办完这些已经艳阳高照了。我们四个人整天走来走去，上下山谷。

傍晚，我们坐在山坡上看风景。

晚上山谷的梯田像装着墨汁的浴缸，突然微风吹来，云散了，星星的倒影在梯田水里显露，像天空颠倒，像闪亮的星星掉到谷底去了。

我们跟老板说再见，明天他们回阳朔，我们会睡懒觉，然后坐大巴到桂林，在桂林机场选择我们的下一站。

我们到桂林后，在一个公园唱歌。第二天飞到三亚，直接打车去了小蕾在桂林机场的公共电脑上找好的青旅。一百块钱一个晚上，没想到三亚会有那么划算的住宿，酒店有院子、棕榈树、吊床、椰子树，我们又穿上了短裤短袖。

我们跑到金色沙子的海岸，在一个人不多的海湾，我问一个城管能不能唱歌。“完全没问题。”他说。我开始唱歌。应该是巧合，那一天观众里有很多小孩儿，很好玩，来我身边跳舞、拍照，模仿我弹吉他，唱完了我跟小蕾坐在沙子上。

“哇！”她看着海平面说，“你知道这个让我想起来什么？”

我当然知道，我们很默契地在想一样的事情。旅行也会让你经历曾经走过的旅程。

我对小蕾说：“我也在想那儿，跟这个海岸一样美。”大四我们去多米尼加共和国当医生的记忆苏醒了。

小蕾爸爸的一个同学，毕业之后成了牧师。这位牧师不久后决定去加勒比海最穷的一个地方，为当地人提供帮助。他决定去一年，可是在他下一次回西班牙的时候，已经过了二十五年了。他回西班牙度过他二十五年来的第一个假期。

他当时到那个小村的时候什么都没有，在一个小屋子里免费给人看病，后来他写信给所有的同学，问他们医院里有没有不用的医疗设备，后来慢慢收到回复。大部分设备很老或者坏了，他自己学习修理，后来还自学如何使用，最后在本地人的帮助下，他开办了一家小诊所。

附近其他小村庄的人很快都知道了有一个西班牙牧师免费看病，诊所每天都是满满的。他自己可以免费工作，但是他雇用其他的医生是需要钱的，所以他想开一家矿泉水公司。可是对于开矿泉水公司，他什么都不知道，于是他开始自学水处理、污废水及雨水处理，使用物理和化学的方法：用孔径大小不同的滤材，把化学药品放在水里。后来他发了很多信询问，谁能捐献给他需要的机器，还有一些机器是他自己制造的，没过几年他的小矿泉水工厂开业了。他卖的水是最便宜的，只有一点点利润，重要的是，比起其他牌子，这种水是无菌的，获得的利润都是给医院的。他发现这个矿泉水越流行，医院的病人就越少，医院的钱还会越多。

小蕾爸爸讲了这个故事，我心里只有一个词：英雄。不仅他的初衷善良，而且最让我钦佩的是，他在一个本来完全不了解的行业，投入了那么多努力去补足他不会做的地方。

后来矿泉水公司越来越大，小诊所也变成了大医院，二十五年后他放假了，回西班牙休息几个月。

我对小蕾爸爸说，我也想做这样的人，因为我也是个医生。那时我们还在上大学，我问："我可不可以在放假的时候带着小蕾一起去那里？"我总是那样幸运，小蕾爸爸很快就和我心中的英雄取得了联系，就在那年的假期，我和小蕾去了那个英雄的医院。

虽然比二十五年前情况好多了，但那里还是一个非常穷的地方，不过对于那里，任何帮助都是有用的。牧师欢迎我们，就像对待家人一样。他是一个高高的、一直面带微笑的人，虽然这二十五年过得很苦，但他表现出很快乐的样子。我们住在海岸和医院中间，走路二十分钟。一层的小屋子，屋顶和墙都像是用垃圾堆积站中捡的毡板做的。有床垫，没有被子，但是有一顶蚊帐，防热带蚊子。屋子建在一片长满红花和椰子树的空地上。白天我们去医院，小蕾跟妇科医生一起工作，我在实验室。在西班牙，验血过程中的每个步骤都由不同的人负责：护士抽血，化验师处理，医生写报告。在这个诊所，抽血、处理、看显微镜、写报告，都是我一个人做。

多米尼加人讲西班牙语，在中美和南美，除了巴西，其他地方都讲西班牙语，沟通方便。我对我的语言很自豪，这种语言不仅产生了伟大的文学作品，而且是排在中文之后的世界第二大母语。中午我们吃可可果和香蕉，我没想到可可果像一个外面黄红色里面紫色的佛手瓜。

下午跟牧师聊天，听他的故事，了解他的经历。他说："医院已经够大了，接下来的一个目标是建一所学校。"这位牧师是一个牺牲所有给别人创造幸福条件的人。这是我第一次感觉到基督教是真有爱，突然感觉这么多年在学校里听的基督教原则有了应用价值。我发现，不是宗教，而是我们的行为决定了我们是谁。

晚上，我们的屋子没有电，我们在户外的空地上用蜡烛看书。我清楚地记得我带了什么书去多米尼加，因为每天晚上都会念给小蕾听。我读《堂吉诃德》很快会进入故事里，对话很精彩，我用很多种声音来读不同人物的对话。看了几页我就控制不住自己，站起来演每一个人物的动作。她最喜欢看我演堂吉诃德，她一直笑，每一次我带《堂吉诃德》

旅行都像我自己的小剧场演出，《堂吉诃德》是一本能看无数遍都不会觉得无聊的书。

一天，晚上没有别的事干，就像西方人下班后会看电视，我们就读这本书。有魔力的事是，附近屋子里的小孩儿在他们家门口看到我们，好奇地偷偷地看。“不要害羞，你们可以过来。”小蕾说。一个勇敢的小孩子沉默地坐在我们旁边，然后两个，第二天五个……后来我就读书给一群小孩儿听，他们觉得西班牙口音很好玩，堂吉诃德的故事让他们梦到遥远的西班牙，当我演公主时，他们会捧腹大笑。我把这里叫作香蕉树下的小剧场。他们的爸爸妈妈从家里看着我们，有时候也会出来。有一天一个妈妈对我说了让我很感动的话：“你是我们这小村里的第一台电视机。”

时间过去很久了，今天我们在三亚，虽然情况很不一样，但蓝色的天和金色的沙子让我们回想起那段时光。当然我们后面没有破的屋子，而是五星级酒店，我没有讲故事，而是唱歌，但是我在心里还是追寻着同一个目标：保持快乐。

三亚有很多俄罗斯人，虽然曾经对他们的文学比较熟，但我从来没认识过俄罗斯人。他们很冷、很严肃，不笑，没有任何表情，可能这就是为什么他们能成为作家的原因——冷漠地看着周围，情绪都藏在血液里，热情和感情藏在心脏后面，拿着一支笔，这些就都流出来了。

我在海岸旁唱歌，俄罗斯人看着我的表情像永远在生气，不过这就是他们普通的冷漠的表情。

我发了一条微博，预告我会在哪个海湾演出，依然会有人来。唱歌让我非常快乐，小蕾会在一旁拍照，观众看她拍照，会问我们是不是一对。小蕾不懂中文，但是会努力热情地交流。我唱完了，她说认识了一个渔民，他想请我们吃饭。我笑：“你是怎么跟他沟通的？”

“手语嘛！”她也笑。

晚上在码头没有游客的地方吃了烤鱼，一个讲闽南语的家庭给我们看他们的渔船。在西方文化里，渔民是最浪漫的职业，可能是因为海是自由的象征；可能是因为航行是一种孤独；也可能是因为起航的时候码头上一直有一个人在挥手。我的想象力又开启了，我又想拿出我的本子写一些故事。

我们房间的灯关了，小蕾问我：“我快回西班牙了……我们什么时候再见面？”

我真不知道怎么回答。如果我想参加明年的考试，我过三个月必须回西班牙，开始学习。我知道不管是回西班牙还是留在中国，我会继续寻找，我还不知道我的梦想是什么、我这辈子的使命是什么，我不知道什么时候会再见到小蕾。我不说话了，可能她理解我沉默的意思。

她又忧郁地问：“你会继续给我寄手写的信吗？”

我抱着她慢慢地说：“我们会想办法在一起的，别担心。”

她有一种语气，如果不换话题就会开始哭：“你知道我想去哪里吗？加那利群岛。”

“真的？怎么会突然想去那个地方？”我好奇地问。

小蕾跟我说，她的一个高中同学结婚了，后来这个女同学和她的老公搬家到加那利，“他们住在最东边的一个岛上。”

“加那利群岛最东边？应该是拉帕尔玛岛。他们在那边做什么？”

“他们管理着一个很大的仙人掌农场。”

“仙人掌农场？那是什么？”

“他们在美丽的岛上，热带气候地区，种仙人掌，然后做出口生意。”

“这可真是很有意思的职业。”我说。

“是的，我们可以去那儿，看海、发呆、忘记所有的烦恼，我们可以住在他们的仙人掌农场里。”她继续说，“我还有一个地方想去，那个信里的学校真的那么美丽吗？”

“真的。”我说。

“那个老师，君君，漂亮吗？”她问。

我跟小蕾互相信任，我知道她这么问没有别的意思，“对，很漂亮。”

小蕾抱着我，她说：“我希望下一次我们到云南可以去看那个学校，认识君君，我觉得她很棒。”

☆ ☆ ☆

我们回上海了，一天后小蕾就要坐飞机回西班牙了。小蕾说服我去买了一部新手机。

我们一边收拾她的东西，一边吃我妈妈给小蕾的饼干。

“哦，我差点忘了！”小蕾说。

“什么事？”

“你妈妈给我这些食物的时候也给了我一封信。”

“啊？一封信？我妈妈？”我觉得很奇怪。

“不是她写的！她碰到了一个你小学的同学，好像你们很久没见面了，然后你的同学找你妈妈转交给你一封信。”

我不太明白，“好吧，”我糊涂地说，“给我看一下。”

小蕾翻她的箱子找出信，我把信封打开。

“亲爱的大卫，我是伊丽莎，你十年前的小学同桌，你还记得我吗？你去加拿大上学之后，我一直没有你的消息，前天在我们的小学附近，我碰到了你妈妈，她说你现在住在中国，哇，真是越来越远啦。你还记得马德里吗？你知道吗，就在我见到你妈妈那天，我去了我们的小学，仿佛看到了我们的过去。之后我还去了我们以前经常去的小学旁边的公园，坐在那个椅子上感受到了以前，感觉到了你，你还记得我们小时候每天都会谈论的梦想吗？我马上要在工程大学毕业了，但是我们曾经的回忆依旧在我心里，很清楚，我们都长大了。”

我把信拿给小蕾看，她觉得很感动。

我知道不管旅行多久，重要的是不要把出发点忘记。这封信让我想到很多，没错，我们都长大了，异乡生活我习惯了，但是爱我的人呢？我突然想到我父母、爷爷奶奶和小蕾，我当然爱他们，但是，我表现出对他们足够的关心了吗？我能让他们知道我有多爱他们吗？他们知道我没忘记。

我跟小蕾说：“这样，我保证每过六个月去西班牙看你，看爷爷奶奶。”

小蕾的新工作签了四年的合同，西班牙每一个医生的第一份工作最少签四年，如果不能完成第一份工作，就要再考一次这个疯狂的考试，所以小蕾很清楚她四年之内不会常来中国，我们的未来越来越模糊，不过我们还有希望。

第二天我们坐地铁去机场，小蕾默默地流泪，一路上流着像珍珠似的眼泪，我静静地搂着她。再一次只有一个“她”和一个“我”，机场把“我们”吃掉。我一个人低头回到了住处。

西班牙经济危机已经到达顶峰，领事馆说以后活动会更少。领导找我谈了一件事情，我以为她要跟我说以后没有机会办活动了，可她叫我来却是恭喜我。

“恭喜？恭喜什么？”我说。

“好像除了讲座，你也能唱歌？”

“哦……我喜欢……”

“最近我们接到几个电视台的电话，他们想要你的联系方式。”

我笑："那给他们吧。"

她也笑："给了，给了。不过我叫你来是因为有一个主意想跟你谈。我希望我们可以在这里安排一场你的演唱会。"

她想安排一次活动，让很多人知道这个西班牙语中心，我当然同意。她说："不过，已经没有钱举办活动了。这是互相帮助，我们是为了文化，你是出于爱国。"

我在想接下来的几个月怎么安排，我会在上海街头唱歌，直到领事馆的演唱会举办，然后我会退掉上海的房子，往西流浪。我继续保持我的初衷——文化交流，不过如果我能挣一点钱买机票去西班牙看看家人，我会很开心。

在大城市唱歌完全没有旅游城市的感觉，但是我还是享受在话筒前的每一分钟。

我感觉小蕾不在身边，我就不那么幸运了。在微博上宣布我会去哪里唱，也会发生一些错误，我很不好意思。在宁波的时候我打错了路的名字，所以，很多人去城市的另外一边找我。马德里没有海，我在家里很少吃海鲜，到了温州我想尝一尝本地的美食，虽然我没吃很多，可马上要演出的时候，我的肚子开始疼，我跪在饭店的厕所里，拿着吉他很难受地吐。等我吐完回到要演唱的路口，已经没有人了。

在苏州，突然下起了大雨，我的设备都淋湿了。在杭州的西湖，我花了一个小时说服城管不要没收我的设备。接下来我的微博上经常会有很多评论说找不到我，我非常不好意思。我最讨厌浪费自己的时间，但是更讨厌浪费别人的时间。

在大城市我也不会挣很多钱，但是这次挣钱最多的地方是在无锡，太湖旁边。在我唱最后一首歌的时候，突然刮起了大风，我的箱子被吹倒，我看到几百张一块钱的钞票飞走了，像候鸟飞向南方。看着钱在飞，我的脑海里竟然出现了一幅美好的画面。

一个人旅行有一点累，因为要注意的事情太多，住宿、车票、城管、拉箱子，演出后我脑子会有一点糊涂。我讲中文，常常把字的顺序说反。不知道为什么，“版本”我常常说成“本版”。如果我很困或者很累，我会把句子反过来说，让我很尴尬。在扬州我一个人吃饭，我的背包太重不想带到厕所去，所以我想对坐在我旁边的人说：“麻烦你帮我看东西，我想上厕所。”我却糟糕地说成：“麻烦你帮我上厕所，我想看东西……”天哪，我太悲剧了。

我对自己说，要慢慢地旅行，不要太累，心放松才能感受更多的风景。我去了普陀山寻找安静的空间，在那里我没唱歌。

最后我去了南京，南京深深地影响了我，因为我散步的时候有一种很特别的感觉，我一直觉得我在马德里！可能是因为街道的形态，最后我发现是因为树的种类，我经常会觉得我在马德里走路。

在一家咖啡馆，我拿出爱丽莎的信，突然写了一首歌回她：《马德里》。

收到你的来信，问我是否记得马德里
尘封已久的心，突然苏醒

我记得那个咖啡店
你可乐色的眼睛
映射着足球比赛
映射着马德里

我记得公园里的你
葡萄酒染红的双唇

唱着我们的歌
唱着马德里

收到你的来信，想起那时候的雄心
那时我们年轻的足迹，走过了马德里

我记得吉他声到黎明
听你说要挺胸对抗命运
就像面对锋利尖角的斗牛士
马德里

我记得堂吉诃德之梦
习惯了没有海的味道
炎热夏天，寒冷冬天，温暖的心
马德里

我记得西班牙的吉他
默契配合你的声音
那时起一直陪着我
你还说，要记得马德里

几个星期后，我回了西班牙，爸爸妈妈来机场接我，小蕾在上班，我家依然有那个面包和咖啡的亲切味道。我这几年习惯住在外地，但是回家依然是最舒服的感觉。

下班后小蕾来到我家，我们西班牙人最早九点吃晚饭，我们有时间散步。我们走到她的房子，她从潘普洛纳搬到马德里是因为她新的儿科医生的工作就在这儿。她租了一个房间，在一个很不错的城区，马德里最有历史的一部分。她知道我爱那个区，我高中的时候经常去那边散步，我想她这么做是不是想吸引我回来。她有四个室友，她介绍其中三个给我认识，两个马德里本地的医生、一个在马德里读博士的巴塞罗那男孩儿，还有一个法国女孩儿，正好在老家休假。

我们回我家吃晚饭，我妈妈做了绿豆和牛排，我们在沙发上闻到香味就开始流口水了。

周末我跟小蕾去看我爷爷奶奶，他们特别喜欢小蕾，我爷爷快九十岁了，我给他看我的成语书。中国这个概念对他来说是比远方还要远的意思。我教他，他说："中文很有意思，现在我太忙了，每天看报纸、和朋友们散步，等过了百岁我再开始学吧。"

我奶奶喜欢做饭和跟家人打电话聊天，我爷爷喜欢看报纸、跟朋友们打麻将（西班牙的麻将跟中国的非常像），他们很幸福。

在家里这段时间，我继续准备我的歌，一直在想接下来的演出。领事馆的那场演出让我很激动，我跟领导说我只有一个条件，票必须免费，这样能保持"在路上"的初衷，谁想来都能来。

领事馆的那场演唱会是一个挑战，路上有很多事让观众分散注意力，在一场音乐占据了百分之百时间的演出里，观众的眼睛在你身上，一场演出从头到尾必须有力量。

只有一件事情比在路上唱歌让我放松，我知道不会有城管前来阻止。

从我的房子到领事馆，走路只要几分钟，所以我在家里准备，深呼吸、调吉他，然后走过去。门口有一个大牌子，上面写着"搂大卫演唱会"，下面一个手写的牌子宣布："对不起，满座。"

虽然我最爱的是大家站着，坐着娱乐很难，但是门口牌子的意思是那个剧场人满了，我做梦都不会想到这会发生在我身上。

我一直相信一句话："如果你能梦到，你就能做到。"有时候我们都不敢相信这美好的事情会发生在我们普通人身上。

其实没有人普通，我们都特别，我们都了不起，我们只需要有自信，相信我们值得拥有不平凡的生活。

后来我终于退掉了我的房子，没有了固定的家，我变成了真正的流浪歌手。我又开始往南走，又经过温州、厦门和广州。

几个月前在大理人民路，一天我在唱歌的时候，有一个小伙子围一条方形围巾，戴一顶帽子，像海盗，问我："哥们儿，我能不能在你旁边摆摊？"

"当然！"我回答。

他看起来比我小四五岁。他铺开一张毯子，打开他的箱子，摆摊卖书。他叫"骑行侠"，高一退学，混社会两年后出来旅行，十八岁的时候写了一本书叫《90后骑行侠单车去西藏》，他暂时在大理，卖书，挣钱继续流浪。

刷微博的时候我看到他准备去广州。我联系了他，我们几个小时后到了火车站。他等着我，然后说："要不要去我老家？"

我们去惠州待了几天。开他朋友的车去只有本地人知道的海岸，随后我们开车在广东玩了一圈。

去国外，最好跟本地人混在一起。

他的微博比我的还有影响力，我有一个好主意，我们可以同时在珠江边安排两个活动，我做我"在路上"的演唱会，他做签书会。同一时间，同一个地方。

我拉着箱子和吉他。就在珠江的人行道上，在珠江大厦的倒影和真实的大厦中间，大城市的霓虹灯是最美的舞台灯光。

在一个角落出现，给陌生人唱歌很有意思，有人专门来看你也有意思，不冲突。开始唱第一首歌，那么多人围着我们，城管来了很正常，已经习惯了。骑行侠用粤语跟他们说我不是在卖唱，我都没放箱子，他们说："不要钱，那可以的。"观众都给城管们鼓掌。

我真觉得有一个伙伴一起旅行是很有必要的，可以分担责任，一个人走，一直保持警惕，很累。

这段时间在广东像一段假期，只管唱歌和享受风景就行，哪儿都有骑行侠认识的人收留我们。

他说他下一站是长沙，然后他要去尼泊尔。"大卫，要不要去？"他问我。

我很清楚现在我想待的地方是中国。我要继续好好学中文，而且还有很多地方没去过。

"你知道'沙发客'是什么吗？"他问我。

我笑。我没想到他去一个没有认识的人的城市，会用"沙发客"找地方住。在长沙有一个很热情的女孩儿，我们到她家的时候，她已经准备了饭给我们吃。

我们跟她聊天，她问我们："你们在长沙想玩什么？我正好这几天放假，可以陪你们。"

我说："没有什么想看的，我想找一个没有城管的地方唱歌。"

"啊，这个没问题，我打电话给我老公，他肯定可以推荐一个地方。"

"你的老公是做什么的？"骑行侠问。

"他是……城管。"

我发微博，宣布我会在步行街的一个路口唱歌，一些背包客专门来看演出。晚上箱子里收的钱用来请大家吃烧烤，我经常觉得箱子里的钱是意外收获，跟身边的人分享是一种非常好的感觉。

我很多年没有自己的钱，所以没有机会感受到这个，虽然在大城市挣得不多，我最快乐的事是大家一起享受。

那些背包客推荐我去凤凰古城。

晚上我们回沙发客的家，看电视，看了几集《非诚勿扰》。从来没看过这种约会的节目，我们看了几个小时。我拿出弘文曾经送给我的本子，突然我有灵感写故事。

我跟骑行侠说："如果你暗恋的女孩儿突然有一天出现在这个节目中，你会怎么办？"

用西班牙语写故事让我感觉到我们国家的文化，不管去哪里，我的语言都会陪着我。语言是我们的一部分，我想，如果现在我离开中国，如果我能记住这种语言，一部分的中国就会一直在我心里。

《非诚勿扰》的故事就是我经常写的短篇小说之一。

在凤凰古城我反省，到现在，我在中国经历过不少，我们经历事情，重要的是得到启发。哈尔滨的雪雕是要很多人一起做才能达到的伟大目标。我突然想起医院的默契，每个人都有一份责任，我想属于某个团队，就像我曾经的冰球队。单独旅行能走很快，不过团队一起走才能去到更远。

我碰到一对二十多岁的年轻情侣，他们和我住在同一家青旅。我听他们的故事，并不是第一次听到这种故事，让我想起来一句话，"当我们分享时，我们的快乐才是真正的快乐。"

这对情侣里的男孩子，说他的梦想是环游世界，他的女朋友把所有的财产卖掉，接下来他们一起，出发了。我写了《背包客》给所有有同样故事的人。

不断追寻太阳，一直在路上
只为感受青山绿水
只为感悟青春年华
旅行，生活，感恩，不后悔
我们依然有一颗心
一颗探索世界的心

宝贝，我的宝贝，你是我最爱的背包客
宝贝，我的宝贝，你是我最爱的背包客

仰望夜空能看到星星
这是我想要的幸福
让我做你的北极星

一幅画面在我脑海里反复地出现：哈尔滨的雪雕。我欣赏他们协同工作的才能，我要向他们学习。我觉得丽江是一个合适的地方。

☆ ☆ ☆

我去了丽江，因为那里有很多酒吧，每家酒吧都有音乐人。丽江应该也有很多艺术家，我要认识很多人，然后组建一支乐队。我给弘文打电话，想听听他的建议，也希望他能介绍新的朋友给我，但是他的电话一直打不通，很有可能他在远方。

白天，热闹还没有开始，我去每一家酒吧做自我介绍，认识老板。有很多人想留我在他们的酒吧上班，我说我不是在找工作，他们觉得很奇怪。他们经常说：“那随时来我们酒吧玩。”

我每个晚上去三四家酒吧，认识他们的歌手，聊天。他们会请我唱几首歌，然后会叫我干杯。为了交朋友，一个月我喝了一辈子的酒。每家唱几首歌，我的嗓子累了，在街头都没有力气再唱。

我觉得在路上不唱歌很可惜，但是我想，以后会更好，有时候要为了更好的明天牺牲今天的快乐。这几年我经常想这个问题，我不喜欢在酒吧唱，但是我觉得在酒吧里唱我会认识我需要认识的人。而且一个没想到的问题是，如果我在路上不唱歌，在酒吧也只是出于友谊唱一唱，我就挣不到钱。

我等了两个月，终于等到我跟一些音乐人比较熟后分享我的想法的时刻。他们第一句话是："我们会挣多少钱？"

我激动地回答："不知道！但是我确定我们会环游中国演出，不会饿，会做音乐，而且会有人来捧场！"那个时候是微博最火的时候，任何城市，只要我发一条微博，马上就会有人专程过来。"我有信心，我们会做一支很有意思的乐队，音乐、艺术、文化交流……"

他们第二句话是："以后再说吧。"

我不能理解他们对我的梦想不激动。

在古城最高的那家酒吧里，我再次碰到阿布，那个来自新疆的弹古典吉他的吉他手。我们成了好朋友。他很诚实并且直接地说："我不敢去，而且我觉得你会失败。音乐人来丽江是想找一种安逸的稳定的生活。要么你给一个具体的计划，不然不会有人跟着你。"

"梦想怎么会具体呢？我怎么知道会挣多少钱？我只能保证如果乐队的演出挣不了钱，我会去路上自己补唱一下，不会让我的团队饿死。"

阿布最后说了句"加油"，我很欣赏他的诚实，我完全尊重他的选择。他喜欢在小酒吧和客栈里弹他的吉他，而我喜欢在舞台上跳，喜欢环游世界。

我跟别人说我的计划的时候，我在他们眼里看到的是我疯了。但我认为是可以的，而且不只是在中国，不只是音乐。我经常会梦到一个更好的计划：团队有音乐人、摄像师、多媒体师，边旅行边拍纪录片、拍戏、演出……我梦到我们去国外，跟西班牙乐队合作，跟阿根廷剧组拍戏，我们帮其他的艺术家宣传他们的作品。

古城的大水车一直在转，二十四小时地转，像一个人的心。游客拍照，歌手背着吉他经过它去酒吧唱歌。晚上酒吧的霓虹灯会照亮它，我会想我的梦想。

但是现实让我很难过，我不知道下一步应该往哪儿走。

我最讨厌浪费时间，我觉得我在丽江是在浪费时间。如果我想要更多人跟着我，我应该好好考虑和制订一个更具体的计划。我找到一所中文学校，进去问了问，认识了学校的负责人王婉琦，她很年轻，而且热情。

学校很安静，在古城和新城中间，美丽的黑龙潭门口。我第一个想法是我可以留在这所学校，一边学习，一边想别的主意；第二个想法是她的名字让我想起我正在看的小说里的女主角。《长恨歌》讲的是老上海的故事，女主人公叫王琦瑶，我觉得很巧。

她说："你看中文书，还要学中文？"

我说："我的中文都是自己学的，我要更系统地学习。"

学校学生不多，没有适合我的小班。"你可以上一对一的课，我会当你的老师。"

就这样，我有了第一位中文老师，她会认真纠正我的发音和语法。"不是'本版'，是'版本'！"她总是不厌其烦地一遍又一遍大声地指正。那个时候我不是很快乐，有时候我会发呆，或者我的身在曹营，心在……我的心在大舞台上，在小蕾的身上，在远方美丽的风景中。我有那么多事情要做。我叹气。

王老师很有责任感，我上课发呆，她会批评我，但下课后她很乐意听我说那些乱七八糟的想法。

认识了很多人，但是没有志同道合的。最后我放弃了去酒吧，我觉得为了一个模糊的未来而牺牲现在的快乐没有道理。我决定做让我自己快乐的事情——在路上唱歌。

旺季已经到了，每一次我唱歌，不久城管就会来赶我走。他们赶我走那么多次，有时候还没开始唱，我在古城拉箱子走的时候，一个声音就会叫我："搂大卫，别唱了，这里不可以。"还没唱就被赶走，太可怜了。我找城管问哪儿可以唱，他们说："哪儿都不行，任何时候都不行。"但是我真的需要唱，这是一种需要、一种发泄和表达自己。每天晚上，酒吧临关门的时候，路上没有人了，我才唱歌。我都不放我的箱子，我不要钱，我只需要唱。有时候城管来，看我可怜，也不打扰谁，他们摇头，让我唱。

丽江的天气有一个特点，旺季晚上会突然下大雨，把游客淋湿。像是天空在报复古城那么商业化，它也经常把我淋湿。

**今夜**

月下的醉汉都已经入梦
我还在古城里为你歌唱
倾听雨滴声突然想起来
和你曾经告别的拥抱

老青石板倒映着霓虹灯光
好像天空在我的脚下
今夜城管不阻止我的呼唤

他们也想你回来

也许 tonight 我声音会飞到你的身边
也许 tonight 我会写那一首歌
让太阳在夜空中照耀
我多么希望这旋律能带你回来

月下的姑娘们都已经入梦
我还在古城里为你歌唱
天很快会亮，我的心还在
随着大水车转动

一边走一边做梦
雨中我沉默地回家
古城里一直亮着一盏灯火
是我心对你依然点燃

也许 tonight 我声音会飞到你的身边
也许 tonight 我会写那一首歌
让太阳在夜空中照耀
我多么希望这旋律能带你回来

重要的是我还在做我爱做的事，在学校里我继续看书，在太阳下看书等待。

我不喜欢等，如果没有机会，我就创造机会。

小蕾经常说我是一个奇怪的人，既悲观，又乐观。因为我经常觉得除了自己创造的机会，没有别的方式。不会突然有一个人来给我们想要的，等是无用的，没有人会给我一种魔力药，实现我的梦想。突然一个人会碰到我，给我世界上最好的工作？我觉得不可能。

小蕾也说我很乐观，因为我相信最好的还没到。还有，不管挑战多难，我总有“everything is possible（一切皆有可能）”的想法。但是她也经常说：“为什么你觉得梦想只有经历困难后才能得到？为什么只有让自己很累、很不开心才是往梦想走？不要那么悲观！”可是我们普通人只有这一条困难的路能走。

有一天天空特别蓝，我决定白天出去唱歌，在官门口我唱得很放松。很久没在白天唱歌了，我觉得很舒服。我依然用我所有的力量唱，观众看我，跟我互动，一个小时后城管来了。

我没等他开口，我说：“和哥，不要赶我，我走了！”

我开始收东西，他愣了一下，表情疑惑，然后他热情地来到我身旁，说：“你怎么认识我？”

“和哥，我曾经跟你爸爸喝过酒。你不记得没关系，不要没收我的东西就可以了，我马上就走。”

他蒙了，真不记得，其实他是第一次看到我。

我开始拉箱子的时候一个漂亮女孩儿站在我对面，说：“你有兴趣上电视吗？”

我继续走，“看情况。”我冷漠地说。

她指着她后面的三个人：“他们是我的伙伴，我能请你吃饭吗？边吃边介绍我们的节目。”

我是一个很难拒绝吃饭的人：“好吧！”

我们坐在木府附近的一家纳西餐厅里。

“你在唱歌的时候，我看了你的微博，我已经了解你一些了。我们是一个让大家实现梦想的节目。”纳西烤鱼上桌了。她继续说：“你对丽江很熟，是吗？我发现很多人认识你。你刚才也认识那个城管，他的名字你都知道。”

我低头：“虽然我经常被赶走，但今天那个人我真不认识，我是猜的他姓和，叫和哥亲切一点，他就不会没收我的东西，也不会凶。”

她诧异：“啊？你怎么会猜到？”

我笑，“你不知道吗？这里大部分本地的纳西族人姓和，一小部分姓木，还有一小部分姓其他的。”爱文化交流、讲故事的我出来了。

纳西族人在古代是没有姓氏的，只有名字。明朝皇帝朱元璋跟大理国大战的时候，丽江纳西族归顺明朝，丽江首领土司帮助朱元璋取得了胜利。朱元璋表彰首领，问纳西土司想要什么。土司家很富，什么都有，还想要什么呢？他慢慢地对皇帝说：“陛下，我想要跟您一样的姓。”土司的话一出口，大臣们的脸色就变了，他们心想，完蛋了。古代皇姓是独一无二的，土司想要皇姓，一定会被杀头的。朱元璋也犹豫了。但是，他知道土司没有恶意，可能是他不懂得汉人的禁忌。朱元璋点着头说：“爱卿，你的真心天地可鉴呀。我就赐你一个姓吧，姓木。”

“木？”土司不明白，其他大臣虽然松了口气，但是也不明白。“是啊，‘木’就是‘朱’减少两笔，你的姓来自我的姓，从此，我们就是亲戚了。”

听了皇帝的解释，土司高高兴兴地接受了。

木土司很达观，他希望纳西族人是一个大家庭，希望所有人都是亲戚，于是，他在自己的姓氏中加上一根扁担和一个箩筐，变成了“和”字，给老百姓。从此，纳西族人有了两个典型的姓氏，做官的都姓木，老百姓都姓和。

节目组的三个人看着我，像小孩儿，他们突然开始笑。“你怎么会知道这个？”女孩儿问。

“我喜欢历史，喜欢看书……不过这是一位诗人朋友告诉我的。”

“我看你的微博，你是领事馆文化交流大使。”

“我们在国外都是。”我说，“不过，看书才是我最爱的。”

“我以为唱歌是你最爱的。”她笑。

我严肃地说：“不冲突。你知道为什么丽江是唯一没有城墙的古城吗？”

他们看着我，像我说了一个谜语，然后我说：“因为土司的姓是‘木’，有城墙会变成‘困’，不吉利。”

他们笑：“你这个老外……”

我也笑：“你们这些老中……”

我们继续吃饭，然后女孩儿说：“那你的梦想是什么？”

“我有很多小梦想，但是只有一个大梦想，很抽象，我要坚持，慢慢实现，想办法做我想做的事情……”

她笑：“我们能帮你实现！录一张专辑？主持一个西班牙文化的节目？组建一支乐队？”

我深呼吸，好像她能看到我的内心。

“对，这些我都想要，不过我不要别人送给我，我要自己慢慢实现。”

“好吧，那你想一个你自己不能实现的梦想。”

我看着她的眼睛，“对不起，可能接下来我要说的会听起来不谦虚。”我叹气，“我是一个很纠结的人，不过我有一件事情很清楚，没有什么不能自己实现。”有时候我这么想是骗自己，不过如果我不这么想，就很难坚持下去。

“好吧，好吧。”她说，“但是我们帮你，你会很快实现。”

“我不要快。没有那么简单，你帮我实现梦想有什么意思？”我朝他们凑近一点，小声说："有时候梦想是不能实现的，像地平线，你靠近一步，它就会往后退一步；你靠近三步，它就会后退三步；你向它跑十步，它一样会用同样的速度往你的远方退十步。"

她接着就问我："那梦想的意义在哪里？"

我说："梦想的意义不在于实现，而在于让我们一步一步地前行。"

我们继续吃饭，聊闲话，我们说天气很好，空气很干净，纳西炒饭很咸……

突然她说："那你要不要出演我们的电视剧？"她真的很想笼络我。

我纠结了很久。一方面我觉得去这种节目是背叛我的原则，一方面我当然想做那些。听起来那么容易，真让我紧张到想咬我指甲的地步。我不相信捷径，除了坚持，我不知道别的成功的秘诀。

我拒绝了。

我不想这样得到我的梦想。那一天我回家的时候绕去新城，找了一家名片店。老板给我一张空白的名片，说："你填。"

我看着那张空白的名片，就像在旅行社买机票的时候，我想去哪儿就去哪儿。只要你相信你是名片上的那个人，你就会成为名片上的那个人。我这个纠结的人一直在思考我到底写什么职业，我坐在门口等待老板。有一部可以上网的手机让我觉得非常了不起。我收到一封来自鹏游的邮件，很久没有他的消息了，我看他发的："大卫，我最近很好。我在医院工作，很忙，不过我很喜欢。还有，我有对象了！我们是真爱，我很幸福，我希望我们一辈子在一起。年底我们放两个星期假。现在你在中国的西边，是吗？我在想这一次假期我又可以去中国了。浪漫地旅游几天，顺便拜访你。怎么样？"

看到鹏游那么开心，我真为他高兴。我很开心他找到了真爱，而且他们能来看我。鹏游这个人，除了电影，最喜欢的就是旅行了。

这时名片店老板出来了，我把手机放进口袋，马上付了钱，他给了我很新的两个盒子。我看了名片，做得真好看。我最喜欢的是我名片上“职业”那一栏是空的，这行空白是我要求他留给我的，因为我会自己写上去。虽然空白行像悬崖一样可怕，但是这行空白是我选择的自由。

在痛苦和孤独的那段时间，我拒绝了那个节目，因为我知道在最绝望的时候，如果能乐观地坚持，就会有最了不起的想法出现。

一个人环游中国太累了，除了唱歌，没有时间做别的。东西多，都没有办法拍照，更不能拍视频。我决定跟别人走，音乐人或者摄像师，但是我没有找到合适的人。可能我没有能力表达清楚我的计划，我没有习惯说服别人去做什么。

我去丽江郊外走一走，考虑我的未来。我怀疑是不是我做这些都错了，我是不是应该接受命运，回西班牙当医生。我看着玉龙雪山，自言自语地说：“可能做音乐，没有‘天时、地利、人和’不对。”我想没关系，我休息一阵子再做音乐，以后会更清楚。我想起那个曾经叫我拍驼峰故事的电影公司，后来连做群众演员都没再联系我。突然我想，我干吗等别人叫我？如果没有机会，那就自己创造机会。我很久没拍自己的片子了。玉龙雪山突然给我一股灵感，我激动地回到房间，翻了翻我的笔记本，看哪些故事有变成微电影的可能。

我冲动地去找王老师。“你有旗袍吗？”我问。她边点头边疑惑地看着我。为什么大卫要一件旗袍？她估计我有别的奇怪的想法。

我兴奋地问：“你能借给我吗？”

“啊？干吗？”

“我要穿……演一个微电影。”

我跟她说我的想法，她先笑，然后鼓励我。“如果你需要别的帮助，告诉我。”她热情地说。

我工作了两个星期，给她看我写的剧本，三个角色，两个男人和一个女人，我打算都自己演。几天后我开始拍，请她帮我拿摄像机。

两天后拍完了，然后我闭关，完全忘记了时间，不分昼夜地编辑。后来我的作品完成了，我非常满意。好看不好看，或者好玩不好玩不重要，重要的是在僵局里，我创造机会继续下去。当然我希望能做得像一个专业剧组，可我只有一个人，我要求自己把所有的事情做到最好。没有专业合作的人不是借口，这不是我的风格。

现在在百度搜“楼大卫 非诚勿扰”，还能找到那个小作品，对我很有意义的作品。

王婉琦也成了我永远的朋友，我知道我能相信她，今后的每一个计划，我都会寻求她的建议。

丽江进入冬天。唱歌是一种需要，我继续生活，像我《今夜》的歌里唱的那样。回家的时候偶尔碰到阿布，他也很晚回家。他最近为了能有多些时间练习弹吉他，放弃了几份工作，晚上还去一个朋友的酒吧，为了帮忙，免费唱。他驻唱的酒吧发工资那天没开门，老板转让了酒吧，消失了。阿布两个月白工作了，他没有钱了，那么冷的天，穷到没有能力开空调。

在大水车旁，我碰到他，那天下雨，我们都淋湿了。那天城管又赶我走，因为我浑身被淋湿了，心情也不是很好，他为了让我开心，说：“我们去吃消夜？”我知道他的情况很不好，不会让他请我，我看了看我的钱包，也是空的。“我没有钱。”我说。其实我是想说我去银行取钱。他因为最近看我没有以前那么快乐，以为我也穷到身无分文了。

他打开他的钱包，有一张一百块和一张五十块，他拿着一百块，说：“给你。我五十块够生活十天，等另外一家酒吧发工资。”他看着我说："我是中国人，我会想办法，我怕你在国外太苦了。"我看着他，太感动了。我拿着那张一百块的钱，感动到什么也说不出来。第二天等我从感动中醒过来，我去找他，跟他说我找到了一个很好的工作，用这种方法还给阿布那一百块钱，我请他吃了饭，这样阿布才会很开心，我觉得更加开心。从那天起，我经常找他吃饭，因为在最苦的情况下，一个人才能表露真正的内心。他真的是一个好朋友。

我收到鹏游的邮件，过几天他跟他对象会飞到丽江，我来安排他们的住宿。他们只会在丽江待三天，然后飞去重庆，坐浪漫的长江游轮。我去机场接他们，很多回忆涌上心头。我想，我所有的同学都有了稳定的工作，如果我没来中国，我现在会跟他们一样，八点上班，五点下班。我不会有"明天我应该做什么"的烦恼。我不知道明天我会写一首新的歌，还是会拍戏。虽然这种烦恼有时候让我很烦，但这也是一种自由、一种魅力。

我在机场的一群纳西族女人中等鹏游。纳西族女人们喊，她们拿着牌子，宣传住宿，她们要吸引刚到的游客住她们的客栈。

我看到鹏游出现在门口，挥手让他看到我。我想，他的对象呢？

鹏游来到我旁边，按西班牙习惯抱我，开心地说："好久不见！"

我说："对，好久不见！你又到中国了！你不是跟你的对象来的吗……"

鹏游说："哦，对，我介绍一下。"他指他旁边，"他是克里斯，我的男朋友。"

我没有任何意见，我只是完全没想到，太诧异了，我几秒钟都反应不过来。然后我热情地拥抱克里斯，对他说："认识你很高兴。"我笑，对鹏游说："我们快回古城，肯定有很多故事要讲！"

我们吃纳西菜：野花炒蛋、丽江粑粑、鸡豆凉粉、米灌肠、纳西烤鱼、牦牛酸奶。我听鹏游说他的生活最近改变了，认识克里斯后，他了解了自己的内心。不管怎么样，我很开心他找到了幸福。

那天我们回忆了很多大学里的事，讲了很多电影。他问我："你的梦想是什么？"

我笑："最近我一直在思考这个事情。"我跟他说实现梦想的那个节目。

他说："我看到你是怎么过的六年大学，虽然现在你感觉迷失了，但我觉得你做这个是对的。我以前一直觉得你不会当医生，我一直以为你会当作家。"

我笑："我写东西是一种需要，不是一个职业。"

鹏游说："我建议，当你觉得时间对了，闭关一年，像当初学医学准备考试那样，认真地写你心里的东西。但是不要为了放进文件夹而写，要为了给别人看而写。然后你会知道写作是不是你的梦想。如果不是，一年时间也不是白过的，你肯定会找到别的可以尝试的事情。"

我说："我想尝试做更好的音乐，也想继续研究电影的这个世界……"我突然有一个好主意，"如果我回西班牙，我们可以开一家电影制作公司。你会不会跟我合作？"我激动了！

鹏游大笑："真拿你没办法！"

我们边吃纳西菜边大笑，想象我们的未来。很多想法看似不可能实现，但其实生活就靠选择。你想当什么？你想做什么？你能力的极限就是你想象力的极限。

几个月后我发现，最好的生活是不可能计划的，可以努力往一个方向走，但是如果你的心够灵活，你具体做的事情会超越你的想象力。

我说："小蕾有一个高中同学去了加那利群岛当仙人掌农民！"

鹏游说："我都不知道这个职业的存在，所以不可能会想要做这个。我的梦想还是开一家花店。"

如果有一个剧本透露我们生活的剧情，可能生活不会有意思。

如果那一天有一个人来跟我说一年半以后会发生的事，我会笑。

一年半以后，我环游完了中国，还要继续做音乐，但是我到了一个地方，我看着火星一样的风景，这么多年我是读者，我突然感到那个时候是我写书的时间。

我回上海了，给自己一年时间闭关写书。但是生活是不能计划的。我在房间里，很少出去。第二个月，我找到了我生活里最爱的工作，那是我一辈子都不能梦想的事，我在上海话剧中心找到一份演员的工作。

如果那天有人跟我说这些，我会笑。我看着克里斯，说："生活是最了不起的小说。"

那个时候在丽江，我还陷在僵局里。我还要度过一年半最美并且最艰难的时间。

☆ ☆ ☆

从古城看玉龙雪山是一种冥想。我已经一年在路上，来来往往。

我做任何事情都会问自己这个问题：怎么能让这件事更有意义？

玉龙雪山似乎一直能给我启发。到那个时候，我总共写了六首中文歌曲，每一首都表达了我心里深深的感受。任何一件艺术作品，在我看来都必须真实地表达艺术家纯洁的心。在路上唱自己的歌，我经常害羞，像给别人看自己写的东西，像在街上裸奔。每个人创作的时候都会想把作品烧掉，把自己所有的秘密变成灰与烟。

大家都会害怕给别人看自己的作品，勇敢不是不害怕，而是害怕却继续做。艺术家从不害怕别人说他的作品不够好，而是害怕自己不认可自己和自己的作品。

看着玉龙雪山，我觉得这些歌有一颗中国心。如果我去西班牙找西班牙的音乐人录下来，让这些歌穿上西班牙的外套，会更特别，真会变成那种我寻找的文化交流。

我知道会有特殊的味道，而不是流行歌曲的感觉，想把这些歌卖掉也不会那么容易。这些我都知道，但是我决定选择最有意义的路。

又要挣钱买机票，我开始每天在路上唱歌。同时我联系表弟 Alex，我妈妈的妹妹的儿子。从小我们喜欢同样的音乐——摇滚。他现在是西班牙非常有名的贝斯手，他做爵士和西班牙风格的音乐比较多。虽然我们很少见面，但我们很爱对方。我跟他说我要录一张专辑。

我跟小蕾说我要回西班牙，她万分开心。我们保持了那个每六个月见一次面的承诺。

小蕾爸爸从收到最后一批货到现在，我都没有他的消息。小蕾说正好他最近想联系我。

表弟帮我找吉他手、鼓手、小提琴手，他们都非常有名，来自不同的西班牙乐队。我花了大部分钱回西班牙，省了一点给这些音乐人。我回到马德里，我们天天排练。我和表弟经常考虑一个问题：怎么录?

虽然西班牙经济危机严重，所有行业的服务价格比几年前少了一半，但是专业的录音棚仍然很贵。我不要做一张质量很差的专辑。

排练厅在马德里市中心的一个地下车库，真有摇滚的味道，墙上有他们曾经演出过的海报和隔音材料，不管声音多大，外面都不会听到，还有一张破沙发。我去见他们，小蕾跟我一起。

我跟他们说这张专辑是中国和西班牙的交流。我从中国带来一些故事、一些节奏，按他们的感觉完成这些歌。

我介绍每一首歌，对着他们唱，就像我在中国的路上唱。

他们都是第一次听到中文歌。

他们都能了解我在路上唱歌的感觉，这些经历他们曾经都有过。我讲城管的故事，他们都觉得在一个陌生的国家做这些很有意思。我问他们现在在马德里路上唱歌是什么情况。他们说在马德里需要办表演证，因为经济危机，太多人在路上演出：唱歌、耍杂技、表演魔术……没有表演证，警察会赶你走。以前马德里不是这样的。

我表弟的乐队现在很有名，不需要为了钱去路上唱歌，但他们还是偶尔为了好玩上街头去唱。

我们对这件事情有同样的想法：如果在一个城市，无法在路上做艺术，这个城市就会阻挡很多新的艺术家，破灭了他们自己的作品，破灭了突破困难的机会。因为只有战胜当众表演的孤独感，才会有享受现场幸福感的机会。

他们说想象不了中国。

"中国是什么样子的？"吉他手问我。

我应该怎么回答这个问题？"啊？中国……大！"

他们都大笑："对，这个我们知道。"

我解释："我的意思是……比如生活方式，大理跟上海完全不一样。另外一个例子，中国菜这个概念，就跟我们说西方菜一样辽阔。"

鼓手叫丹丹，他说："炒饭、春卷和糖醋里脊，还有别的吗？"

我笑，吉他手说："当然不是，还有北京烤鸭！"

我又笑，"除了这四个菜，还有很多！"我说。

我解释上海人吃得比较甜，北方吃面，南方吃米饭。我跟他们说"麻"这种味道，他们觉得我在开玩笑。

"北京烤鸭"的西班牙语是 pato laqueado，"被光漆的鸭"，我觉得有意思，我们是按第一印象给菜起名字的。

"你们知道吗，在中国，我们的 paella 翻译是'海鲜饭'。"他们都觉得奇怪，因为这个有名的西班牙菜的特色不是海鲜，而是它的黄颜色。黄颜色是从藏红花里提取出来的。

小提琴手说："其实很有意思，我们西班牙特产的两种重要配料都是从亚洲来的。12世纪以前欧洲没有米，藏红花还是更晚的时候到欧洲的，虽然是阿拉伯人进口的，但很有可能他们是从亚洲带来的。"

"我听说在中国吃的中国菜跟在我们这里吃的中国菜不一样！"表弟说。

"当然不一样！改天我可以请你们吃中国菜。"我说。几天后我发现，西班牙的中国菜真的一点都不好吃。

我跟他们说："我们跟中国人很像！"他们都非常诧异。因为对西班牙人来说，中国那么远，肯定跟我们很不一样。我们享受吃饭，不像美国人吃得越快越好。我们喜欢喝酒，喜欢热闹。我们的家庭观念很像，虽然我们结婚后不会跟父母住在一起，但很多人会买父母附近的房子，为了到时候好好照顾他们。西班牙人喜欢在家里过节日，跟家人一起吃饭，表达家庭的和谐。

中国人也喜欢唱歌，去KTV，西班牙人喜欢拿出一把吉他唱首歌。

可能是我有寻找两种文化相同的地方的习惯。

我给他们看小蕾在阳朔和三亚拍的视频。

我每天给他们听歌，小蕾下班后来排练厅。休息的时候我会拿出火腿和面包，让大家有力气继续排练。

吉他手叫卡尼，他是在公园里学的吉他。在西班牙，专业和不专业的区别是：如果你能靠它生活下去，你就是专业的；如果在大学上了十年吉他课，但是不能找到工作，就不够专业。如果你找不到办法继续下去，但是你不放弃，你就表现出了最专业的态度。在西班牙，弹吉他的人好像都在公园里，因为有朋友能弹才开始学，然后多听多练习。

卡尼喜欢吉卜赛音乐和布鲁斯。虽然不懂中文，但他听我的歌《马德里》，说能感觉到马德里的街道，可能这就是音乐的魔力。他跟我讨论每一个要放新的音符的地方，为了表达“马德里之音”。

丹丹喜欢弗拉门戈音乐，他把他的感觉放到每一首歌里。小提琴手爱古典音乐，他一边学社会学，一边参加拉琴的活动。

有这么好的音乐人，我应该想办法好好录。如果我只能用很差的设备，那就太可惜了，必须去录音棚。我绝对不会向父母借钱，我甚至考虑去银行贷款，但是西班牙经济危机，谁都很难贷款，特别是一个没有工作的医生。

我不是一个商人，我也不能保证以后这个东西会给我任何利润。我只能保证它有意义，但是银行不把“意义”当作可以放贷的理由。

我跟 Alex 的乐队排练了十天，小蕾爸爸联系我了，给我打电话。“大卫，我本来想发邮件，但是我听小蕾说你回西班牙了，我要跟你说一件事，我们见一面吧。”他开心地说。

他在老马德里的一家本地饭店请我吃饭。他不让小蕾来，跟她说我们要讲“梦想的事”。

小蕾爸爸跟我说我们的东西卖得不错，全世界的医院慢慢地开始买他的发明，我们俩这两年放了很多希望在里面，我真开心。我觉得这件事证明了梦想能实现。他说：“一开始我都是自己投资，只有你和几个同事相信我的发明。上个星期有一群经济学家评估了我的公司，他们说值几百万欧元，突然很多人要投资。”

我最讨厌要钱，我从来没做过，非常害羞，我说：“我在想，我想录这一年流浪写的歌，我觉得是一件很有意义的事情，我想问你……”

他打断了我，“等一下，我还没说完。我今天跟你见面是因为我不会忘记谁帮助过我。你从来没要过任何报酬，我知道一个病人来找你，你不会因为他没有钱而拒绝他，但是工作必须有报酬。”他把一个信封递给我，“我今天就想给你这个，小礼物，感谢你的帮助。”我都出汗了，他继续说：“虽然我知道小蕾非常希望你回来，虽然我希望你们能找到办法在一起，但我还是要说，不要因为一个女人放弃你的梦想。虽然我知道如果小蕾听到这个话会生我的气，但我现在说这些话是把你当朋友，而不是你的岳父。”

我呆住了，几天都没有办法好好呼吸。

我跟表弟说，要找最专业的地方，说不定这是第一次也是最后一次录这张专辑，我要做到最好。

表弟说，除了租录音棚最贵外，我们还需要一个录音大师。

“你听说过 Joaquín Torres（华金·托雷斯）吗？”

我笑：“当然。”他做了西班牙很多我爱的摇滚专辑，他跟西班牙最厉害的人都合作过，我爷爷爱的胡里奥·伊格莱西亚斯和帕克·德·路西亚，都录过。

我又笑。我说：“你想雇用他？我以为他退休了……而且他怎么会愿意跟我们合作？”

表弟说：“别小看自己，我们都觉得这件事很有意义，很好玩。我认识的一个人认识他，我去问问。”

我们大概排练了一个月，2013 年 1 月开始录。Joaquín Torres 参加了我们专辑的录制，管理这个项目，而且他愿意收比平时少百分之九十的钱。

我所有的预算能支持我们录二十天。Joaquín 说他快要退休了，他的眼睛充满经验。他有着沙哑的声音、白色的爱因斯坦的发型、瘦瘦的脸，他说每一句话听起来都很严肃。每天早上他带来刚睡醒的脸。他一副发脾气的样子，说：“一个西班牙的流浪歌手在东方写中文歌，想录一张专辑，只有一个名字：神经病！”我吞口水，就像老师在学校里批评我。他继续说：“已经很多年没有人叫我做一件让我兴奋的事了，你们这群年轻的神经病，我喜欢你们！”

他一直在抽烟，弹吉他的时候抽烟，谈事情的时候抽烟，编辑歌曲的时候更要抽烟。

录音的时候我很紧张，因为我突然发现自己在实现一个从小就有的梦想，而且是跟最厉害的人一起。所以不要忘记，have a dream, make it a big dream and dream it greatly.

天天工作，每个人都很努力，一个月后专辑录完了。一共八首歌：《今夜》《逍遥游小猫》《最美的回忆》《马德里》《背包客》《活着》，还有一首好玩的《非诚勿扰》和一首西班牙语和中文混合的《啊朋友再见》。

一个月排练，一个月录，小蕾都在我旁边，支持我。

结束那天我们庆祝了一下，在老马德里安静地散步。小蕾刚从医院下班，她的声音缺少力气。“我明白了。”她边说边拉我的手。在寒冷的一月份的马德里，每个十字路口都有一个传统摊卖烤板栗。我买了一包，小蕾抱着它暖和一下。“我知道你爱我。”她低头，“在这个世界上，我最想要跟你在一起。不过，我明白了。”

“你明白了什么？”我看着她的眼睛。“你明白了什么？”我又害怕又紧张。

她流了一滴眼泪：“我支持你做的事情，这些事情会变成我们永远分开的理由。”

“我们不会分开。”我说。

“大卫，专辑、电影、旅游、写作、巡演……你有这些想法我觉得很酷。认识你以后，我一直爱听你讲想做的事情，这些是我并不会想到一个人能做的。但是我明白了，这些会一直发生，你会一直有新的想法、新的梦想要实现，我能等，但是……”我不知道怎么回答。

我擦她的眼泪，小蕾说：“以后，某一天你在阿根廷拍一部中国跟南美的电影，或者在三亚唱歌，或者在西班牙开文学讲座……请记得我。”她开始哭泣，“我们没有别的办法，我们只能分手。”

我抱着她。冷风围绕着我们，感觉我们在龙卷风中间。我们抱得很紧，我们不要松开。但是生活像疯狂的龙卷风，迟早会把我们刮上去，暴力地扔到不同的世界。

几天后我坐上飞机，飞到上海，转机去云南。

我考虑把我新录的专辑叫作《百年孤独》。我有这种控制不了的想法，让我注定经历最少百年的孤独。

我知道这是我的生活、我的选择，我可以不上那架飞机，不回中国。不过，在心里，我感觉自己必须回来。

最后，我把这张专辑起名为《堂吉诃德之梦》。堂吉诃德是西班牙文学最具代表性的人物，这个名字是对文学的赞颂。文学和音乐一样，丰富了我们的生活。堂吉诃德是一个满怀梦想的善良的人，却不为世俗人所理解，而被称为“疯子”。两年前做一张中文专辑是不可能的事，所以，在别人的质疑声中坚持，不放弃才成就了这个不屈不挠的作品。堂吉诃德是一个充满活力的想看看更好的世界的旅行者，我的作品是在路上写的，综合了每个地方的美好回忆，并记述了下来。

我回到云南，找一家唱片公司发行，我不可以卖违法货。我用剩下来的钱制作了五千张专辑，我的钱又没了。

我打算卖得很便宜，能把成本收回来就行。我听了很多次，不是不满意，只是面对自己的作品感到恐惧。

当然我知道，如果我是在中国录的，会更流行，这个是用西班牙的想法录的中文歌，必须从这个角度去欣赏它。而且这张专辑表达了我这两年为了梦想经历的悲欢离合，给别人听我有一点害羞，就像给别人听我的心跳。

我对自己说："我会环游中国，满足我艺术家的心，我会到北京，把北京作为马拉松的终点，这样我的心就一辈子满足了。"这是我说服自己的一种方式。

我又去了大理，世界上没有其他的地方能让我的心那么轻盈。我去找驼峰，客栈关门了，换老板了，那里要变成一家五星级酒店。大理要开始变得商业化了。本来因为小蕾，我已经很难过了，加上客栈关门，这一切真是让我难过至极，我只有继续行走。

第一次去大理的时候，游客都集中在人民路上段，这一次半路就热闹了。大家都估计，一年内，人民路会变得像丽江那么热闹。而且那些本地的小店被连锁店收购，租金越来越贵。对我来说，什么是商业化?以前那些小店也是卖东西。商业化不是卖不卖东西的问题，关键是态度。以前那些店卖的是老板爱的东西，爱是第一，能不能挣钱是第二。租金升高后，一个人不能随便卖他爱的东西，而是卖能挣钱的东西。租金越高，人民路的货越没意思。第一次去大理，一对夫妻卖果汁，很好喝，价格公道。现在开连锁店才能生存下去。

幸运的是，一个老朋友有座两层楼的老房子，租给我一个顶楼。不同颜色的木头、天花板、墙、地板、桌子，从窗户能看到苍山。五千张专辑占了我半个房间。

我的朋友是在路上卖肉夹馍的，我们一楼的客厅是两个人共用的。跟她合租后，我吃不下肉夹馍了。我叫她肉夹馍姐，她二十四小时都在客厅里煮猪肉。一开始我觉得她做得很好吃，但是那种浓浓的、香香的猪肉的味道二十四小时飘在家里，让我这一辈子都不想再吃肉夹馍了。

我把所有的东西放在房间里。我找到那本紫色封面的书，跟小蕾刚到中国时的回忆触动了我的心。我流浪之后，这本书在一堆东西中被忘掉，我突然很好奇现在能看懂多少。

买的时候一个字都不认识，我看封面，是三毛的《雨季不再来》。在我的木头房子里，我靠着窗户开始读。学一门语言是一辈子的事情，我都不知道认识了多少字，但是依然不够。语兰说得没错，我会一直觉得我认识的字少，但这是第一次我能看懂一本中文书。我继续看，这个三毛是谁？

我看着苍山，用手机百度这个人，她的故事让我很诧异。这本书在我的书架上放了这么久，我都不知道三毛的故事。我看三毛跟荷西的故事，看到三毛跟西班牙的关系。我的第一个想法是，为什么我们在西班牙一点都不知道她？我找西班牙的网站，她的消息很少。突然我想多看她的书，了解这个人。

荷西在加那利群岛死了，三毛那么爱他。我马上去买所有三毛的书。文学让我忘记时间，让我飞到遥远的地方。我记得小蕾曾经说要去加那利群岛看朋友。我是不是一直选择错了，我是不是应该在西班牙当医生，陪小蕾，忘记我流浪的心？

突然我对三毛非常感兴趣。

三毛的写法让我想起一个比利时女作家阿梅丽·诺冬。她也是写她自己的故事，她也有一种调皮和幽默感，而且阿梅丽对远方也有向往。我在比利时的时候看了她所有的作品。

荷西也让我很好奇，西班牙的网站很少有关于他的信息。荷西的照片很有意思，我觉得很像20世纪70年代西班牙的年轻人。荷西比我爸爸大两个月。我爸爸年轻的时候，撒哈拉还是西班牙的一部分。我看三毛的书，是从一个从来没看过的角度看我的国家。为什么她的书从来没有被翻译成西班牙语？有一个朋友说可能没有市场。但是我想，文学跟市场有什么关系？从那一天起，我开始翻译她的书。我这个年代的人对撒哈拉不是很熟，我觉得很了不起，来到大理才开始了解我爸爸妈妈那个年代的现实。大理是淡季，安静，我可以天天看书，研究历史和文学。

小蕾是对的，我没办法控制我的梦想，我看书累的时候就闭上眼睛，想象我能在西班牙开一家出版社，出版中国的书，让西班牙人了解中国的另外一部分，没有市场的那一部分。西班牙有西班牙语的中国的书，不一定是中国人喜欢的书，是欧洲人喜欢的书。我又开始做梦，在苍山上看书，孤独，安安静静地翻译我喜欢的书，偶尔去西班牙。生活有太多选择，我希望能选对。

突然有一天，我的微博有很多评论。一个有名的作家发了微博，说："在云南谁能教我西班牙语？"很多人回答说："你找楼大卫。"这个人是背包客小鹏。他准备到南美进行一次旅行，需要学最基本的西班牙语。我觉得一个人在准备旅行的时候学要去的那个地方的语言是很好的，有旅行者的心。

我去认识他。"为什么要去南美？"我问。

他很热情地回复："我想模仿我的偶像切·格瓦拉，他年轻的时候去了南美，写了笔记。我要像他一样去南美写笔记。"

我看过那么多南美的书，科塔萨尔、加西亚·马尔克斯、博尔赫斯。我们有同样的语言。很多南美作家去欧洲是为了寻找写作的灵感。西班牙和南美是兄弟，我们不同的西班牙语口音是面包店里不同口味的巧克力。我的灵魂经常在南美。

"我很早就看了切·格瓦拉的《摩托日记》。他是一名医生……我喜欢医生的故事。"我跟小鹏说。

小鹏指着地图，说："我会走这条路线，然后明年我会写一本关于这次旅行的书。"

"哇！压力好大！"我说。

他说："真希望这次旅行可以有故事发生在我身上。"

我笑着说："作家不用找故事，故事会去找作家。"

我们都同意。

接下来的两个星期，我天天教他西班牙语。

我也想出去旅行，想当最慢的旅行者，不要带烦恼，不要想东西放哪里、怎么去那儿、去哪里唱歌，我要有时间享受风景，认识在路上碰到的人。我在大理做了一个公共提议：我要环游中国，大概一年的时间，我需要一个人跟我一起，我提供住宿、伙食和差旅费。到一个城市前要决定在哪里睡觉、坐什么车，通过微博研究可以在哪里唱歌，等等。

这些是我爱做的事，因为是旅行的一部分，但是加上唱歌和拉箱子，太累了。

一个朋友的朋友来找我——墨墨。

我在一边看三毛的书，一边帮我的室友卖肉夹馍，一个声音说："我可以陪你旅行。"

我抬头，太诧异了，两条辫子的中国流浪女汉子。她嘻嘻地笑，说："你不是在找人吗？我也可以拍照片。"我估计她是90后，我笑。我真佩服她的勇气。虽然我们都有同一个认识的朋友，但是我们是陌生人。

"你确定要跟我去？你确定你不用再去学习或者找份新的工作？"我问。其实我觉得墨墨应该找到她最适合的身份，做她该做的事情，然后才能去选择流浪摆地摊的生活。

“因为我在大理听过很多次你的歌。”她笑，“而且我知道你需要一个人帮你。我这样可以免费旅行！”她一直在笑，好像任何事情都很好玩。她说她已经毕业了，没有什么事干。她的性格让她很快乐。

她说：“这样你会积累很多故事，你也可以写一本书。”

我笑了。后来我发现，故事不可以去找，就像想不起一个人的名字的时候，绞尽脑汁也想不起来，当你放弃，放松地想别的，那个名字自然就会在脑海里出现。如果努力找谁谁谁的故事，或者找美的地方，都会蜻蜓点水，你写的东西会变成旅行指南，你不会变成一个作家。选择世界上最美的路线，如果你的心没准备好，你就不会感觉到那里存在故事。

接下来我要去唱歌，我可以选择五十座古城，或者跟着16世纪时外国人写的书的路线走，我可以从最北的漠河走到最南的三亚。我不要写游记，不要写《孤独星球》。我要当最慢的旅行者，让故事找我。

我怀疑地看着她，胖胖的，长头发，衣服上因为整天摆地摊都是尘土。没有别人帮我，所以我同意。

我把三毛的书合上，说：“明天开始安排！”

她说：“你要知道，我很懒。”她嘻嘻地笑。我突然觉得很奇怪，一个人会说自己很懒。没错，接下来的几个月她好像天天都在证明这句话是事实。

不过她一直在微笑，有那个可爱的“嘻嘻”，大家都喜欢她。就像她搭讪我，她能跟任何陌生人打招呼、聊天。我没多问她的过去，她大学毕业后就在大理摆摊。

第二天我们在我肉夹馍味儿的客厅里集合，我要具体地计划路线，她的责任是确认每个地方，在哪里能唱歌。我的想法是，在每个城市的路上唱一次，也安排室内的演出，为了不让专门来的人因为有城管或者天气的问题而失望。她买了一瓶可乐，躺在沙发上说：“你开始工作吧。”

我想去北方。想象丝绸之路让我很激动。

我不知道合作会怎么样，但是我真的想出去旅行。先走一轮：成都、重庆、西安、兰州、银川、郑州、合肥、武汉、长沙、贵阳、云南；然后再来第二轮，沿南方海岸到北京，南宁、深圳、广州、南京、镇江、上海、杭州、宁波、常州、无锡、扬州、北京。

北京有大意义，就像巴黎对年轻时的我的意义。慢慢旅行到北京。

我希望到北京以后，我能去找小蕾。

墨墨不是很喜欢工作的那种人。她喜欢躺着，喜欢说：“以后再做吧。”

她自己说她“不要脸”，碰到困难，她会给一个很久没见面的人或者根本不熟悉的人打电话，叫他帮忙。我们性格完全不一样，当我的计划跟我想象的不是一模一样时，我会紧张。不管发生对我来说多严重的事，对她来说都是“天空飘来五个字，这都不是事儿……”

我也觉得我可以学一点她的潇洒。

大家喜欢她，她一直微笑，外表像小孩子，大家想保护她。跟她旅行其实很简单，因为她的要求非常低。她能坐二十四小时的硬座火车，第二天又像小孩儿一样享受风景。

她说她的梦想是拍照，用相机记录东西。所以我们安排了一个任务，每一次演出，路上或者舞台上，她会拍视频和照片。这样我们都可以在我们的梦想里进步。

每一站我都会准备几句话说明我们在哪里。我打算一年后把这些材料编辑成一部纪录片。

墨墨很会聊天。她只需要打一个电话，就能说服任何场地安排我的演唱会。她自己谈条件，因为在室内要给人家舞台的钱，或者分票的钱。这些我都不好意思谈，我只要演出。墨墨谈这些不错，但是每次打电话她都会说她非常累，要找沙发躺一会儿。经常把我急得半死。

在每座城市，她用她“不要脸”的方式，让任何人请我们吃饭。这让我很不好意思，但是也让我省了很多钱。大家觉得她很可爱。

我们到一座城市，她经常会说她忘了预订酒店或者买错了车票。她卖萌，继续微笑。

在从银川要去郑州的时候，我们跑上唯一一趟银川到郑州的车，她发现票丢了，她就给一个朋友打电话，让他买机票送我们；在长沙演出的第二天，她发现演出挣的钱都落在了酒店里，我们要回去找钱，又赶不上火车了；在贵阳她忘了预订住的地方……除了这些，我还是非常欣赏她的，她还是很快乐地看待所有的事情。我不太担心，因为这些都可以学。

我们经常讨论以后可以让更多的人陪我们。演出时观众一直很多，我会带来更多的音乐人，做一场更大的演出，也会让更多的人来帮我们。我有长期合作的打算，所以每次有不顺利的事情，我都把它当作经历。

我经常说，这一轮巡演，如果我们赶不上火车，就要亏两百块。下一次可能有贝斯手、吉他手、鼓手和舞台监督，如果赶不上火车，我们就会亏七百块。最好是所有的错误在第一次发生，我们学习学习。

我的目的是省钱，最后可以带这么多人一起走。

出发之前小鹏介绍了一个旅行杂志的编辑给我认识。他要我写我的旅行故事，可以用西班牙语写，他们会翻译。我马上看到一个新的挑战，想要试一试，我问：“我能用中文写吗？”

“你觉得可以，就可以。”他说。写故事跟写歌完全不一样。在我喜欢的作家中，我只知道两个作家没用母语写作：约瑟夫·康拉德和纳博科夫。当然一个人不用他的母语写作，文笔肯定不能跟本地人比，但是可能会有一种让大家喜欢的味道。不过，文学也不一定是给别人看的。

每当我到一座晚上需要歌声的城市，我都会找一个熙来攘往的街头，感受这座城市，为了了解和融入。

白天，通常我会找一个广场，如果天公作美，我会坐在一个有太阳的地方复习晚上要唱的歌，想一想我会用什么语言来描述这个城市。

前阵子我在丽江，一个我认为自己已经很熟悉的地方。晚上并没有演出，但我依旧在复习，是为了我即将开始的全国公路巡演。丽江的这个季节阴晴不定，阵雨和太阳一直交替变换。当时太阳很晒。

我手里有一本关于旅行的书和一个记录着我歌曲的本子。翻开旅行的书，我开始想象包围着银川的大片沙漠，然后打开歌本背一句新歌的歌词，之后又回到对沙漠的想象。如此这般重复着。

我用眼角的余光看到两个外国游客坐在我旁边，但并没怎么注意他们，因为我被书的内容带到了洛阳的城墙上。我还没去过这些地方，但是我的心已经到了。旅行不只在于到达，有时候甚至不需要出发，旅行是一种态度，当你的心准备好了，自然就看到了新的东西。旅行是“想感受新事物的心情”。

有人去过很多地方，但是因为没有把心打开，所以不会对所到之处印象深刻；有人不能旅行，但是一直用心准备，时刻学习新的东西，虽然他一直在同一个地方，但这种态度会让他成为一个真正意义上的旅行者。

突然，那个坐在我旁边的外国游客用英语问了我一个奇怪的问题：“丽江好看吗？”

我像被从梦中拉回现实一样，突然从洛阳的城墙上掉下来，到了丽江的四方街。

这个问题让我诧异。我对丽江这么熟悉，却很少问自己这个问题。回答之前我还看了一眼早上被小雨冲刷过的青石板路，它们映射着湛蓝的天空，还有木头房子和屋顶上的瓦猫……我突然发现，我多次经过丽江，却很久没留意过眼前这些美好了。

当我转身准备回答他时，我从他的墨镜中看到了自己。很明显这副墨镜是盲人用的。我目测这个人大概六十岁，有可能是美国人，坐在他身边的女人说："当他旅行的时候，他会一直问这个问题。"

一个盲人问我丽江好不好看，我应该怎么回答？我把书合上，沉默不语，接着他又说："我最喜欢丽江的水的声音。这几天我听过雨水从屋顶上滴下来，滴落在青石板上，滑进水管里，沉到小溪里。"

我不想打扰他，轻声说我也喜欢那淌着水的青石板。

他继续说："你知道我还喜欢什么？我喜欢这里的风，因为它从玉龙雪山吹来的时候带来了黑龙潭新鲜木头的味道，但是从另一边吹来的时候会带来食物的味道。"他说这话的时候，手指熟练地指向相应的地方。虽然他说他才在丽江待了三天，但我觉得自己是在跟一个本地人交谈。

"我特别不喜欢后面的酒吧街，太吵了。纳西菜使这些小胡同有一种很特别的调料的味道。我在美国从来没闻到过，有酸有辣。小吃街的味道特别浓，空气中弥漫着蒸汽和油，像美国节日时的气氛。"

他伸出手对我说："顺便说一下，我的名字是 Peter。我是美国人。"

我握着他的手，说："我叫大卫，西班牙人。"

他深吸一口气。"除了喜欢丽江的山水，我还喜欢这片湛蓝的天空。"

我看着他的黑色眼镜，有一点不好意思，但还是问了他："你看得见吗？"

他用手指着他的拐杖说："我算是一个盲人，仅有百分之十的视力。

但是天空这么蓝，我是可以感觉到的。”

这是我第一次认识一个盲人游客。我看着他，他对事物的感知能力让我惊叹。

接着 Peter 说：“很多人问我：‘既然你什么都看不见，为什么还千里迢迢地去那么多地方？’大卫，你难道真觉得我看不见吗？我真的没看到丽江吗？”再一次，我难以作答。

最后他问我：“大卫，你在丽江最喜欢的是什么？”

“正如碰到像你这样的旅行者，Peter。”我回答。

# 尾声

巡演开始了。终于，我这个医生变成了真正的歌手。接下来的几个月我环游了中国，故事是碰到很多，但这些故事能否变成一本书，我不知道。故事需要消化，我们都有故事。当一个故事消化完了，跟我们的灵魂相融，才能变成一本书或者一首歌，要不然写的就是旅行攻略。

出发那天，君君给我打电话。我记得离开她的学校之前我给了她我的号码，但是她从来没联系过我。时间过得很快。她说："刚才我在整理学校，找到了你曾经给我的一张纸，上面写的是你的电话。"

她说在学校里很顺利，每年的老师都很认真，尤其是今年的。她根本不需要待在学校，所以她找了一份工作，这样能给学校更多的钱。新的工作在北京。

我跟她说："我准备环游中国，年底会到北京，最后一站。我希望到时候你能来看我的演唱会。"

"到时候再说吧。"

我把她的电话记下来。

我想，如果能让弘文也加入我的"北京站"，我可以让他们见面。

大家觉得一个人在路上唱歌是因为不能在酒吧里唱，一个人在酒吧里唱是因为没有能力在 live house[1] 里唱，一个人在 live house 里唱是因为没有能力在体育馆里唱。当然这个有一点道理，不过不完全是这样。在每个地方唱的感觉都不一样，在路上有很多不同的人，有交流；在大舞台上唱，我的摇滚的心跳得很快，它们能给我不同的感觉，不冲突。在舞台上，我依然能感觉到十五岁的我，感受到十五岁的力量和希望。我喜欢大灯刺眼、大声音让舞台震动，我喜欢面对年轻人充满激情地、疯狂地跳舞。人越多，我的摇滚的心越激动。但是我也喜欢围绕着篝火轻轻地歌唱，喜欢冷冷的风抚摩我的脸颊，喜欢一个刚下班的人站在我对面把疲劳忘掉，喜欢陌生人的友谊。冲突吗？不冲突。就像毕加索画画有时候需要一张大帆布，有时候在纸巾上也能表达自己的艺术。

墨墨帮我联系每个城市的 live house、租场地，然后我们自己想办法卖票。卖票是为了拿回租场地的钱，买火车票去下一个城市。目标是艺术，不是钱。这个并不商业化的想法加上我在街头唱歌，经常让大舞台的专业老板说"可爱，但不专业"。我相信大部分老板是好意，有时候也会被泼冷水："好丢人，不要再做了。"

我听每个人的建议。我们都一直在学，一直得到启发。不过，每当

---

[1] 室内表演场地，一般有顶级的音乐器材和音响设备，适合近距离欣赏各种现场音乐。

有人跟我说“不要再做这件事情，因为你不够专业”，我就知道我在突破，有梦想就要突破。

我跟墨墨出发了。我依然拉着音响和其他设备，墨墨拉着一大箱子专辑。

没有什么经纪公司宣传我，除了我的微博和墨墨的帮助，我没有别的。在我心里，我们是一个专业的旅行团队。

不久后我认识了帕克，一个了不起的西班牙吉他手。美好的巧合是我碰到他的那天是他第一天来到中国。他仔细地看了我的演出，我唱完以后他问我要不要一起玩。我觉得在异乡碰到西班牙人很有意思。我们坐在路边，我给他买了一瓶啤酒，还把我的吉他借给他。“弹吧。”我说。

他并不一般。他就是我很久以来没有找到的伙伴，我看着他说：“你在中国干吗？”

“我在环游世界。”

我还迷醉在他刚才弹的旋律中。

“你喜欢什么音乐？”

“摇滚。”他回答。

虽然我们只认识了几个小时，但那一瞬间我就做出了决定，我跟他说：“我带你巡演。我最少还要去十五个城市，我付吃的、住的、火车票的钱……”

因为他是在路上看到的我，我说“巡演”这个词，他以为我开玩笑。

他是西班牙西北人，比我大十五岁，最近十年他跟着不同的乐队环游了世界。目前他没有工作。既然我什么钱都付，他没有什么风险。

下一站，碰到一个满满的场地，他觉得太酷了。

在路上，我一个人唱；在 live house，他跟我一起唱。

卖专辑的钱我好好存起来，我期待当有一个贝斯手和鼓手加入，我可以好好对待他们。

成都、重庆、西安、银川……虽然有墨墨，这样的旅行还是要操心太多，并不是一次逍遥的旅行。而且节奏有一点快，每个城市我都会准备活动，去路上唱歌、演出，到处走一走。这个旅行故事就像一段没有冒号和句号的故事，在我的脑海里流，像黄河上游一样汹涌。要分析这段生活，可能还需要另外写一本书。

我们经过兰州的黄河，我发呆，想小蕾。

在兰州，我演出的青旅很有意思，门口有一句话："旅行不能改变世界，却能改变看世界的眼睛。"这是一群爱话剧的年轻人开的。每一个房间里都有一个中国作家的名字，有单间、四人间、六人间，就像我曾经爱的驼峰客栈。他们建了一个大舞台，也成立了一个话剧团。他们说没有机会演戏，就自己创造机会。那个时候我都没想到一年后我会跟着上海话剧中心再环游中国一次。我们会碰到的机会是想象不到的，要看缘分。可能这个演话剧的故事也会变成一本书。

在武汉，雨不停地下着，路很难走，我衣服湿了，大家都打着伞低头走路。我不知不觉走到了黄鹤楼下，想起崔颢的诗："日暮乡关何处是？烟波江上使人愁。"这一瞬间让我感受很深刻，我又想小蕾了。

我们所有的设备都淋湿了，同一天，电脑淋湿，完全坏了，移动硬盘也丢了，真是太糟糕了。跟墨墨拍的视频和照片都消失了，在甘肃沙漠和郑州路上拍的纪录片也没了。好像这种事情发生的时候，一个人会思考得更深。墨墨跟我说她要读博士。她说："我认识你的时候，我以为一个辞掉医生工作的人会有一种影响力，让别人做不负责任的事。不过你一直说我应该多学习，之后再去旅行，你一直说走过最难的路再走一条容易走的路才有意思。"

虽然她走后，我需要重新找人帮我安排演唱会，但我非常支持她。

而且那个时候已经有帕克，虽然压力有一点大，但是墨墨再去上学对她来说才是最正确的。

我在贵阳发烧了，三十八摄氏度，唱歌并不是很舒服，但是要起来。

在南宁，我们住在本地的沙发客家，一个中国男孩儿，平均一年接收一百个沙发客。

在深圳的时候，我们是在一家书店里演出的。除南京、杭州、宁波之外，还安排了小城市的演出。镇江我非常想去，美国女作家赛珍珠是在这个城市长大的。我想，以后我可能会设计一条路线，去作家们的城市。那种旅行也可以写成一本书。怎么办？我一直有这些新奇的想法。那一天又下大雨了，虽然没有淋湿，但很少人来看表演，只有十个人。我跟帕克说："在这种情况下才能证明一个人热爱音乐，演出要热烈，就像我们面对着两万人。"

2013 年 9 月到达上海。我带帕克去以前跟小蕾经常去的地方吃饭。老板换了，服务员不一样了，但是桌子上一张翻烂的菜单还记得我们。虽然纸上有一些油的痕迹，但那是我曾经翻译过的菜单。

我给弘文打电话，他接了。"弘文，你现在在哪里？"他在东北。"最近怎么样？去过很多地方吗？"我很久没见到他了。我跟他闲聊，只有一个目的。"你能来北京看我的演出吗？"制造机会让君君和弘文见面，这个机会我等了很久了。

在无锡，我们实现了帕克的一个梦想，他当了那么多年的吉他手，却从来没参加过大型的音乐节。我们在太湖旁边感受到了。

北京的那一天到了。场地人满了。

在中国三年了。北京是旋涡的中心。我感觉自己经历过的每一个故事都推动着我进入这个旋涡。

我开始唱歌，看到弘文坐在后面。

我唱许巍的歌，老歌、新歌……帕克很开心，这次巡演以后，他没有任何计划，他希望我再安排演唱会。

场地里有很多人，我一边唱一边看每个人的脸。我特别开心地认出一些在大理认识的北京人。

突然，在一个黑暗的角落，我看到另一个熟人，君君也来了！

这次演唱会时间很长，我唱自己的歌，唱西班牙的歌。

“今天很重要，因为我结束了一次旅行，我的中国旅行。这次旅行是在上海开始的，今天在北京结束了，就像我拥抱了这个国家。我要感谢你们，因为三年来我了解了更好的自己。了解自己，才能去了解外面的世界。”

我知道，那场演出之后，我生活里美丽的一段结束了，新的一段开始了。

我唱那首西班牙语和中文混合版本的《啊朋友再见》，最后跟观众一个个拍照。

弘文和君君依然在原来的地方，他们互相看不到对方。

大部分观众走后，我去君君旁边坐：“好久不见。”

她一副热情却永远有距离的表情，说：“那天在学校你弹了吉他，我没想到你真是歌手……”

我笑：“跟我过来。”

弘文站在另外一边。

我喊：“弘文，过来！”我带君君朝他那边走去。

我给弘文一个拥抱。“好久不见！”他说。

我激动地跟他说：“你看谁来了！”他们面对面站着，君君看弘文，弘文看君君。

我的心跳像看电影的结尾一样，如果这时音乐响起，就会有更浪漫的结局。曾经很多次我想象他们的故事，他们却一动不动地看着对方。突然，他们转过头，茫然地看着我。“他是谁？”君君说。

弘文伸出手，热情又尴尬地说：“我叫弘文，你是……”

我像是从梦里醒来。“你们不认识吗？”我诧异。

他们又仔细地看对方。“好像没有见过。”君君说。

“我们认识吗？”弘文问。我反应过来，笑了，跟他们说：“来，我请你们喝酒，你们都是我在中国的好朋友。这三年过得太快，有时候像梦一样。”

我们三个人坐下。

他们问我以后做什么。

我依然想继续寻找。有很多事情要做，我只要当我老的时候，回头能看到美好的回忆。

“我很清楚我的生活目前在这里，不过明天我要回西班牙一趟，我必须向一个人道歉。”我自言自语地说，“虽然我跟着自己的心走不是错，但一不小心会让爱我的人受伤。”

☆ ☆ ☆

我回西班牙了。从北京飞到马德里，到我家一共需要二十个小时。我亲我妈妈、亲我爸爸，跟他们吃了一顿饭，然后出门。“我有事。”

我去找小蕾。她的室友，一个法国女孩儿，开门了。

“小蕾在吗？”我问。

“你是谁？”

“啊……”我不知道怎么介绍自己。

那个法国女孩儿不认识我，上一次我回马德里时她不在。她说：“小蕾跟她的男朋友分手几个月了，她还是很难过，她请假出去安静一下。为什么你不给她打电话？”

我着急地问：“你知道她去哪里了吗？”

“她去旅行了。”她摸了摸自己的头发，“好像……去了加那利群岛。”她看着我。

“啊！”加那利群岛属于西班牙，不过去那里要坐三个小时的飞机。

小蕾租的房子在马德里我最爱的一个区，叫奥地利区。建筑是16世纪的，是中国人眼里的欧洲。有步行街、咖啡馆、老房子和教堂。我坐在一家咖啡店里思考。

我对面是西班牙王宫，宏伟的灰白色建筑，它反射着阳光，照亮了我坐着的小广场，就像迪士尼公主的宫殿。我旁边是歌剧院，也是有着满满的历史的地方。我又想到另一个我们跟中国人像的地方——油条。我坐在那家户外咖啡店的椅子上，点了马德里特色的“油条”和一杯巧克力。我们平时也是早上吃“油条”，但是在马德里奥地利区，一整天都可以买到，这样游客有机会尝尝。传统的吃法是蘸热巧克力，马德里人不喝豆浆。曾经有人问我喜欢马德里的油条还是中国的油条，我觉得这个问题很简单，就跟我是喜欢在路上唱歌还是喜欢在体育馆唱歌一样的道理。当我面对着西班牙美丽的王宫，我最爱的是巧克力；当我坐在上海的安福路上，豆浆的味道最让我快乐。不冲突，不矛盾，差异是一种魅力。

看着浓浓的巧克力，我决定第二天去加那利群岛。

群岛一共有七座岛，我飞到加那利的首府，中间的一座岛。加那利的岛是热带森林和火星风景的混合。因为离非洲只有几百公里，所以天气一直很暖和，一整年都能穿短袖，大陆人喜欢去那里过圣诞节的假期。因为是岛，所以湿度很高。这两个气候特点让肥沃的土地上长出森林。香蕉是主要的经济作物。但是每一座岛都有一部分土地完全不肥沃，因为这七座岛是火山喷出的岩浆和熔岩冷却后形成的，在这种岩浆岩上，没有任何植物能活。

我租了一辆吉普车，上渡口换岛。从最东的一座岛，能看到地平线上的沙漠。不过我是往西航行，从特内里费岛坐船去拉帕尔玛岛。到了那里我沿着海开车，把窗户全打开，呼吸海的咸味儿。我没有具体的方向，我只知道小蕾的朋友在最西边的那座岛。我瞎找，就像偶尔在生活里寻找方向。

在大陆我经常听说加那利像火星。站在火山对面，就像我飞回地球还很年轻、事物还没有名字的时候。虽然是枯燥贫瘠的风景，但是给我一种动力，像是生命的第一天，前途漫长。突然我有一种需要，要拿我的本子出来，我想了解我是怎么到这里的，了解我迄今为止的每一个选择。我希望看着风景写我的故事，写一个美好的故事：一名年轻医生，当歌手、演员、旅行者，还有时间看书和躺着发呆。给他爱的人足够的爱护，给她需要的时间。我突然想哭，我希望我的生活是这样，美好得能什么都做，不过这只能是故事。生活需要选择。

我开车驶过泥泞的路，到达一个热带森林山脚的小镇。这里的风景骤变：一边是大树，一边是石头和沙子。小镇的本地人问我去哪里。我下车，看风景，我说："我找一个仙人掌农场。"这个本地人跟我爸爸一样年纪，他笑。他的口音很特别，抑扬顿挫，像一种音乐，像风里的海浪，调慢慢上扬，然后慢慢下沉。他在地图上指出一个地方，我继续开。

加那利群岛离撒哈拉一百多公里，天空经常灰蒙蒙的，本地人说是撒哈拉的沙子飘来当沙雾。我把车停在瞭望台，看蓝色的海、黑火山石、云烟中的撒哈拉沙子。这个瞭望台上有一个小的纪念牌子。在这热咸水和火山岩中，这个海把荷西吞下。我坐在一块岩石上，想到遥远的大理。

我继续开车，进入一条石头小路。路尽头的大木头牌子上写着“cactus（仙人掌）”，我好像到了那个仙人掌农场。我下车，栅栏后面都是仙人掌，小的像鸟窝，大的像怪物。

里面有一座别墅，灯亮着。

决定我们成为什么样的人的，不是我们的命运，而是我们的选择。

那一天我能选择进去找小蕾，也可以选择回上海，租一个小房间，把我自己变成一个故事，写一本书。

我们的选择决定了我们的生活。

**图书在版编目（CIP）数据**

照着想象去生活 /（西）搂大卫著. — 长沙：湖南文艺出版社，2015.6
ISBN 978-7-5404-7153-8

Ⅰ. ①照… Ⅱ. ①搂… Ⅲ. ①随笔—作品集—西班牙—现代 Ⅳ. ① I551.65

中国版本图书馆 CIP 数据核字（2015）第 085718 号



上架建议：**畅销 • 文学**

**照着想象去生活**

作　　者：［西］搂大卫
出 版 人：刘清华
责任编辑：薛　健　刘诗哲
监　　制：毛闽峰
特约策划：张应娜
特约编辑：谢晓梅
营销编辑：刘菲菲　张　璐
封面设计：车　球
版式设计：张丽娜
出版发行：湖南文艺出版社
（长沙市雨花区东二环一段 508 号　邮编：410014）
网　　址：www.hnwy.net
印　　刷：三河市华东印刷有限公司
经　　销：新华书店
开　　本：880mm × 1230mm　1/32
字　　数：297 千字
印　　张：11.5
版　　次：2015 年 6 月第 1 版
印　　次：2020 年 7 月第 2 次印刷
书　　号：ISBN 978-7-5404-7153-8
定　　价：36.80 元